KAMPENWAND
VERLAG

ISBN: 978-3947738328

Raiffeisenstr. 4 · D-83377 Vachendorf
www.kampenwand-verlag.de

Versand & Vertrieb durch Nova MD GmbH
www.novamd.de · bestellung@novamd.de · +49 (0) 861 166 17 27

Text: Jane Hell
Lektorat: Zeilenfeuerlektorat - Raphaela Schöttler-Potempa,
www.zeilenfeuerlektorat.com
Korrektorat: Anne Schünemann - Lektorat am Meer,
www.lektorat-am-meer.de
Covergestaltung: Franziska Buhl
Bilder: Bildagentur Zoonar GmbH / Shutterstock,
Billion Photos / Shutterstock, Don Pablo / Shutterstock,
homydesign / Shutterstock, Seregam / Shutterstock, letovsegda / Shutterstock,
Druck: CUSTOM PRINTING
Wał Miedzeszyński 217, 04-987 Warszawa, Polen

Instagram: JaneHell_Autorin
Facebook: AutorinJaneHell

JANE HELL

Fisch BRÖTCHEN und Zimt STERNE

FÖRDELIEBE 3

Für Nora und Luke

Kapitel 1

LAST CHRISTMAS

»Hey Große, schön, dass du da bist!« Papa nahm mich in den Arm und drehte sich einmal mit mir im Kreis. »Hast du die Musik gehört? ›Highway to Hell‹! Cool, oder?«

»Großartig, Papa.« Ich drückte ihn an mich, damit er mir nicht an den Augen ablesen konnte, was ich wirklich über seine Haustürdekoration dachte. Seit Jahren brachte ich es nicht übers Herz, ihm zu sagen, dass der Heavy-Metal-Wacken-Weihnachtsmann grauenvoll war.

»Na, dann komm mal rin in die gute Stube.« Papa packte meine Reisetasche und trug sie hoch in mein Zimmer.

Ich trat in den Flur, nahm den vertrauten Geruch nach Essen, Kaminfeuer und dem blumigen Parfüm meiner Mutter wahr und hängte meine Jacke an die Garderobe.

In der Küche fand ich Mama auf einem Stuhl vor dem Backofen, als würde sie fernsehen. Sie schwenkte ein Glas Weißwein in ihrer Hand. Die Flasche auf der Arbeitsfläche war halb voll. Ich gab meiner Mutter einen Kuss auf die Wange und sie strahlte mich an. »Schön, dass du da bist, Schnecki!« So durfte nur sie mich nennen. Schnecki.

»Moin Mama. Was läuft denn für ein Programm im Ofen? Der neue Bond? Oder doch eher *Star Wars*?«

Ich nahm mir einen Stuhl und setzte mich neben sie.

»*Der Tag der toten Ente*«, antwortete sie und trank einen kräftigen Schluck. »Nimm dir auch ein Glas, Schnecki. Wir können leider nicht umschalten. Ich habe die Fernbedienung verlegt.«

Ich lachte und bediente mich an der Weinflasche. »Kein Problem. Ich schau gerne mit dir in die Röhre.«

»Sehr gut, mein Kind.« Sie stellte ihr Glas auf die Arbeitsfläche und betrachtete mich. Die Falten zwischen ihren Augen vertieften sich. »Wie geht es dir denn so an der Westküste? Sind deine Kollegen nett zu dir?«

»Klar. Es gefällt mir immer noch gut. Der Job bringt Spaß und ich lerne viel. Und die Kollegen sind ganz okay.« Beim Gedanken an meinen Chef kribbelte es in meinem Bauch, gleichzeitig verengte sich mein Brustkorb. Ich biss mir auf den Daumennagel. Hoffentlich fragte Mama nicht genauer nach. Sie hatte einen siebten Sinn dafür, wenn ich emotional aufgewühlt war. Und bei Jacques beschleunigte sich mein Herzschlag. Er war mein Chef, aber seit der Weihnachtsfeier letzte Woche hatte sich etwas zwischen uns geändert. Es konnte damit zusammenhängen, dass er an diesem Abend mit zu mir gekommen ist und wir –

»Hey, kaust du immer noch an den Nägeln?« Mama blickte mich von der Seite an und zog die Augenbrauen hoch. Ich zuckte ertappt zusammen. Für einen kurzen Moment fühlte ich mich wie ein zehnjähriges Kind. Hitze schoss mir in die Wangen. Ich nippte an meinem Glas, betrachtete meine freie Hand und hob dann die Schultern.

»Wann kommt Hanna?«, wechselte ich das Thema und lehnte mich zurück.

»Keine Ahnung. Deine Schwester holt ihren neuen Freund vom Bahnhof ab. Mach dich auf was gefasst.« Sie schmunzelte und schüttelte fast unmerklich den Kopf.

Ich stutzte. »Wieso? Kann Papa sich nicht zurückhalten?« Hanna hatte schon immer seine Beschützerinstinkte hervorgerufen und bisher hatte er an keinem ihrer Freunde ein gutes Haar gelassen.

»Papa nennt Chris nur noch Klappspaten. Selbst wenn er anwesend ist.« Sie verdrehte die Augen und trank ihr Glas in einem Zug leer.

»Und? Ist er denn ein Klappspaten?«

»Ja. Irgendwie schon ein wenig.« Sie fuhr sich mit der Hand über die Stirn. »Aber eigentlich ist er ein netter Typ. Und hätte ich auf meinen Vater gehört, wäre ich damals nicht mit deinem Papa –« Sie wirbelte die Hände durch die Luft und wir lachten ausgelassen. Ich schenkte ihr Wein nach, die Ente im Ofen brutzelte vor sich hin und ich bekam den neuesten Klatsch und Tratsch von Eckernförde mit. Die meisten Menschen, von denen Mama erzählte, konnte ich nicht mehr einordnen, aber es tat gut, mit ihr vorm Backofen zu sitzen und zu schnacken. Sie hielt mir einen Teller mit Zimtsternen unter die Nase. Dieser Duft! Gierig griff ich mir einen und schob ihn mir in einem Stück in den Mund.

Der Heavy-Metal-Weihnachtsmann spielte seinen Song und Mama seufzte, schaute in ihr leeres Glas und schüttelte den Kopf. Ich stand auf und eilte zur Tür.

Papa war schneller und führte mit meiner kleinen Schwester einen ähnlichen Tanz auf wie mit mir. »Frohe

Weihnachten, Hexchen!«, rief er und Hannas dunkle Haare wirbelten durch die Luft. Sie gluckste, als wäre sie wieder vier Jahre alt, dabei war sie Anfang zwanzig. Hinter Hanna tauchte ein schlaksiger Kerl auf, der so aussah, als wäre er erst seit wenigen Tagen der Pubertät entwachsen. Die Beine wirkten zu lang, der Oberkörper ohne Spannung. Die blonden Haare hatte er schräg über die Stirn gelegt und mit viel zu viel Gel fixiert. Er sah aus, als hätte er Barbies Ken die Frisur geklaut. Zumindest den oberen Teil, denn soweit ich mich erinnerte, trug Ken keinen Undercut mit raspelkurz rasierter Seitenpartie.

»Moin, Klappspaten«, grummelte Papa und blickte an Ken vorbei. »Macht mal die Döör dicht.« Dann sang er: »›Baby, it's cold outside …‹«

Hanna hielt sich die Ohren zu und erblickte mich im Türrahmen.

»Lauri!«, rief sie und stürmte auf mich zu. Wir drückten uns fest. »Sach mal, hat Papa schon am Nachmittag was von seinen Grasvorräten gehabt?«

»Keine Ahnung«, antwortete ich. »Ich war bei Mama in der Küche. Und die hatte schon ein wenig vom Chablis.« Ich zuckte mit den Schultern. »Frohe Weihnachten, Kleine!«

»Hey!« Meine Schwester knuffte mich in die Seite und blickte auf mich herab. Es war kaum zu glauben, dass wir verwandt waren. Sie trug einen verschnörkelt geflochtenen Zopf, den sie über ihre rechte Schulter gelegt hatte. Ich hatte Mama mehrfach gefragt, ob vielleicht der Postbote bei einer von uns mit im Spiel gewesen sein konnte. Meine weißblonden, dünnen Haare trug ich seit Jahren in einem Kurzhaarschnitt, was deutlich im Kontrast zu der langen haselnussbraunen Mähne meiner Schwester stand. Als Grundschülerin hatte ich Hanna die verrücktesten Frisuren gezaubert, die sie daraufhin in ihrer Spielgruppe vorführen konnte. Sie war besser als jede Frisierpuppe gewesen.

Es sollte mir mittlerweile egal sein, trotzdem warf ich einen Seitenblick in den Spiegel und fuhr mir durch die Haare. »Moin!« Ich nickte ihrer Begleitung zu.

»Das ist Chris.« Meine Schwester betrachtete ihn und lächelte verträumt. Ken, Chris oder auch Klappspaten stand in der Ecke des Flurs. Er schaute hilfesuchend zu Hanna und trat einen Schritt zur Seite. Papa versperrte ihm den Weg in den Flur.

»Hi Chris!«, rief ich durch den Flur. Dann zog ich Papa am Ärmel in Richtung Wohnzimmer, damit der eingeschüchterte Klappspaten eine Chance hatte, seine Jacke an die Garderobe zu hängen.

Der Weihnachtsbaum stand wie jedes Jahr im Wintergarten, der durch das Wohnzimmer und Esszimmer betreten werden konnte. Strohsterne und winzige rote Äpfel zierten die dichten Zweige und verbreiteten einen süßlichen Duft. Die Kerzen leuchteten im gleichen Rot wie der Baumschmuck und warteten auf ihren ersten Einsatz an diesem Abend.

»Mensch, Papa. Es ist Weihnachten. Fest der Liebe und so. Da musst du doch Chris nicht so einschüchtern.« Ich stieß ihn in die Seite und er grinste breit.

»Es bringt aber so viel Spaß!« Er zwinkerte mir zu.

Ich schüttelte den Kopf. »Sag mal, Mama meinte, du hättest ein neues Hobby?«, lenkte ich ihn ab. Ich ließ mich aufs Sofa fallen und er setzte sich auf seinen Sessel.

»Ich stricke jetzt.« Seine Schultern strafften sich und er präsentierte mir sein Werk. Ein dunkelgraues Stück mit blauen Rauten darauf.

»Du strickst einen HSV-Fan-Pullover?« Ich lachte.

»Spinnst du?« Er legte die Füße auf den Hocker. »Nee. Den HSV habe ich schon lange aufgegeben. Gurkentruppe!« Er murmelte etwas, das sich wie Holstein anhörte, und wandte sich wieder an mich. »Ich stricke einen Norwegerpulli. Weißt du, in Skandinavien ist es üblich, dass auch Männer stricken.«

»Ja, was sollen die auch den ganzen Winter lang machen? Und Schnaps ist teuer dort …«, antwortete ich und betrachtete meinen Vater, der zwar ernst guckte, aber dessen Mundwinkel ab und zu nach oben schnellten, als würde er das Lachen unterdrücken.

»Exakt, Große. Und hier ist der Winter auch lang und dunkel. Aber der Schnaps ist billig und ich kann nach drei Köm noch stricken.« Er lachte und bettete sein Strickzeug in einen zerfledderten Pappkarton, der neben seinem Sessel stand. »Guck mal, hier.« Er fuchtelte mit einer Fernbedienung in der Größe einer Kreditkarte herum und ich traute meinen Augen nicht. Der klassisch geschmückte Weihnachtsbaum blinkte in bunten Farben. »LED-Lichterkette. Habe ich im Internet bestellt. Cool, oder?«

Ich schluckte und schaffte es nicht, seine Euphorie glaubwürdig zu teilen. »Geht so. Ganz nett. Was sagt Mama dazu?«

»Sie hat es noch nicht gesehen. Ist eine Weihnachtsüberraschung.«

»Ach Papa.« Ich stand auf und tätschelte seine Schulter, weil ich nicht wusste, was ich sagen sollte. »Ich gehe mal hoch in mein Zimmer und ziehe mich um fürs Essen.«

Er nickte abwesend und starrte auf die blinkenden Lichter des Baumes. Vielleicht hatte er doch schon etwas Gras geraucht.

»Ich benutze dein Zimmer momentan für mein anderes Hobby. Ich hoffe, das ist okay. Nimmt nicht viel Platz weg …«, murmelte er, ohne mich anzusehen.

Ich wandte mich von ihm ab. Der hochflorige Teppich schmiegte sich an meine Füße. Mit den Fingern strich ich über die Macken im Türrahmen zwischen Wohnzimmer und Flur.

Die Holzdielen knarzten unter meinen Schritten. Der Läufer auf der Treppe hatte schon bessere Tage gesehen. Früher war er leuchtend rot gewesen, nun lugten angegraute Webfäden durch die verschlissene Oberfläche.

Der Weg nach oben war mir so vertraut, dass ich wie auf Autopilot in meinem Zimmer landete. Ich war vor fünf Jahren zu Hause ausgezogen, aber mein Zimmer war noch so, wie ich es hinterlassen hatte. Bis auf den Wäscheständer hinter der Tür und … Ich stockte. Was war das für ein großer Stoffschrank in der Ecke? Hobby? Sehr witzig. Warum baute er sein »therapeutisches« Gras nicht im Keller an? Aus einem Seitenschlitz strahlte helles Licht aus dem Kasten und es brummte dumpf. Ich war lange nicht mehr zu Hause gewesen. Natürlich benutzten meine Eltern den Raum. Ich war kein Teenager mehr, hatte meine Ausbildung abgeschlossen und arbeitete an der Westküste.

Ich plumpste auf mein Bett und vergrub die Nase im Kopfkissen. Mama hatte alles frisch bezogen. Es roch nach Blumenwiese und angenehmeren Jahreszeiten. Regen prasselte ans Fenster.

Für einen Moment schloss ich die Augen. Jacques' markante Gesichtszüge erschienen in meinem Kopf und er blickte mich mit seinen dunkelbraunen Augen an. Mein Herz machte einen Satz. Er war mein Chef. Aber auf der Weihnachtsfeier waren wir so gar nicht chefmäßig in meiner Wohnung in Westerland gelandet und hatten uns dem Verlangen hingegeben, das sich bereits vor der Feier über Wochen hinweg aufgebaut hatte. Ich spürte immer noch seine Hände auf meinem Körper und leckte mir über die Lippen. Mein Herz schlug schneller und ich fummelte mein Handy aus dem Rucksack.

Frohe Weihnachten, Chérie! Ich vermisse dich.
Wenn ich die Augen schließe, sehe ich nur dich.
Wann kommst du wieder?

Ich seufzte und antwortete:

Am zweiten Weihnachtstag hat Sylt mich wieder.
Können wir uns dann sehen? Ich vermisse dich auch.

Nervös biss ich auf meinem Daumennagel herum. Ob er übermorgen Zeit hatte für mich? Ich betrachtete meine Finger. Er war verheiratet und konnte sich vermutlich nicht einfach aus dem Staub machen. Ich schluckte schwer und vergrub das Gesicht im Kissen.

Kapitel 2

FISCHSTÄBCHEN

»Lauri? Willst du Weihnachten verpennen?« Hanna öffnete meine Zimmertür einen Spaltbreit.

»Ich komme schon!«, rief ich, wischte mir die Sabberfäden vom Mund und sprang auf, um in meiner Tasche nach einem passenden Weihnachtsoutfit zu suchen.

Sie steckte ihren Kopf durch den Türspalt. »Beeil dich. Es gibt gleich Essen und ich brauche dich unten, damit du Papa von Chris ablenken kannst. Er macht sonst den ganzen Abend blöde Witze über ihn.«

Ich seufzte und zog mir eine schwarze Jeans an, zu der ich eine kurzärmelige weiße Seidenbluse auswählte. Papa heizte den Ofen immer ordentlich ein und ich würde vermutlich ins Schwitzen kommen, wenn ich den Fokus von diesem Ken ablenkte. Hanna zuliebe. Ich trat zum Fenster und öffnete es, um einen tiefen Atemzug eisiger Luft zu nehmen, der mich möglichst wach machen sollte. Die Luft roch ganz anders als auf Sylt, aber dennoch rein und frisch mit einem Hauch Seegras. Das war der Duft meiner Heimat.

Ich bekam einen Schwung Regen ins Gesicht und schloss fröstelnd das Fenster. »Nun wird Weihnachten gefeiert!«, ermunterte ich mich und eilte hüpfend die Treppe runter, wie ich es als Kind getan hatte.

Im Wohnzimmer saß Mama auf der Armlehne von Papas Sessel. Der Weihnachtsbaum blinkte penetrant bunt. Also hatte Papa die Katze aus dem Sack gelassen. Ich betrachtete Mama, um ihre Stimmung einzufangen. Sie hielt Papas Hand und betrachtete ihn mit weichem Blick. Ihre andere Hand umschloss ein leeres Weinglas. Vermutlich hatte sie sich den Baum schön getrunken. Das konnte ich ihr nicht verübeln. Ihre Lippen umspielte ein Lächeln und ihre graublonden Locken schimmerten in den Farben der Lichterkette.

Ich räusperte mich, weil bisher niemand von mir Notiz genommen hatte. »Ich hole mir was zu trinken«, sagte ich. Meine Eltern brummten synchron.

Das Esszimmer trennte das Wohnzimmer von der Küche und Mama hatte es festlich auf das Weihnachtsessen vorbereitet. Die grüne Tischdecke mit den roten Schnörkeln bot eine stimmungsvolle Basis für das gute Geschirr von Uroma, welches nur zu Weihnachten aus dem alten Buffetschrank ans Tageslicht geholt wurde. Ich strich mit der Hand eine Falte auf dem Tischtuch glatt und das Wasser lief mir im Mund zusammen. Es roch nach Ente. Nach sehr knuspriger Ente. Ich sollte besser nach dem Essen sehen. Ich eilte zur Küchentür und öffnete sie. Blauer Rauch schlug mir entgegen. Der Rauchmelder im Esszimmer jaulte durchdringend laut auf und ich hielt mir die Ohren zu.

»Mama!«

Ich blickte zwischen der Küchentür und der Zimmerdecke hin und her. Meine Mutter sprintete an mir vorbei in die Küche und ich zog mir einen Stuhl an die Stelle im Esszimmer, an welcher die Höllenmaschine an der Decke kreischte. Ich kletterte hinauf und stocherte energisch mit dem Zeigefinger auf dem lärmenden Ding herum, bis es beim dritten Versuch Ruhe gab.

»So eine Kackscheiße!«, schrie Mama und ich hörte das Quietschen der Ofentür.

Im nächsten Moment legte der Rauchmelder erneut mit seiner Warnorgie los. Ich schrak zusammen und klammerte mich an der Stuhllehne fest.

»Papa, reiß mal das Fenster auf. Und schalte die Dunstabzugshaube an!«, rief ich wie ein Feldwebel. »Und hilf Mama in der Küche!« Mein Zeigefinger erwischte den ruhebringenden Knopf. Ein dumpfer Schmerz zog mir bis in die Schulter. »Scheiße! Autsch!« Ich rieb mir den Finger und stieg vom Stuhl runter.

»Was ist los, soll ich einen Krankenwagen rufen?« Papa wandte sich vom geöffneten Fenster zu mir und kicherte.

»Mensch, Papa! Kannst du nicht mal ernst bleiben? Das tut wirklich weh!« Ich betrachtete meine Hand. Hoffentlich war der Finger nur verstaucht. Wie sollte ich so im Büro tippen? Oder mit Jacques … »Ich brauche einen Schnaps. Sofort. Und dann müssen wir Mama trösten irgendwie. Vielleicht bringst du ihr auch erst mal einen Lütten.«

»Geht klar, Große. Wie wär's mit einem Jubi?«

»Egal. Hauptsache, er brennt in der Kehle.«

Ich folgte ihm in die Küche.

»Verdammt, was ist denn hier los?« Hanna stand im Flur und lugte durch die Tür. »Mama, alles okay?«

Hinter Hanna erschien der Kopf von Chris. »Ich bin bei der Freiwilligen Feuerwehr Bornstein.«

Meine Mutter saß auf ihrem Stuhl und starrte in den Backofen. Das Licht leuchtete, aber die tote Ente war vor lauter Qualm nicht mehr zu erkennen. Wie ein Pendel wippte Mama vor und zurück und schüttelte gleichzeitig den Kopf.

»Trink das. Ich kümmere mich um Plan B.« Papa drückte ihr ein üppig gefülltes Glas Aquavit in die Hand und reichte mir ein zweites. Er zog Mama von ihrem Stuhl und schloss sie fest in seine Arme. Er küsste ihre feuchten Augenwinkel.

Sie atmete durch und hob ihr Glas. »Na dann ... Prost!«

Papa goss sich ebenfalls ein Glas ein und reichte die Flasche an Hanna weiter. »Neben dem Jubi habe ich noch zwei Packungen Fischstäbchen entdeckt!« Er holte eine Pfanne aus dem Schrank und erwärmte etwas Öl.

Fischstäbchen mit Apfelrotkohl und Kartoffeln waren kein traditionelles Weihnachtsessen, aber unsere knurrenden Mägen beschwerten sich nicht.

»Es tut mir so leid. Ich wollte euch ein schönes Essen kochen.« Mama schüttelte den Kopf und pikste ein Stück Kartoffel auf ihre Gabel. »Das ist mir so unangenehm. Wie konnte das nur passieren?« Sie tupfte sich mit der Serviette über die Augen.

»Bei uns zu Hause gibt's auch immer Fisch an Heiligabend.« Chris richtete sich auf und blickte zu Hanna.

»Klappe zu, Klappspaten!«

»Papa!« Hanna schoss unserem Vater einen strafenden Blick zu.

»Ach, das war doch nur Spaß.« Papa nickte in Chris' Richtung und stopfte sich ein ganzes Fischstäbchen in den Mund. Hanna sah mich flehend an.

Ich seufzte leise und trank einen Schluck Wein. »Papa, erzähl doch mal. Wie bist du denn aufs Stricken gekommen?«, fragte ich und verwickelte ihn in ein Fachgespräch, das über Wolle zu Schafen führte und irgendwann an die Deiche der Westküste abdriftete, bis letztendlich Rungholt untergegangen war. Diese historische Geschichte erzählte er am liebsten und so liefen viele Gespräche auf Rungholt hinaus. Ich unterdrückte ein Gähnen, nickte viel und schenkte mir Wein nach.

Das Eis zum Nachtisch versöhnte alle. Wir räumten gemeinsam das Geschirr in die Küche und füllten die Spülmaschine. Die kohlrabenschwarze Ente im Ofen erwähnte niemand. Sie blieb dort, wo sie war. Ich nahm mir vor, sie am selben Abend direkt in die Mülltonne zu entsorgen, damit Mama das Elend nicht sehen musste.

Wir setzten uns aufs Sofa und Papa zündete die Kerzen am Weihnachtsbaum an. Er schaltete die bunte Lichterkette aus, sodass das Licht der Flammen flackernde Schatten der Zweige auf den Holzboden warf. Die weichen Polster schmiegten sich an meinen Rücken und ich betrachtete die Kerzen. Das Handy in meiner Tasche vibrierte. Mein Herz machte einen Satz. War das Jacques?

»Seht mal, was ich hier für meine Lieblingskinder habe.« Papa zauberte hinter seinem Sessel zwei flache Geschenke hervor.

»Mensch, Papa, wir haben doch vereinbart, uns nichts zu schenken!« Hanna kniff die Augen zusammen und lächelte gleichzeitig. Der Nicht-Schenken-Pakt galt seit ein paar Jahren und das war auch gut so, denn er vermied eine Reihe komplizierter Situationen aufgrund enttäuschter Familienmitglieder. »Und außerdem finde ich es echt unfair, dass du Hauke ausschließt.« Meine Schwester verschränkte die Arme vor der Brust.

So ein Mist. Jetzt hatte sie das Tabuthema angesprochen. Unser großer Bruder Hauke war zur Marine gegangen und ließ sich nur sporadisch zu Hause blicken. Das konnte auch damit zusammenhängen, dass Papa ihn für seine Ausbildung beim Militär ordentlich rundgemacht und die Bundeswehr als stümperhafte Versammlung von rechtem Gesinnungsgut bezeichnet hatte.

Ich schenkte Mama und mir Wein nach.

»Was denn? Habe ich nicht Lieblingstöchter gesagt?«

»Nein!«, antworteten Mama, Hanna und ich wie aus einem Mund.

»Oh. Na dann.« Papa zuckte mit den Schultern. »Aber eure Geschenke nehmt ihr trotzdem, oder?« Er drückte meiner Schwester und mir die in braunem Papier verpackten und mit weißrotem Zwirn verschnürten Bündel in die Hand.

Hanna legte ihr Päckchen vor sich auf den Tisch und griff nach ihrem Sektglas.

»Oh, danke! Was ist da drin? Ein Buch? Ein Klavier?« Ich wog das Paket in meinen Händen. Es war leicht und ließ sich biegen. Ich öffnete die Schleife mit Bedacht und Papa beobachtete mich mit gespanntem Kopfnicken.

Ich zog eine hellblaue Strickmütze aus dem Papier und setzte sie auf. Sie passte perfekt und schmiegte sich weich an meine Ohren.

Mama legte den Kopf schief und sah mich an. »Schnecki, die steht dir hervorragend und sie spiegelt die Farbe deiner Augen!«

»Das glaube ich nicht! Echt?« Ich stand auf und betrachtete mein Spiegelbild im Fenster. Es wurde vom flackernden Kerzenlicht verzerrt. Ich schnitt mir selber eine Grimasse und lächelte dann.

»Danke, Papa!« Ich drückte ihn fest und plumpste zurück aufs Sofa. Hanna hatte sich mittlerweile beruhigt und zog flaschengrüne Pulswärmer aus ihrem Geschenkpapier, die sie ebenfalls gleich anprobierte, und bedankte sich mit einem Kuss.

»Wer möchte noch Sekt?« Hanna schenkte Chris, Mama und mir nach. Papa schüttelte den Kopf und tippte auf den Vaporisator mit seiner »Medizin«.

»Das ist aber nicht legal, oder?«

Papa drehte seinen Kopf in Zeitlupe zu Chris herum und atmete Dampf aus.

»Mein Junge. Konsumieren ist legal. Kaufen ist nicht legal, Anbauen ist nicht legal.«

»Aber irgendwo müssen Sie es ja herhaben, oder?« Chris breitete die Arme aus und hob fragend die Schultern.

Ich schlug mir innerlich mit der Hand gegen die Stirn. Ich konnte nichts mehr für den Freund meiner Schwester tun. Diese Suppe musste er selber auslöffeln. Natürlich hatte er recht, aber für einen harmonischen Weihnachtsabend war seine Inquisition nicht hilfreich. Der Drang, in Ruhe nach meinem Handy zu sehen, verstärkte sich, aber ich wollte auch aufpassen, dass sich im Kerzenschein des Weihnachtsbaumes kein moralisches Schlachtfeld entwickelte.

»Weißt du, Klappspaten, sagen wir mal, ich habe das Gras gefunden.« Papa ließ den Vaporisator in seiner Hand kreisen. »Vielleicht ist es auch vom Himmel gefallen? Oder die

Nixe am Strand hat es mir gegeben? Such dir was aus.« Er zog einen Mundwinkel hoch und lehnte sich nach vorn. »Ist sowieso viel gesünder als Alkohol. Willst du auch mal?« Er streckte Chris das kleine Gerät entgegen.

»Äh. Nee. Ich möchte in nichts Illegales verwickelt werden.« Chris kreuzte hektisch die Hände vor dem Körper.

»Das ist nur illegal wegen finanzieller Interessen! Die Schnapsbrauer hatten die bessere Lobby damals in den Staaten, das Gras war die Droge der Schwarzen –« Papa haute mit der Faust auf die Armlehne des Sessels und Chris zuckte zusammen.

Verstehen konnte ich Papas Standpunkt, aber auch die Reaktion von Chris. Trotzdem wünschte ich mir ein wenig mehr Feingefühl von beiden. Papa redete weiter auf Chris ein.

Ich rückte auf dem Sofa nach vorn und tastete nach dem Handy in meiner Tasche. Was hatte Jacques geschrieben? War die Nachricht von ihm? Ich stand auf und streckte mich.

Hanna stieß mit den langen Fingernägeln gegen ihr Sektglas, als wollte sie eine Rede halten. Vermutlich versuchte sie, auf diese Art den Monolog von Papa zu durchbrechen, der mittlerweile beim Ku-Klux-Klan angekommen war.

Seufzend setzte ich mich wieder aufs Sofa und sah sie, genau wie meine Eltern, erwartungsvoll an. Sie würde doch nicht diesen Klappspaten heiraten wollen, oder etwa doch?

»Ich möchte, also wir möchten euch etwas mitteilen.« Demonstrativ griff sie nach Chris' Hand.

Oder war sie etwa schwanger? Ich verwarf diesen Gedanken. Dann hätte sie vermutlich nicht Unmengen an Sekt in sich hineingekippt.

»Chris und ich haben uns überlegt, zusammenzuziehen. Das heißt, ich werde endgültig ausziehen. Zum ersten Januar haben wir eine Wohnung in Gettorf.« Sie atmete hörbar ein und aus.

Für einen Moment war es so still, dass ich nur das Knistern einer Baumkerze hörte, die heruntergebrannt war. Der Rauch erreichte meine Nase und ich unterdrückte ein Niesen.

Mein Vater zückte die Fernbedienung und schaltete zielgerichtet den Sender an, auf dem *Katastrophenflug 232* lief.

Das ist jetzt nicht sein Ernst?!

Meine Mutter hingegen brach in Tränen aus. »Das ist ja wunderbar.« Sie schluchzte. »Dann sind ab nächstem Jahr alle Kinder flügge geworden.« Sie griff nach der Taschentuchpackung auf dem Tisch, fummelte umständlich ein Tuch heraus und schnäuzte sich laut. »Erst sind sie gerade geboren, dann schon wieder aus dem Haus. Nicht wahr, Brummbär?« Sie streichelte über Papas Arm.

»Ja, ja. Der Lauf des Lebens«, murmelte Papa.

Ich legte Mama meinen Arm um die Schulter. War sie glücklich oder traurig? Ich wusste es nicht genau und betrachtete sie von der Seite. Ihre Lippen zitterten. Vielleicht war sie über den Auszug von Hanna doch trauriger, als sie sagte.

Papa erhöhte die Lautstärke des Fernsehers. »Guck mal. Zack. Und schon brennt das Triebwerk!«

»Cool. Gleich bekommen die Fluggäste richtig Panik.« Chris zog einen Stuhl aus dem Wintergarten neben Papas Sessel und setzte sich, wobei er immer wieder die Reaktion meines Vaters prüfte. Vielleicht war der Klappspaten ja doch nicht so unbeholfen, wie er auf den ersten Blick auf mich gewirkt hatte.

Papa betrachtete ihn einen Moment lang und nickte. »Genau! Da geht's dann richtig ab!« Schon waren die zwei in ein Katastrophenflug-Fachgespräch vertieft. Hanna blickte die beiden an, verdrehte die Augen und lehnte sich grinsend zurück. Chris und Papa schienen eine gemeinsame Ebene gefunden zu haben.

Ich atmete tief durch und klatschte mit den Händen auf meine Oberschenkel. »Na wunderbar«. Mühsam erhob ich mich aus den gemütlichen Polstern des Sofas. Endlich konnte ich mein Handy checken. Mein Herzschlag beschleunigte sich, ich griff nach meinem Telefon und trat in den Hausflur.

Das Display leuchtete grell.

Fröhliche Weihnachten wünschen Anni und Kjell,

las ich und schluckte. Ich spürte die Säure des Alkohols in meinem Magen. Aus dem Wohnzimmer hörte ich meine Mutter und Hanna schnattern und die Katastrophenflugfraktion jubeln. Ich ließ die Schultern hängen, schlurfte in die Küche und setzte mich auf die Bank. Das Telefon kreiste in meiner Hand. Als ich es weglegte, leuchtete der Bildschirm auf.

Chérie, schöne Frau. Frohe Weihnachten.

Unvermittelt lächelte ich und mein Herz pumpte schneller. Er hatte an mich gedacht!

Das Quietschen der Backofentür schmerzte in meinen Ohren und der Anblick der verkohlten Ente schnürte mir den Brustkorb zu. Mama hatte sich bestimmt viel Mühe gegeben und es tat mir leid für sie. Ich zog den Bräter aus dem Backofen.

»Gute Nacht, Laura.« Meine Schwester stand in der Tür gefolgt von Chris.

»Nacht ihr zwei«, antwortete ich. »Ich werde den Vogel in der Mülltonne beerdigen. Irgendwelche tröstenden Worte, die ihr ihm mit auf den Weg geben möchtet?«

»Ich habe mal eine Pizza im Backofen vergessen.« Chris legte den Kopf schief.

»Frohe Weihnachten, Enti. Gestorben bist du schon lange vor Weihnachten. Deinem Wunsch nach Einäscherung sind wir im Rahmen unserer Möglichkeiten gefolgt.« Hanna verneigte sich vor dem Bräter in meiner Hand.

»Schlaft schön«, sagte ich.

Die beiden blickten sich verliebt an und Chris legte seinen Arm um Hanna. Ich freute mich für meine Schwester. Sie sah wirklich glücklich aus. Trotzdem spürte ich einen winzigen Piks in der Brust. Es musste schön sein, jemanden zu haben, der einen so ansah. Ich hatte an diesem Abend nur einen kohlrabenschwarzen Vogel im Arm.

Kapitel 3

FROM WESTCOAST TO EASTCOAST

Die Fußgängerzone von Sylt war verwaist an jenem sonnigen Morgen Ende Dezember. Es dämmerte und meine Stiefel klackerten auf dem Pflaster. Der moderne Waschbetonbau ragte vor mir auf. Die Holzelemente an der Fassade waren von Wind und Wetter ausgeblichen. Ich hielt den Chip an meinem Schlüsselbund an den Leser und mit einer kurzen Melodie öffnete sich der Schließmechanismus der Tür.

Das Licht schaltete sich automatisch an. Der Bildschirm an der Wand der Besprechungsecke flackerte auf und zeigte dann stumm einen Imagefilm von Sylt.

Die Jacke hängte ich an die Garderobe und umrundete dann meinen Schreibtisch. Ich strich über die weiße Hochglanzfläche und klappte das MacBook auf. Im dunklen Startbildschirm spiegelte sich mein Gesicht und ich strich mir die Haare in Form. Das Dudeln der Tür erklang und mein Herz pumpte schneller. Kurz darauf erreichte Jacques' herbes Aftershave meine Nase.

»Chérie, schöne Frau. Ich konnte es kaum erwarten«, raunte er mir ins Ohr und drehte meinen Stuhl. Er sah mich mit seinen haselnussbraunen Augen an. Seine dunklen Haare waren nach hinten gegelt und er war glattrasiert. Er reichte mir seine Hand und zog mich an sich. Unsere Lippen trafen sich. Es war nicht einer dieser vorsichtigen Küsse – nein, unsere Lippen und Zungen sagten ohne Worte, was wir beide wollten. Er hob mich hoch und ich schlang meine Beine um ihn. Ohne den Kuss zu unterbrechen, trug er mich in sein Büro und setzte mich auf seinen Schreibtisch. Die Tür fiel krachend ins Schloss und er schob mein Shirt nach oben. Ich öffnete seinen Gürtel und stöhnte auf, als er mit seinem Mund zu meinen Brüsten wanderte. Ausgehungert und wild fielen wir übereinander her.

»Chérie, das war unglaublich.« Jacques zog sich die Hose hoch und küsste meinen Nacken. »Das könnte ich gleich noch mal machen.«

Ich drehte mich um und legte ihm eine Hand auf die Wange. »Dann komm doch heute Abend zu mir.« Mein Herz wummerte kräftig in meinem Brustkorb.

»Wenn ich könnte. Aber leider. Laila hat schon was geplant. Du weißt doch –« Er sah mich an, legte den Kopf schief und hob die Schultern. »Ich muss auf den richtigen Augenblick warten. Chérie – bis dahin müssen wir vorsichtig sein.«

Ein dicker Stein legte sich in meinen Magen. Ich zupfte meinen Rock zurecht, schloss den BH und zog mein Shirt über. »Na dann …«, sagte ich und verließ sein Büro in Richtung Toilette. Die ersten Kollegen würden demnächst eintrudeln und ich wollte nicht – Jacques wollte nicht, dass man mir ansah, was wir gerade getan hatten.

ZEHN MONATE SPÄTER

Das Küchenfenster meines Apartments in Westerland trotzte dem Wind. Ich beugte mich vor, konnte die Straße vorm Haus aber nicht erkennen. Es war bereits dunkel und ich starrte in Richtung Meer, auch wenn die Nordsee mit dem Horizont zu einer dunklen Wand verschwamm.

Warum kam er nicht? Wieder entsperrte ich mein Handy, um nach einem Lebenszeichen von Jacques zu sehen. Er hatte mir versprochen, dass dieser Abend uns gehören würde. Doch bis auf ein Pärchen-Selfie von Chris und Hanna hatte ich keine neuen Nachrichten. Ich knabberte an meinem Daumennagel und schlurfte die wenigen Meter von der winzigen Küche zu meinem Wohn- und Schlafraum. Das Handy pfefferte ich im hohen Bogen auf mein Bett. Mein Blick streifte den Kalender. Ich nahm ihn von der Wand und blätterte ihn um. Es war bereits Mitte Oktober. Der Kloß in meinem Hals wurde immer größer. Ich hatte keinen Bock, noch länger zu warten! Ich konnte nicht einmal mehr zählen, wie oft Jacques mich im letzten Dreivierteljahr versetzt hatte. Ständig war irgendetwas dazwischengekommen. Trotzdem hatte ich ihm nie den Laufpass gegeben. Warum hielt ich an ihm fest? Konnte ich denn die Affäre beenden? Wollte ich das? Ich würde ihn jeden Tag im Büro sehen.

Das Handy vibrierte. Mein Herz machte einen Satz und ein kribbeliges Gefühl der Hoffnung wärmte meine Wangen.

Ich eilte zum Bett. Die Nachricht von Jacques auf dem Sperrbildschirm begann mit

Sorry, Chérie …

Tränen schossen mir in die Augen und ich sank aufs Bett. Ich hatte seine Absage erwartet und trotzdem traf es mich. Jedes einzelne Mal hatte es mich getroffen. Ich ärgerte mich über ihn, aber noch mehr über mich selbst. Warum schaffte ich es nicht, mich von ihm zu lösen? Was war mein verdammtes Problem?!

Grau in Grau lag der Himmel über Westerland. Es war Nachmittag und das Tageslicht konnte kaum als solches bezeichnet werden. Die Möwen kreisten über der Verladestation und waren kaum vom dunkelgrauen Himmel zu unterscheiden. Der Fahrer vor mir stieg aus seinem silbernen Opel. Er prüfte, ob die Dachbox korrekt verankert war, und zupfte feuchtes Laub von der Windschutzscheibe. Es würde noch mindestens zwanzig Minuten dauern, bis die Verladung begann. Ich pulte am Bezug des Lenkrads, legte den Kopf zurück und schloss die Augen.

Ein Hupen ließ mich zusammenzucken. Wie lange hatte ich geschlafen? Ich blickte nach vorn, wo sich die Autoschlange aufgelöst hatte. Ein Mitarbeiter des Sylt-Shuttles fuchtelte mit den Armen durch die Luft und sah mich finster an. Seine Warnweste reflektierte das Licht der Scheinwerfer so grell, dass ich die Augen zusammenkniff. Mit zitternder Hand drehte ich den Zündschlüssel herum. Meine Zähne klapperten. Der Wagen hatte sich während der Wartezeit ganz schön abgekühlt und es würde die nächsten fünfundvierzig Minuten nicht wärmer werden.

Ich wurde auf die untere Ebene des Autozuges gelotst und konzentrierte mich darauf, mein Auto auf die Spur zu lenken. Hinter einem grauen Audi hielt ich an und schaltete den Motor aus. Erst rumpelte es hinter mir, dann über mir und ich zog instinktiv den Kopf ein, obwohl das vollkommen sinnlos war. Kurze Zeit später ruckte der Zug und die Autos wackelten bedrohlich vor und zurück. Ein schrilles Quietschen dröhnte in meinen Ohren und langsam setzte sich der Zug in Bewegung.

Ich lehnte mich zurück, blickte links und rechts aus den Seitenfenstern. Die malerischen Häuser von Morsum gingen über in grüne Wattwiesen. Nach wenigen Minuten ließ der Zug Sylt endgültig hinter sich. Der Hindenburgdamm war von Wasser umgeben. Die Flut trat näher an die Bahnschienen heran als sonst. Es war Herbst und der Wind schubste das graubraune Wasser vor sich her.

Mein Handy klingelte auf dem Beifahrersitz und ich schielte auf das aufleuchtende Display. Jacques. Mein Herz klopfte schneller, doch mein Magen schnürte sich zusammen. Die übliche Reaktion auf ihn seit fast einem Jahr. Ich hätte kotzen können und griff trotzdem nach dem Telefon.

»Hi«, sagte ich und schloss für eine Sekunde die Augen.

»Hey Chérie, schöne Frau.«

Ich biss mir auf die Unterlippe, um ein Lächeln zu unterdrücken. Schöne Frau. So nannte er mich immer und ja, es verfehlte niemals seine Wirkung.

»Na. Wie ist die Lage im Büro?«, fragte ich, obwohl ich vor zwei Stunden noch dort gewesen war.

»Nicht so attraktiv wie heute Vormittag«, säuselte er und lachte. »Und bei dir? Hast du die Insel schon verlassen?«

»Noch nicht ganz. Ich bin aber schon unumkehrbar auf dem Shuttle.«

»Schade. Ich dachte, ich könnte noch mal bei dir vorbeikommen, bevor du tagelang aufs Festland verschwindest.«

Ich nahm das Telefon vom Ohr und schüttelte den Kopf. Was für ein Idiot! Gestern Abend wollte er zu mir kommen. Gestern! Heute im Büro hatte er seine übliche Entschuldigung abgezogen. Die Pralinen und die Rose konnte er sich sonst wohin schieben. Ich atmete einmal durch, setzte ein Lächeln auf und presste das Handy an mein Ohr. »Sorry. Irgendwann muss ich meinen Urlaub ja nehmen, *Chef.*« Ich lachte glockenhell und fuhr mir mit fahrigen Bewegungen durchs Gesicht.

»Chef klingt so förmlich.« Er seufzte. »Du bist sauer, oder?«

»Ich weiß nicht. Ein wenig. Ich hatte mich auf den Abend gestern gefreut.« Ich untertrieb maßlos. Meine linke Hand krallte sich am Lenkrad fest.

»Aber ...«

»Kein Aber. Ist okay. Ich bin Nummer zwei.« Meine Zähne malmten aufeinander.

»Nein, Laura, das ist doch –«

»Ja, was denn?« Ich schüttelte den Kopf. »Falsch? Wohl kaum!«

»Bitte versteh doch, ich kann Laila nicht einfach verlassen. Du weißt, wessen Tochter sie ist. Wenn das mit uns rauskäme – kaum auszudenken. Weißt du, was das für Konsequenzen hätte? Ich mit einer Mitarbeiterin. Wenn ich nicht dein Chef wäre … Aber … Ach. Ich weiß auch nicht. Ich möchte dich nicht verlieren. Aber ich kann Laila nicht einfach … Es ist kompliziert.«

»Ist es das nicht immer?« Meine Stimme klang bitter und mir schossen Tränen in die Augen. Ich nahm das Telefon vom Ohr.

»Aber Laura –«, tönte Jacques' Stimme, aber ich legte auf, schmiss das Handy zurück auf den Beifahrersitz und es schubste die Blume von der Pralinenschachtel in den Fußraum.

Tränen fluteten meine Augen. Ich beugte mich vor und hob sie auf. Die Dornen waren sorgfältig entfernt worden und ich sog den süßen Duft ein. Als wenn er sich damit freikaufen konnte! Ich ließ das Fenster hinunter und schmiss die Rose aus dem fahrenden Autozug. Sollten der Wind und die Nordsee sie sich holen. Der Fahrtwind dröhnte in meinen Ohren. Ich lehnte mich aus dem offenen Autofenster und brüllte einen Urschrei in Richtung Meer. Im nächsten Moment krampfte mein Magen. Mir war kotzübel. Hektisch setzte ich mich zurück und öffnete das Handschuhfach. Der Anblick von Plastiktüten beruhigte meinen Magen und ich atmete tief durch. Das panische Gefühl verschwand langsam.

Das gleichmäßige Wummern des Zugs wirkte einschläfernd auf mich und ich bemühte mich, die Augen offen zu halten. Immerhin war es erst kurz nach 16 Uhr und ich musste später noch bummelig eine Stunde über die Landstraße nach Hause fahren.

Das Krachen der Kofferraumklappe hallte durch die ruhige Straße. Der Himmel war sternenklar und ein eisiger Ostwind pfiff zwischen den verklinkerten Häusern hindurch. Aus den Fenstern meines Elternhauses schien warmes Licht und mein

Herz machte einen Satz, weil ich schon einige Monate nicht mehr hier gewesen war.

»Komm rein, sonst fliegst du noch wech!« Mein Vater stand in der Tür, noch bevor ich klingeln konnte.

»Moin Papa.« Ich umarmte ihn und er riss mir die Reisetasche von der Schulter.

»Ich mach das schon. Mama ist in der Küche. Sie hat dein Lieblingsessen gekocht.«

Ich hängte meine Jacke auf und kickte meine schwarzen Turnschuhe in die Ecke.

»Ente?« Ich gluckste und das tiefe Lachen meines Vaters schenkte mir ein warmes Gefühl im Bauch. Der Duft angedünsteter Zwiebeln lag in der Luft. Ich folgte ihm wie ein Hund, der eine erfolgversprechende Fährte aufgenommen hatte, und betrat die Küche. Meine Mutter trug eine Jeans und einen meerblauen Strickpulli und rührte mit dem Kochlöffel in einem großen Topf herum. Ihre graublonden Haare hatte sie zu einem unordentlichen Knoten zusammengebunden.

»Hey Mama, wie geht's dir?«

Sie fuhr zusammen und sah vom Herd auf. »Schnecki! Erschrick mich nicht so!« Sie lächelte mich an, legte den Löffel beiseite und kam auf mich zu. Ihre feste Umarmung ließ mich den Kloß in meinem Hals überdeutlich spüren.

Dieser verdammte Jacques!

Sie löste die Umarmung und betrachtete mich mit gerunzelter Stirn. »Ich habe dir einen kräftigen Gemüseeintopf gekocht. So wie früher.«

»Danke!« Ich löste mich von ihr und drückte ihr einen Kuss auf die Wange. Ich liebte ihren Gemüseeintopf. Als ich früher durchgefroren vom Spielen mit meinen Freunden am

Strand nach Hause kam, war der Gemüseeintopf für mich das beste Essen der Welt gewesen.

»Kann ich dir was helfen?« Ich griff an ihr vorbei nach dem Kochlöffel.

»Nee, komm du mal erst in Ruhe an. Der Eintopf muss nur noch mal richtig warm gemacht werden. Der zieht schon seit heute früh durch. Ich will nur sicherstellen, dass er nicht anbrennt.« Sie nahm mir den Holzlöffel aus der Hand und schob mich vom Herd weg.

Nach dem Essen kuschelte ich mich aufs Sofa. Papa guckte *Vier Fäuste für ein Halleluja* im Fernsehen und ich fühlte mich für einen Moment so sorgenfrei, als wäre ich wieder acht Jahre alt. Bud Spencer setzte zu einem seiner Faust-von-oben-Schläge an, als mein Telefon klingelte. Jacques. Ich drückte ihn weg und stopfte das Handy in die Sofaritze. Ein leeres Gefühl im Brustkorb ließ mich erschaudern.

Papa lugte hinter den Ohren seines Sessels hervor und drückte die Leisertaste tief in die Fernbedienung. »Hey Große, was ist los?«

»Hm.« Ich wollte ihm auf keinen Fall von der Daueraffäre mit Jacques erzählen. Das sollte er wirklich nicht wissen. Aber er merkte, dass etwas nicht stimmte. »Weißt du, das war nur die Arbeit. Und ich habe jetzt frei ... und irgendwie geht mir da gerade so einiges auf den Senkel.« Ich knabberte an meinem Daumen.

»Geht es dir nicht gut auf Sylt? Ich meine ... da gibt's doch bestimmt fette Partys.«

»Ja. Furchtbar spießige Austern-und-Champagner-Partys und derbe Dorfpartys. Für jeden ist was dabei.« Ich verdrehte die Augen und meine Stimme klang genervt. Die Partys waren schon okay, aber ich wäre gerne mal mit Jacques dorthin gegangen. Seitdem ich in diese Affäre geschlittert war, mied ich die Abendveranstaltungen, bei denen ich auf ihn und seine Frau treffen konnte.

»Weißt du, damals im Tucholsky ...«, setzte Papa an, wurde dann aber durch die Prügelei auf dem Fernsehbildschirm abgelenkt.

Ich atmete lautstark durch den Mund aus und knetete die Hände im Schoß. Da hatten mich Bud Spencer und Terence Hill vor den Bergstraßengeschichten meines Vaters gerettet.

»Ich weiß nicht. Vielleicht brauche ich beruflich eine Veränderung. Oder insgesamt einen Ortswechsel«, sagte ich, ohne das vorher in Ruhe durchdacht zu haben.

Papa schaltete den Ton des Fernsehers aus, hockte sich seitlich auf seinen Sessel und betrachtete mich eine Weile mit gerunzelter Stirn. »Weißt du, Große, ich habe schon ein paarmal in meinem Leben den Job gewechselt. Jedes Mal dachte ich, dass irgendetwas besser werden würde. Aber weißt du, was den Unterschied gemacht hat?«

»Dein medizinisches Marihuana?« Ich grinste, hoffte aber dennoch auf einen klugen Ratschlag.

»Nee. Vielleicht ein wenig. Aber darauf wollte ich nicht hinaus.« Er zog die Mundwinkel nach oben. »Was den Unterschied gemacht hat, war deine Mutter. Seitdem ich mit ihr zusammen bin, hat es auch der beschissenste Job nicht geschafft, mich unglücklich zu machen, weil ich jeden einzigen Tag wusste, dass wir ein Team sind. Dass ich ihr alles erzählen kann und sie mich versteht. Und das war – und ist – für mich das Glück der Welt.«

Ich kniff die Augen zusammen. »Du meinst also, wenn ich einen tollen Typen habe, dann ist der Job egal?«

»Nee. Du bist auch ohne tollen Typen super! Also – wie soll ich das erklären?« Er stützte das Kinn auf der Fernbedienung auf. »Weißt du, manches wird einfacher, wenn man ein Zuhause hat, das einen unterstützt. Wo man einfach so sein kann, wie man möchte. Dann sind blöde Tage im Job einfach nicht mehr so wichtig.« Er wandte den Kopf zum Fernseher. »Ui, guck mal. Jetzt gibt's was auf die Nuss!«, rief er und stellte den Ton wieder lauter.

Seine Worte hallten in meinem Kopf nach. *Nicht mehr so wichtig.* Was sollte das bedeuten? Momentan war mein Liebesleben mit meinem Job auf unangenehme Weise vermischt. Da war entweder nur Job – inklusive Jacques – oder gähnende Leere. Mein Leben schwankte zwischen Gefühlschaos und Einsamkeit hin und her. Das machte mich müde. Ich tastete nach dem Handy, nahm es aber nicht in die Hand. Mein Herz sehnte sich nach Aufmerksamkeit von Jacques und gleichzeitig schnürte sich mein Hals zu. Immer wieder dieser Stich in den Brustkorb, der mir sagte: Du bist nur die zweite Wahl, Laura. *Er wird seine Frau nie verlassen.* Aber wenn er nicht mehr mein Chef wäre? Hatte er nicht so etwas gesagt? Mein Herz schlug schneller und ich ärgerte mich darüber. Mit der Faust schlug ich auf das blauweiß gestreifte Sofakissen neben mir, zog es an mich und vergrub meinen Kopf darin.

Papa juchzte. »Hast du gehört, was Bud gerade gesagt hat?«

Mit verschwommenem Blick schaute ich auf den Abriss der Pappkulisse im Fernsehen und fühlte mich, als würden

Bud Spencer und Terence Hill höchstpersönlich meine Eingeweide auseinandernehmen.

Später im Bett streckte ich ein Bein unter der Decke hervor und dachte daran, dass ich als Kind Angst hatte, es würde ein Krokodil ankommen und nach dem entblößten Fuß schnappen. Ohne nachzudenken, zog ich das Bein zurück in die warme Bettdeckenhöhle und betrachtete die Schatten an der Wand.

Wie oft hatte ich hier wach gelegen und überlegt, wie wohl der nächste Tag werden würde. Ob mein Kumpel Tim mich morgen zur Schule abholen würde, ob die Englischarbeit schwer werden würde oder was ich morgen anziehen sollte, damit der arrogante Arne mich endlich ansprechen würde. Aber das hatte er nie, im Gegenteil! Als mir die Kette vom Fahrrad gerissen war und ich im strömenden Regen versucht hatte, sie wieder einzusetzen, war er mit Absicht durch die Pfütze neben mir gefahren. Mit matschigen Klamotten, kohlrabenschwarzen Händen und triefend nass war ich zu spät zum Unterricht gekommen. Auch in diesem Moment, so viele Jahre später, hörte ich wieder sein hämisches Lachen in meinen Ohren, in das die ganze Klasse eingestimmt hatte, und fühlte mich winzig klein wie damals. Trotzdem hatte ich Arne meine ganze Schulzeit angehimmelt, hatte mich aber bis zum Abschluss nicht getraut, mehr als drei Worte mit ihm zu wechseln. Ich betrachtete meine Hände. Ich war kein Kind mehr. Ich tastete nach der Nachttischlampe und griff in etwas Flauschiges.

»Hast du mich denn vermisst, Flappsi?« Ich schnappte mir meinen alten Stoffhasen, drückte ihn mir an die Wange und wickelte mich mit ihm zusammen in die Bettdecke.

Kapitel 4

ENTSCHEIDUNGEN

»Gut geschlafen, Schnecki?«

Mit halb geschlossenen Augen wankte ich in die Küche und formte still das Wort »Kaffee« mit meinen Lippen.

Mama saß am Küchentisch und umklammerte einen Becher mit ihren Händen. Sie betrachtete mich von unten nach oben.

»Du siehst ja aus, als kämst du aus der Gruft. Ich schenke dir erst mal einen Kaffee ein«, sagte sie mit liebevoller Stimme.

»Danke.« Meine Kehle fühlte sich an wie ein Reibeisen und ich streckte meine Arme in die Luft und gähnte. Ich rieb mir durchs Gesicht. Die Augenlider waren geschwollen und ich fühlte mich, als hätte mich in der Nacht ein Zug überrollt.

Mama drückte mir einen Becher in die Hand. *Du bist lustig, dich töte ich zuletzt*, las ich auf dem weißen Porzellan. Ich verdrehte die Augen über Mamas Becherspleen und pustete in die dampfende Flüssigkeit. Der Kaffee war mit Milch gestreckt und der erste Schluck rann heiß meine Kehle hinunter. Dieses Gefühl sagte mir: Moin Laura, aufwachen, heute ist ein neuer Tag und das ist gut so!

»Kommst du gleich mit, eine Torte bestellen?« Mama blätterte in der Tageszeitung.

»Ja klar. Wenn es um Torte geht, bin ich weit vorn dabei!« Am nächsten Tag wollte Mama ihren Geburtstag feiern. Ich biss mir auf die Lippe. Ich brauchte auch noch ein Geschenk für sie.

»Prima! Ich kann mich doch immer so schlecht entscheiden.« Mama lächelte und ich zog einen Teil der Zeitung zu mir. Mein Blick wanderte zur Uhr. Es war schon nach zehn. »Du hast geschlafen wie ein Stein«, sagte Mama. »War es stressig im Job?«

»Ja. Irgendwie schon. Aber nun bin ich hier. Auszeit. Pause von der Insel.« Aus der silbernen Thermoskanne schenkte ich mir Kaffee nach. Die Überschriften des Lokalteils lasen sich wie gewohnt: *Preisskat in Rieseby, Grundschule Waabs freut sich über neue Bücher* … Auf der nächsten Seite gab es einen halbseitigen Bericht über die Tourismusagentur von Eckernförde. Seit meinem Praktikum vor sechs Jahren war ich nicht mehr dort gewesen. Ich erkannte Maike Hillersen auf dem Foto und las neugierig. Sie war immer noch die Chefin und sah auf dem Foto genauso herzlich aus wie damals. »… neue Projekte, Neuausrichtung der Veranstaltungen im nächsten Jahr … freuen uns, dass wir eine zusätzliche Stelle besetzen dürfen …«, murmelte ich und sah auf. »Wusstest du, dass Maike eine zusätzliche Stelle in der Tourismusagentur besetzen darf?«

Meine Mutter schüttelte den Kopf. »Davon hätte ich gehört. Da hätte ich dir sofort 'ne Nachricht geschickt. Vielleicht ist das gerade neu?«

»Stimmt.« Ich tippte mit dem Finger auf die Zeitung. »Hier steht, dass der Stadtrat das erst vorgestern genehmigt hat.«

Was wäre, wenn ich den Job wechsle? Dann könnten Jacques und ich –

Ich tippte mir mit dem Daumennagel an die Zähne. Meine Mutter beobachtete mich dabei und zog die Nase kraus. Flink zog ich meine Hand zurück und tastete nach meinem Handy. Mist. »Kannst du mir ein Foto von dem Artikel schicken, Mama? Ich habe mein Telefon oben.«

»Willst du dich bewerben? Hier in Eckernförde? Ich dachte, dir geht es gut in Westerland. Das ist doch um Längen cooler, als den Tourismus von Eckernförde zu managen.«

Ich brummte. »Na ja. Eckernförde ist nicht so verstaubt, wie es mal war. Und eine Neustrukturierung klingt spannend.« Ich stand auf und griff mir eine Banane aus dem Obstkorb. »Da hätte ich schon Lust drauf. Vielleicht. Ich muss mir das überlegen.« Ich schälte die Banane und zuckte mit den Schultern.

Mama schoss ein Foto von der Stellenanzeige und lächelte mich an. »Weißt du was, Schnecki? Das liegt doch auf dem Weg! Gehen wir heute mal bei Maike vorbei. Ich muss mit ihr eh noch schnacken wegen der Ausstellung von Katrin in der Stadthalle.«

»Dann springe ich mal unter die Dusche.« Ich biss von der Banane ab, nickte Mama zu und griff nach meinem halbvollen Kaffeebecher.

»Und schmeiß mal deinen Vater aus dem Bett!« Sie zwinkerte mir zu.

»Mit dem größten Vergnügen.« Ich grinste und trottete nach oben.

»Guck mal, die sieht voll lecker aus!« Ich zeigte auf eine der vielen handgemachten Torten in der Auslage von Ramonas Strandcafé. Das Kunstwerk war mit einer dicken Schicht weißer Creme bedeckt. Mir lief das Wasser im Mund zusammen.

»Das ist unsere Apfel-Schmand-Torte. Ich kann euch zu morgen Mittag gerne eine backen. Dann ist sie ganz frisch für den Nachmittagskaffee.« Die Ladeninhaberin strahlte übers ganze Gesicht und betrachtete liebevoll die vielen süßen Versuchungen in der gekühlten Vitrine.

Mama runzelte die Stirn. »Was meinst du, Schnecki?«

»Ich meine, wir bestellen uns einen Kaffee und ein Stück von der Torte, um eine qualifizierte Entscheidung treffen zu können.« Mama zog eine Augenbraue hoch. Das reichte mir als Bestätigung. »Zwei Pott Kaffee und ein Stück der Apfel-Schmand-Torte … und ein Stück von der hier, bitte.« Ich zeigte auf ein weiteres rundes Kunstwerk, dessen Hauptzutat Schlagsahne sein musste.

»Das ist unsere Eierlikörtorte. Bringe ich euch sehr gerne. Setzt euch doch.«

Ich sah mich um. Ein älteres Ehepaar saß am Fenster und in der Nähe der Spielecke wippten zwei Mütter ihre wuseligen Kinder auf dem Schoß. Am Ärmel zog ich Mama hinter mir her und wir setzten uns an einen kleinen Tisch in der Nähe des Tresens. So konnten wir auch die anderen Auslagen im Blick behalten, die alle köstlich aussahen.

»Und am Freitag trank sie einen Schluck Kaffee und aß ein Stück Torte. Danach hatte sie Bauchweh. Morgen wird sie zu einem wunderschönen Schmetterling.« Ich zwinkerte meiner Mutter zu, die mir früher täglich die Geschichte der Raupe Nimmersatt vorgelesen hatte.

»Tja, das wäre mal was – vom Tortefressen schöner werden. Wie eine Raupe.« Mama gackerte wie ein Huhn. Die beiden Kinder rissen die Augen auf und starrten sie an.

Ramona brachte uns Kaffee und Kuchen. Ich probierte einen Bissen und seufzte. »Die Eierlikörtorte ist der Hammer! Die musst du nehmen! Probier mal!«

Wir tauschten die Teller. Die Apfeltorte schmolz in meinem Mund und das Zusammenspiel von Säure und milder Creme war göttlich. »Nee, Stopp. Nimm die Apfeltorte. Oder beide!« Gierig schlang ich einen weiteren Bissen hinunter und spülte mit Kaffee nach.

»Ich weiß nicht. Wir sind ja nur zu fünft. Eine Torte reicht. Die mit dem Obst.« Mama nippte an ihrem Becher und versteckte ein Gähnen hinter ihrer Hand.

»Alles gut?«

»Ja. Nur ziemlich müde. Habe schlecht geschlafen letzte Nacht.«

»Torte soll helfen. Und Kaffee.«

»Ja, ja. Wasser hilft gegen Müdigkeit!« Sie wandte sich zum Tresen um. »Könnte ich ein großes Glas Wasser haben, bitte?«

Wir beendeten in Ruhe unser Testessen, bestellten die Torte für den nächsten Tag und verließen das Café. Milde Luft umwehte meine Nase und auch, wenn es schon Oktober war, hatte die Sonne noch jede Menge Kraft. Ihre Strahlen wärmten meine Wangen und wir schlenderten auf der Promenade in Richtung Exer. Die Ostsee glitzerte und winzige Wellen schwappten in gleichförmiger Regelmäßigkeit an den Strand.

Ich dachte an Jacques.

Unser letzter gemeinsamer Abend war eine Woche her. Er hatte Champagner und Austern mitgebracht. Ich hatte mich auf den Champagner konzentriert. Austern. Wer brauchte denn so was? Okay, mein Chef. Aber dann waren wir übereinander hergefallen. Die Spannung, die sich tagsüber in der Agentur zwischen uns aufgebaut hatte und schier unerträglich geworden war, entlud sich in einer Explosion aus Verlangen und Lust. Meine Haut prickelte, doch der Geschmack in meinem Mund war schal.

Ich war und blieb Nummer zwei. Aber wenn ich nicht mehr auf der Insel arbeiten würde. Vielleicht …?

»Hast du dir das gut überlegt?«, brach Mama das Schweigen.

Ich fühlte mich ertappt. »Was meinst du?«

»Na, ob du dich in Eckernförde bewerben möchtest?« Mama wankte neben mir. Sie versuchte, nicht auf die Linien zu treten. Das hatten wir gespielt, als ich klein war, und sie hatte nie damit aufgehört.

»Warum sollte ich das nicht? Es ist doch schön in good old Ecktown.«

Und außerdem ist hier kein Chef, der täglich meine Gefühle durcheinanderbringt und mit dem ich mir je nach Terminkalender seiner Frau die Seele aus dem Leib vögle.

Mir war heiß und ich öffnete meine Jacke.

»Jo. Schön ist das hier auf jeden Fall.« Mama blickte über die Förde. »Aber Sylt. Das ist schon irgendwie ein anderer Schnack. Ich meine«, sie verdrehte ihren Fuß, um einer Linie auszuweichen, »internationaler Surf-Weltcup in Westerland gegen Aalregatta in Eckernförde. Ich bitte dich, Schnecki!«

Irgendwie stimmte das. Der Job auf Sylt war herausfordernd und die Veranstaltungen hatten zum Teil weltweite Aufmerksamkeit.

»Mama, du brichst dir noch ein Bein! Bist du nicht zu alt für so was?« Ich zeigte auf die Pflastersteine zu unseren Füßen.

»Laura Schmidt! Erstens bin ich auf keinen Fall zu alt, auch wenn ich morgen Geburtstag habe. Zweitens lenkst du ab.« Sie blickte mich streng von der Seite an.

»Sorry.« Ich strich ihr über den Rücken. »Du hast vollkommen recht. Niemand ist je für irgendetwas zu alt.« Die Ostsee glitzerte in der Sonne und ich sog den süßlich herben Duft des herbstlichen Strandes durch meine Nase.

»Richtig.« Mama verlangsamte ihren Gang und rieb sich über die Schläfe. »Was ist denn nun mit Sylt? Wenn es dort so großartig ist, warum möchtest du weg?«

Ich schluckte. Ich wollte ihr auf keinen Fall die Wahrheit sagen. Während ich den Blick über die Bucht wandern ließ, antwortete ich: »Weißt du, auf Sylt ist es zwar cool, aber es ist irgendwie zu viel. Zu viel Schickimicki, zu viel Weltaufmerksamkeit, zu viel Unterschied zwischen den Urlaubern und den alteingesessenen Bewohnern der Insel. Da ist das Ursprüngliche verlorengegangen. Die wunderschöne Natur steht im krassen Gegensatz zum Tourismus dort. Das fühlt sich unecht an.« Ich atmete schnaufend aus. Das stimmte zwar, war aber nicht der Hauptgrund, mich in Eckernförde zu bewerben. Aber ich wollte meiner Mutter wirklich nicht erklären, dass ich Distanz zwischen Jacques und mich bringen wollte und hoffte, so vielleicht zu seiner Nummer eins werden zu können. Das war so bescheuert, dass es mir sogar vor mir selber peinlich war. Trotzdem klammerte ich mich an diesen Strohhalm.

»Jo. Das kann ich verstehen.« Mama senkte den Blick und tänzelte weiter um die Linien der Pflastersteine. Ihr Telefon klingelte. Sie zog es aus ihrer Jackentasche und beantwortete den Anruf. Ich betrachtete die Bucht von Eckernförde und fragte mich, ob ich bereit war, den Schritt zu machen und mich beruflich von Jacques zu lösen. Würde ich ihn vermissen, wenn ich ihn nicht mehr täglich im Büro sah?

»Das war Papa … Ich hatte ihm versprochen, dass wir noch zum Kanal fahren. Wegen der Ausstellung kann ich auch später noch telefonieren.«

»Kein Problem. Ich kann alleine zu Maike gehen. Fahr du ruhig mit Papa Schiffe gucken.«

»Das ist lieb.« Sie gab mir einen Kuss auf die Wange.

»Viel Spaß mit Papa!« Ich bog nach rechts ab in Richtung Tourismusagentur.

»Schöne Grüße an Maike. Sag ihr, dass ich sie anrufe!«, rief Mama mir hinterher. Sie folgte der Promenade in Richtung Süden. Mein Weg schlängelte sich an einem alten Reetdachhaus vorbei in Richtung Innenstadt.

»Mensch, Laura! Das ist ja eine Überraschung!« Maike kam mit ausgebreiteten Armen auf mich zu. Sie drückte mich fest an ihre Brust, schob mich dann zurück und betrachtete mich. Wie in einer Grillzange steckten meine Schultern zwischen ihren ausgestreckten Armen. Ihre blondierten schulterlangen Haare waren mit so viel Festiger fixiert, dass sie nicht mit den dynamischen Bewegungen ihrer Trägerin mitschwangen. Große Perlenohrringe strahlten mit dem goldenen Brillengestell um die Wette. Ich lächelte und löste mich aus ihrem Klammergriff.

Es roch nach Bohnerwachs und die alten Dielen knarzten. Die modernen Schreibtische standen in angenehmem Kontrast zum Altbau und ich betrachtete die verwaisten Bürostühle und schaute auf die Uhr an der Wand. Es war kurz nach zwölf.

Ein mulmiges Gefühl breitete sich in meinem Magen aus. *Ich habe einen guten Job! Was mache ich hier?*

»Die anderen sind in der Mittagspause. Sie bringen mir was mit.« Maike betrachtete mich und tätschelte mir die Schulter. »Sach mal, wie geht es dir? Wie laufen die Geschäfte auf Sylt? Da ist sicher jede Menge zu tun! Mit den ganzen Veranstaltungen. Aus aller Welt kommen die Menschen! Faszinierend.« Ihre ansteckend fröhliche Art hatte ich ganz vergessen. »Na, dann setzen wir uns mal hin. Willst du einen Kaffee? Wir haben eine neue Maschine. Guck mal.«

Ich folgte ihr in die Teeküche und bewunderte den glänzenden Kaffeevollautomaten.

»Ich hatte heute schon ordentlich Kaffee, aber einer geht noch.« Ich reckte meinen Daumen nach oben und Maike griff zwei Tassen aus dem Schrank. »Immer noch mit Milch?« Sie fummelte die Knöpfe an den Manschetten ihrer hellblauen Bluse auf und krempelte sich die Ärmel hoch.

»Jo.« Ich nickte. »Kann ich dir was helfen?«

»Nee – guck mal. Das Zauberdingens macht alles von alleine.« Sie drückte auf zwei Knöpfe und stellte die Becher nebeneinander unter die Maschine. Diese rappelte, brummte und zischte. Maike reichte mir einen Becher und ich umschloss ihn mit beiden Händen. Ich pustete auf die

Oberfläche des Kaffees und beobachtete die winzigen Wellen. In meinem Kopf dröhnte es. Was machte ich hier? Wollte ich wirklich nach Eckernförde zurück? Warum? Weil ich gerne hier arbeiten wollte, oder war es nur die Flucht aus dem Jacques-Dilemma?

»Aber nun erzähl mal. Was verschafft mir die Ehre? Ich freue mich riesig, dass du vorbeigekommen bist.« Sie wies auf zwei Barhocker an einem schmalen Tresen und ich setzte mich.

»In der Zeitung … ich habe es heute Morgen gelesen.« Ich stellte den Kaffee ab und atmete durch. »Ihr habt eine Stelle offen?«

Maikes Augen weiteten sich. Sie zog eine Braue hoch und klopfte mit dem Kaffeelöffel auf ihre Unterlippe. »Ja. Das stimmt. Ist ganz frisch.« Dann zog sie die andere Augenbraue hoch. »Kennst du da jemanden?« Ihre Mundwinkel zuckten.

Ich nippte an meinem Gebräu. Es brannte heiß auf der Zunge. »Ja.« Ich sah ihr in die Augen. Meine Stimme zitterte ein wenig. »Ich suche nach beruflicher Veränderung.« Die Luft staute sich in meiner Lunge. Vor lauter Anspannung vergaß ich, zu atmen.

»Laura, im Ernst? Aber Sylt? Das ist doch der absolute Traumjob! *Die* Nummer-eins-Location von Deutschlands Tourismusorten!« Sie musterte mich von oben bis unten. »Meinst du das ernst?«

Ich nickte und atmete aus.

»Aber warum?« Sie hob ihren Cappuccino und ließ mich über ihren Becher hinweg nicht aus den Augen.

»Na, weil ich finde, dass Sylt ausgereizt ist.« Meine Wangen wurden heiß. Weil die Situation mit Jacques ausgereizt ist, wäre der wahre Auslöser gewesen. Aber das würde ich Maike sicher nicht erzählen.

Maike kniff die Augen zusammen. »Im Gegensatz zu Eckernförde?«

Ahnte sie etwas? Mittlerweile glühte mein Kopf. Ich biss auf meinen Daumennagel und umklammerte den Kaffeebecher. »Ja. Schon. In Eckernförde ist jede Menge passiert in den letzten Jahren, aber es gibt noch so viel Potenzial. Ich bin hier geboren. Ich glaube an diesen wundervollen Ort. Was für ein Urlaubsparadies!« Ich straffte den Rücken und zeigte auf die beeindruckenden Bilder vom Hauptstrand, die an der Wand hingen. Das war nicht gelogen. Ich liebte Eckernförde und konnte mir keinen besseren Ort auf der Welt vorstellen.

Maike blickte über die Bilder hinweg und starrte auf die weiße Wand. Sie schwieg. Das war selten.

Meine Handflächen wurden feucht und mir war heiß. Vielleicht hatte ich etwas zu viel Koffein intus?

»Laura.« Meine ehemalige Chefin blickte mich ungewohnt ernst an.

»Ja?«

»Willst du das wirklich?« Sie ließ mich nicht aus den Augen. Sie schien nicht einmal zu blinzeln.

Ich rutschte auf dem Hocker hin und her, atmete einmal tief durch und folgte meinem Bauchgefühl. »Sehr gerne. Die Zeit im Praktikum hier war wunderschön. Und ja, ich gebe es zu. Westerland war ein Hauptgewinn für die Ausbildung. Und dass sie mich übernommen haben, war großartig. Aber nach fünf Jahren Insel sehne ich mich nach einem Ort, wo ich zu Hause bin. Nach einer Location, die viel bietet, aber noch nicht so abgehoben ist. Bodenständig und familiär.«

Ich umklammerte den Becher, sodass meine Knöchel weiß wurden.

Maike lächelte breit und legte eine Hand auf meinen Arm. »Das ist großartig!« Ihr Lächeln erreichte die Augen. Meine Anspannung löste sich und statt der unangenehmen Hitze hatte ich ein warmes Gefühl im Bauch. »Schick mir deine Unterlagen per E-Mail. Ich habe schon ein paar Bewerbungen erhalten, werde aber sehen, was sich machen lässt. Ich brauche auf jeden Fall schnell jemanden, der gleich mit anpacken kann.«

Mein Herz klopfte. »Ich habe viele Überstunden aufgebaut und könnte flexibel reagieren«, sagte ich schnell und bedankte mich bei ihr für das Gespräch.

Sie brachte mich zur Tür und erklärte dabei, wie das Gehalt aussehen würde und die sonstigen Rahmenbedingungen für den Job. Wir verabschiedeten uns und ich schlenderte in der warmen Oktobersonne am Meer entlang.

Mein Herz schlug wie wild vor Freude. Es fühlte sich richtig an. Ich würde gleich meine Bewerbung fertigstellen und an Maike senden. Das Gehalt wäre sogar etwas höher als in Westerland, ich würde jedoch keine Wohnung gestellt bekommen. Für einen Moment trübte sich mein Stimmungshoch. Wenn ich den Job bekam, würde das den Abschied von Jacques bedeuten. Würde er sich zu mir bekennen? Würden wir uns weiter heimlich treffen an den paar Tagen im Jahr, wo er auf dem Festland unterwegs war?

Ich schlenderte hinunter zum Wasser. Über der Bucht war der Himmel noch tiefblau, aber hinter mir baute sich eine dunkle Wolkenwand auf. Ich hob einen Stein auf und schmiss ihn ins Meer. Sollte Jacques doch sehen, wo er blieb. Ich nahm mein Leben selbst in die Hand!

Kapitel 5

FREUNDSCHAFTSDIENST

»Moin Laura! Biste mal runtergekommen von der Insel?« Kjell sprang vom Sofa auf und nahm mich in die Arme. Ich legte für einen Moment meinen Kopf an seine Brust.

Wir kannten uns schon ewig. Damals war er mit meinem Bruder um die Häuser gezogen. Ich hängte meine Jacke auf und rieb meine Hände aneinander, die trotz der kalten Herbstluft draußen schwitzten.

»Hey, wie geht's dir?« Anni kam aus dem kleinen Zimmer neben der Treppe und drückte mich. »Sorry, ich mache gerade die Buchhaltung.« Sie rieb sich die Augen. »Hat Kjell dir schon was angeboten? Möchtest du ein Bier?«

»Ja, gerne. Aber keine Umstände. Ich hole mir selber eins.«

Anni nickte. Kjell griff nach ihrer Hand und zog sie an sich. Ich schaute auf meine Fußspitzen. Die zwei waren so ein harmonisches Team, dass es mir zu sehr verdeutlichte, wo ich in meinem Leben stand.

»Macht es euch was aus?« Anni zeigte auf die Tür, aus der sie gekommen war. »Ich muss noch den Scheiß da zu Ende machen.«

»Nein. Natürlich. Ist doch kein Problem.« Ich ging zum Kühlschrank der Wohnküche, öffnete ihn und zog eine kalte Flasche unter einigen Packungen Käse und Butter hervor. »Du auch, Kjell?«

»Türlich!«

Ich griff nach einer zweiten Flasche und versetzte der Kühlschranktür einen Stoß mit dem Fuß.

Zwischen weichen Kissen vergrub ich mich in einer Sofaecke, fummelte das Handy aus der hinteren Tasche meiner Jeans und legte es neben mich. Mit beiden Daumen drückte ich gegen den Bügelverschluss der Flasche.

Plopp!

Kjell saß am anderen Ende der Couch und prostete mir zu. »Was gibt's Neues, kleine Schwester? Alles senkrecht auf der Insel? Hast dich ja den ganzen Sommer nicht blicken lassen.« Er lächelte schräg und nahm einen kräftigen Schluck.

»Schwester? Da bist du vor einigen Jahren aber gewaltig falsch abgebogen!« Ich dachte an diesen einen Abend, als wir beide viel zu viel getrunken hatten, und biss mir auf die Lippe.

»Mensch, Laura, das ist nie passiert.« Er fuhr sich durch die Haare. »Also es war gut. Nicht falsch verstehen. Aber wir wussten beide, dass das nur eine Nacht war.« Er schaute mich nicht an, sondern betrachtete das Etikett seiner Flasche. »Weiß dein Bruder das eigentlich mittlerweile? Ich hoffe nicht. Sonst fang ich mir eine ein.« Er lachte hart auf.

»Das ist so witzig, wie du rumeierst!« Ich kicherte und bewarf ihn mit einem blauweiß gestreiften Sofakissen.

»Mensch, Alter! Unser Absturz ist aber wirklich verjährt und ich werd's Hauke bestimmt nicht auf die Nase binden. Ich hoffe, du hast Anni davon erzählt. Nicht, dass sie sich Sorgen macht, wir würden ihr etwas verheimlichen. Mücke und Elefant und so. Du kennst das.«

»Keine Angst. Anni und ich«, er blickte verträumt in Richtung der geschlossenen Arbeitszimmertür, »das ist«, er räusperte sich, »etwas so Großartiges. Und sie weiß, wie viel sie mir bedeutet.« Kjell wurde tatsächlich rot.

»Gut.« Ich atmete durch. Ich wollte wirklich nicht für eine Krise zwischen Kjell und Anni verantwortlich sein. Das, was die beiden hatten, war beneidenswert. Sie gingen so offen und leicht miteinander um und trotzdem spürte man immer noch die Leidenschaft zwischen ihnen. Mein Mund war trocken. Die Bierflasche lag kalt in meiner Hand und ich genoss den ersten Schluck, der kühl meine Kehle hinunterfloss. »Tja. Also, was es Neues gibt ... « Mein Handy leuchtete auf und ich las die Nachricht meiner Schwester.

Ich freue mich auf dich morgen! Auf dich und die Geburtstagstorte!

Flink schickte ich ihr eine Handvoll Emojis zurück und tippte aus Reflex auf die Statusmeldungen meiner Kontakte. Mein Herz setzte einen Schlag aus. »So ein Arsch!« Meine Kehle schnürte sich zu und ich genehmigte mir einen ordentlichen Schluck Bier. Dabei ließ ich meinen lächelnden Chef mit seiner Frau im Arm und Herzchen unter dem Bild nicht aus den Augen. Dann sperrte ich mein Handy und pfefferte es aufs Sofa.

Kjell wischte sich übers Kinn und zog einen Mundwinkel hoch. »Ah. Versteh schon. Läuft bei dir.«

Ich tastete nach einem weiteren Kissen, das ich nach ihm werfen konnte, fand keines und betrachtete verloren den Verschluss der Bierflasche. Ein dicker Kloß lag mir im Hals und ich schluckte umständlich an ihm vorbei.

»Nun schieß mal los. Geht Sylt endlich unter?«

Ich lächelte matt. »Nee. Sylt ist weiterhin schön. Also die Insel. Auf die Bewohner bin ich gerade nicht so gut zu sprechen. Also eigentlich nur auf einen Bewohner.«

Kjell richtete sich auf. Ich hingegen vergrub mich immer weiter in die Kissen, zog die Beine an und umschlang sie mit den Armen.

»Du …«, druckste ich herum. »Ich erzähl dir jetzt was, aber du hältst die Klappe und verurteilst mich nicht, okay?«

Er fuchtelte mit den Händen vor seinem Körper herum und verschüttete dabei ein paar Tropfen. »Mensch, Laura.« Er stellte die Flasche auf den Tisch und fuhr sich über das Kinn. »Ich bin damals wie ein Idiot vor Anni weggelaufen.« Er blickte zur geschlossenen Tür hinter uns. »Dann habe ich mich im Haus deiner Eltern besoffen und …«, seine Wangen röteten sich, »… irgendwann vor langer, langer Zeit waren wir zwei mal in der Kiste und du bist trotzdem noch meine beste Freundin – also bis auf Anni natürlich.« Seine Mundwinkel schnellten nach oben und er sah mir direkt in die Augen. »Ich bin der Allerletzte, der dich für irgendetwas verurteilt.« Er nickte übertrieben.

Ich seufzte. »Okay. Also.« Einen Schluck aus der Flasche brauchte ich noch, bevor ich das erste Mal jemandem von Jacques erzählte. Ich stellte die Flasche auf den Tisch und setzte mich zurück. Über meine Knie hinweg sah ich zu Kjell und sagte leise: »Ich habe eine Affäre mit meinem Chef.« Schnell blickte ich auf die Sofalehne und hörte das Blut in meinen Ohren rauschen.

Kjell sah mich mit offenem Mund an und legte den Kopf schief. »Seit fast einem Jahr«, ergänzte ich und senkte den Blick. »Niemand weiß davon. Hoffe ich. Und er ist verdammt noch mal verheiratet! Die Tochter von so 'nem bescheuerten Promi-Lokal-Typen in Kampen.« Vorsichtig hob ich den Kopf.

Kjell biss in sein Kissen, wippte auf und ab und prustete im nächsten Moment los.

Mir schossen Tränen in die Augen. »Sag mal, geht's noch?« Ich trat ihn zur Strafe in die Seite. »Was zum Teufel ist so witzig? Er hat gerade ein Bild mit seiner Frau gepostet, ich bin im Arsch und du lachst mich aus?« Ich zog die Beine fester an meinen Körper.

»Nein, nein. Laura. So ist das nicht. Das ist etwas falsch rübergekommen.« Er rieb sich seine Flanke. »Sorry. Echt. Aber das klingt nach einem Fernsehfilm im Ersten. *Sylter Intrigen* oder so. Da fehlt noch der Mord. Willst du sie umbringen?« Er wackelte mit den Augenbrauen.

»Hast du noch alle Latten am Zaun? Nein, will ich nicht!« Ich richtete mich auf und straffte die Schultern. »Weißt du, was ich machen werde?« Erst reckte ich den Zeigefinger in seine Richtung, dann tippte ich mir auf die Brust. »Ich komme zurück nach Eckernförde. Und dann muss Jacques entscheiden, ob er zu mir stehen kann oder nicht.«

Kjells Augen weiteten sich. »Was? Du – zurück nach Eckernförde? Und dann willst du den Typen entscheiden lassen?« Er schüttelte den Kopf. »Das ist doch bescheuert.«

»Wie meinst du das?«

Kjell zuckte mit den Schultern, nahm einen Schluck Bier und ich bedeutete ihm mit einer Handbewegung, es mir zu erklären.

»Na ja. Nimm dein Leben doch selbst in die Hand. Du bist 'ne tolle Frau und brauchst doch keinen Waschlappen, der nicht zu dir steht. Tinder dich durch die Welt oder so.«

»Hmm.« Ich griff nach meinem Telefon und ließ es in meiner Hand kreisen. Ich war mir noch nicht sicher, ob es eine gute Idee war, den Frust über einen Typen mit einem anderen zu kompensieren.

»Schleswig-Holstein ist nicht die Welt«, konterte ich ausweichend.

»Wird das der neue Werbeslogan für Urlaub in Eckernförde?« Kjell hielt sich den Bauch vor Lachen. »Nee, im Ernst, Laura. Du installierst dir jetzt Tinder, ich berate dich bei deinem Profil und dann hast du mal ein wenig Spaß. Und vielleicht ist sogar ein super Typ dabei. Ich war vor Anni auch auf Tinder unterwegs. Es gibt auch coole Jungs dort.« Er zeigte auf sich, zwinkerte mir zu, griff nach meiner leeren Bierflasche und ging in die Küche.

Ich kaute an meinen Fingernägeln. Klar. Kjell war *der* Supertyp. Er rödelte im Kühlschrank und ich nutzte die Zeit, seine Worte sacken zu lassen. Gute Kerle – auf Tinder? War das nicht wie ein Sechser im Lotto? Ich suchte nicht nach einer schnellen Bettgeschichte. Da konnte ich auch bei Jacques bleiben. Ich seufzte und trommelte mit den Fingern auf meinem Handy herum. »Ach manno, Kjell. Ich wollte mich gerade in Selbstmitleid ertränken und du kommst hier mit *praktischen* Lösungsvorschlägen!« Ein Hauch Sarkasmus schwang in meiner Stimme mit.

»Ja. Und mit Flens.« Er reichte mir eine neue Flasche Bier über die Sofakante. »Und nun rück mal dein Handy rüber. Ich richte dir Tinder ein.«

Ich zögerte. »Aber hier in Eckernförde kennt doch jeder jeden. Das ist doch superpeinlich.« In meinem Kopf flog alles durcheinander. War es wirklich das, was mich abhielt? Und was war mit Jacques?

»Na und? Ist doch scheißegal. Und wenn es dir doch peinlich ist, gib doch einfach Flensburg oder Kiel an.« Er nickte wissend.

»Ich sehe, ich bin bei einem Profi gelandet.« Ich entsperrte mein Handy, reichte es Kjell rüber und öffnete mein Bier. Sollte er doch die blöde Dating-App installieren. Ich musste mich ja mit niemandem Treffen und so konnte ich mich wenigstens in Ruhe dem Bier und dem Selbstmitleid hingeben, während Kjell mit meinem Telefon beschäftigt war.

»Einmal kurz bestätigen.« Er hielt mir mein Smartphone hin und ich bestätigte den Download, gab es ihm aber nicht wieder zurück. Er streckte die Hand danach und setzte einen Hundeblick auf, aber ich schüttelte mit dem Kopf. Das ging wirklich zu weit.

»Na gut. Aber du richtest dir dein Profil ein. Versprichst du es mir?«

Ich sah von meinem Telefon auf und sagte nichts. Das war doch albern! Das würde ich sicher nicht tun.

»Laura, jemand zu Hause?« Kjell klopfte sich zweimal an den Kopf und grinste schief.

»Jo. Vielleicht. Mal sehen. Nerv nicht.« Ich lachte und sperrte mein Handy, damit er keinen Quatsch mehr damit anstellen konnte.

»Wenn dir jemand gefällt, wischst du nach rechts, wenn nicht, dann nach links, und wenn dir jemand gefällt, dem du auch gefällst, dann nennt man das *Match.*«

Ich verdrehte die Augen. »Nur weil ich Tinder bisher nicht nutze, lebe ich nicht hinterm Mond.«

»Auf 'ner nordfriesischen Insel ist ja fast wie hinterm Mond.« Er lachte tief.

»Sylt. Nicht Amrum.«

»Gibt's da einen Unterschied?« Er grinste breit.

Kissen! Ich brauchte dringend mehr Kissen, um sie nach ihm zu werfen. Da! Ich schnappte mir eines vom Boden und schleuderte es Kjell ins Gesicht. Das hatte er verdient!

Eine Tür knarzte. Anni nahm sich ein Bier aus dem Kühlschrank und setzte sich zwischen Kjell und mich aufs Sofa. Sie öffnete ihre Flasche, trank einen großen Schluck und schmiegte ihren Kopf an Kjells Schulter. »Buchhaltung. Früher gab es Daumenschrauben und heute gibt es Buchhaltung.« Sie seufzte und schloss für einen Moment die Augen.

Kjell kraulte ihr lockiges Haar und hauchte ihr einen Kuss auf den Scheitel. »Danke, Schneewittchen. Ich koche, du machst die Buchhaltung … andersherum lägen wir beide vergiftet in einem hundertjährigen Schlaf.«

»Das war Dornröschen«, korrigierte ich ihn.

»Da kann ich doch nichts dafür. Uns wurden damals alle Märchenkassetten aus dem Auto geklaut, als ich sechs Jahre alt war.« Er zog einen Mundwinkel hoch.

»Allgemeinbildung«, murmelte Anni, gähnte und schloss erneut die Lider.

Ich unterdrückte ebenfalls ein Gähnen und leerte meine Flasche. »Ich lass euch mal alleine. Du siehst müde aus, Anni. Ich will nicht stören.«

»Du störst nicht«, antwortete sie mit geschlossenen Augen, »aber ich bin wirklich müde.« Sie legte eine Hand auf Kjells Brust.

Ich fröstelte für einen kurzen Moment, stand auf und brachte die leere Flasche zur Küchenzeile.

»Komm uns mal wieder besuchen«, sagte Anni, »wenn ich nicht gerade in der Buchhaltungshölle schmore.«

»Na klar. Ich bin ja auch noch ein paar Tage in Ecktown.«

Ich stellte meine Flasche auf den Küchentresen, nahm meine Jacke in dem winzigen Flur vom Haken und ging zurück zum Sofa, um mich zu verabschieden.

»Und check vorm Einschlafen noch mal die Typen ab auf Tinder!« Kjell zwinkerte mir über die Sofalehne hinweg zu.

»Du tinderst?« Annis müde Stimme wurde fast von der Couch verschluckt.

»Ja, sicher. Dein Lebensabschnittsgefährte hat es mir wärmstens empfohlen.« Ich kniff die Augen zusammen und nickte mit bewusst hochgezogenen Mundwinkeln.

»Warum auch nicht.« Kjell klang, als müsse er sich verteidigen. »Vielleicht ist ja ein Sahnestück dabei … dein Schnöselchef aus Kampen vergnügt sich ja auch mit seiner Frau.«

»Jetzt wird's interessant.« Anni richtete sich auf und schaute mich über die Rückenlehne des Sofas hinweg an.

»Kjell ist so Feuer und Flamme, der kann dir ja alles erzählen. Ich finde alleine raus. Gute Nacht, ihr zwei.«

»Komm gut nach Hause.« Anni winkte mir zu.

»Verlauf dich nicht! Und mindestens zwanzigmal nach rechts wischen heute noch!« Kjell lachte dunkel auf.

»Ganz sicher nicht, Zwerg Nase!« Ich verdrehte die Augen und verließ die Wohnung über dem Café Seestern.

Kapitel 6

SCHNAPS UND LIEBE

Durch den Hinterausgang des Lokals trat ich auf die Promenade. Es war bereits stockdunkel und ein fieser Ostwind peitschte hohe Wellen an den Strand. Die sonst so ruhige Ostsee verbreitete gemeinsam mit dem Wind einen dröhnenden Lärm. Ich liebte dieses raue Wetter. Wenn die See so laut war, dass ich meine eigenen Gedanken nicht hören konnte. Die Schwingungen der mächtigen Wassermassen vibrierten in meinem Körper. Ich sog die kalte Luft durch die Lungen, kreuzte die Bahnlinie und stieg die Treppen hinauf zum Wohngebiet meiner Eltern. Oben wandte ich mich um und der Wind blies mir erbarmungslos ins Gesicht. Es war eine klare Nacht. Die Sterne funkelten über der Bucht und die Lichter an den entlegenen Ufern schimmerten wie eine Diamantenkette.

Eine halbe Stunde später lag ich in meinem Jugendbett und lauschte dem Brummen von Papas automatisch betriebener Pflanzbox in der Zimmerecke.

Ich ließ das Handy in meiner Hand kreisen. Keine Nachricht von Jacques, nur der bescheuerte Status mit Laila. Ich schluckte. Warum hing ich so an diesem Idioten? Ich kaute auf meinem Daumen herum und entsperrte das Handy. Wie gewohnt checkte ich die Nachrichten und die Statusmeldungen. Auf dem Display erschien ein neues Turtelfoto von Jacques und Laila.

Echt jetzt?

»Fick dich, Jacques!«

Eine Nachricht von Kjell blinkte auf.

Profil schon erstellt? Mach mal! Vielleicht fühlst du dich dann besser. Schlaf schön.

Ich biss mir auf die Unterlippe und schloss die Messenger-App. Mein Daumen schwebte über dem neuen Icon. Mein Herz schlug etwas schneller. *Ich kann mir das ja mal angucken. Allein schon, um mich vom Inselidioten abzulenken.*

Ich tippte *Laura, 26* ein und gab Kiel als Standort an. Der Cursor blinkte gleichmäßig und wartete auf einen beschreibenden Text über mich oder einen reißerischen Anmachspruch oder was auch immer.

Der Horizont ist am schönsten dort, wo das Meer ihn berührt, tippte ich und löschte es gleich darauf wieder. Was für ein Geseier! Nächster Versuch: *Schnaps und Liebe!* Besser, aber das ging irgendwie in die falsche Richtung.

Moin! Ich liebe das Meer, Bier und schlagfertige Gesprächspartner. Mein Finger zuckte zur Löschen-Schaltfläche, tippte aber nicht drauf. Ich las den Satz noch dreimal und zuckte mit den Schultern. Wenn mir etwas Besseres einfallen würde, konnte ich das immer noch ändern.

Nun das Foto. Ich seufzte. Ich hatte kaum Bilder von mir auf dem Handy. Hanna hatte im Frühjahr eines von mir geschossen, als sie mich auf Sylt besucht hatte. Meine Haare waren so verwuschelt, wie ich sie gern mochte. Hinter mir leuchtete das Meer und ich lächelte. Aber was war das? Ich spreizte meine Finger auseinander, um mein Gesicht heranzuzoomen. War das ein Pickel auf meiner Stirn? Ich scrollte weiter durch meine Fotos. Da musste es doch irgendwo noch ein besseres geben. Ich fand ausschließlich blöde Selfies, auf denen ich die Zunge rausstreckte oder Grimassen zog. Ich ließ die Schultern hängen. Na dann das mit dem Pickel. Vielleicht konnte ich den irgendwie retuschieren? Ich tippte auf Bearbeiten und suchte nach dem richtigen digitalen Werkzeug. Das Ergebnis war schlimmer als vorher. Ich knabberte an meinem Daumennagel und überlegte. Sollte ich das Bild einfach so hochladen? Ich gab mir einen Ruck und betrachtete mein Profil. Nun war ich also offiziell so verzweifelt, dass ich mich bei einer Dating-App angemeldet hatte.

Chérie, schöne Frau. Ich denke an dich.

Die Nachricht von Jacques erschien als Banner oben auf dem Display und ich schlug mit der Faust aufs Bett.

»Arschloch!«, donnerte ich meinem Telefon entgegen. Ich wischte seine Nachricht weg und war gespannt, was die Kieler Männerwelt auf Tinder zu bieten hatte.

Was waren das für Lackaffen! Freier Oberkörper, Sixpack. Manche von den Muskelpaketen waren irgendwie heiß, aber die Fotos wirkten so gestellt. Dass ich jemandem von denen ein Like schenken würde, konnte Kjell sich in die Haare schmieren!

Im nächsten Moment erschien ein Bild von einem entspannt lächelnden Typen mit kurzen dunklen Haaren. Er trug ein dunkles T-Shirt und einen Strohhut. Sein Gesicht war schlecht beleuchtet, doch seine Augen wirkten tiefgründig und schienen mich durch das Display direkt anzusehen. Das Bild war irgendwo in der Natur aufgenommen. Es sah nach einer Selbstauslöseraufnahme aus und war leicht unscharf. Bevor ich ihn zurückhalten konnte, wischte mein Daumen nach rechts und mich betrachtete daraufhin der nächste vor Testosteron triefende Muskeltyp.

Mist. Hatte ich den Strohhutkerl wirklich gelikt? Konnte er das sehen? *Verdammt! Der wird sich sicher denken: Was ist das denn für eine?*

Ich wechselte zum Messenger und antwortete Kjell.

Ein Like. Mehr war nicht drin. Die Fitnesscenter-Gang aus Mettenhof scheint Tinder übernommen zu haben. Gute Nacht und liebe Grüße an Anni.

Ich tippte auf den Chat mit Jacques. Meine Finger zuckten. Nein, ich würde ihm nicht antworten. Ich schluckte schwer und aktivierte den Flugmodus. Die Welt da draußen konnte mich mal. Ich rollte mich in meinem vertrauten Bett zusammen und schloss die Augen.

Mit klopfendem Herzen drückte ich den Senden-Button.

Moin und liebe Grüße von der Ostsee.

Ich hatte Jacques doch geschrieben. Dabei wollte ich ihn ignorieren. Ich schüttelte den Kopf über mich selbst.

Papa hatte Mama zum Mittagessen ins Treibgut hinter dem Südstrand ausgeführt und ich bereitete im Wintergarten alles fürs feierliche Kaffeetrinken zu ihrem Geburtstag vor. Ich sah mich um und atmete tief durch. Die Sonne hatte den hellen Raum gewärmt und es duftete nach Pflanzenerde und Holz. Hanna und Chris wollten gegen drei Uhr kommen. Ich hatte also noch eine gute Stunde Zeit.

Ich eilte in den Keller. »Ah ja, die ist gut!« Ich zog eine provenzalische Tischdecke aus dem alten Wäscheschrank. Ich hoffte, dass sie Mama gefallen würde. Im Garten schnitt ich Lavendelzweige und eine Rose. Ich verteilte die intensiv duftenden Rosenblätter mit den Lavendelblüten auf der Decke. Das rosa geblümte Geschirr von Oma kramte ich aus dem Buffet im Esszimmer hervor. Ich betrachtete mein Werk und nickte zufrieden. Mama würde sich sicher freuen.

Mein Handy vibrierte in der Hosentasche und löste ein rasendes Herzklopfen in meiner Brust aus.

You got a new match mit drei Herzaugen-Emojis daneben. Ich kniff die Augen zusammen und öffnete sie wieder, ließ mich in den Schaukelstuhl von Papa fallen und schüttelte den Kopf. »Was habe ich mir nur gedacht«, murmelte ich und entsperrte den Bildschirm.

It's a match – du und Ben steht aufeinander. Die Wörter sprangen mich an. Ich hatte mich doch für das Pickelbild entschieden. Das musste ein Irrtum sein.

Ich biss mir auf die Lippe. Wenn der Typ sich meldete, würde ich mich mit ihm treffen. Ich legte das Handy auf meinen Schoß, doch in der nächsten Sekunde bimmelte es schon wieder. Ich schluckte und griff mit zitternder Hand nach dem Telefon.

Moin Laura, klingt jetzt abgedroschen, aber ich weiß gar nicht, wie man die App richtig bedient. Mein Bruder hat mich dazu gezwungen, sie zu installieren. Hast du vielleicht Lust auf ein unverbindliches Essen heute Abend? Wie wär's mit dem Zen Kitchen in der Altstadt? Viele liebe Grüße, Ben

Ich starrte eine Weile mit aufgerissenen Augen und heruntergeklappter Kinnlade auf mein Handy. Dann betrachtete ich meine Finger beim Tippen, als wäre ich gar nicht in meinem Körper anwesend.

Na klar. Gerne. 20 Uhr? Bis später, Laura

In der nächsten Sekunde realisierte ich, dass ich dem Typen wirklich geantwortet hatte. Mein Herzschlag bollerte in meinem Brustkorb.

Ich stieß mich vom Boden ab und schaukelte mit angezogenen Beinen auf Papas Stuhl. Nach Mamas Geburtstagskaffee hatte ich ein Date mit einem Wildfremden. Was für ein Sonnabend! Ich sollte Kjell Bescheid sagen, dass ich mich heute Abend mit diesem Ben traf. Nur falls der Typ ein Axtmörder war oder Ähnliches. Ich erschauderte. Sollte ich lieber wieder absagen? Oder zögerte ich, weil ich gar nichts Schickes zum Anziehen dabeihatte? Hektisch tastete ich mein Gesicht nach Pickeln ab. Ich drehte das Telefon in meiner Hand und dachte einen Moment nach.

Wenn Jacques sich auf meine Nachricht meldet, sage ich ab.

Ich nickte und steckte mein Handy in die Tasche. Im nächsten Moment klingelte es an der Tür.

Der Nachmittag verlief entspannter, als ich erwartet hatte. Kurz nach Hanna und Chris trudelten meine Eltern ein. Sie waren vom Restaurant zurückgelaufen und leicht beschwipst. Ich servierte Kaffee und Tee und die Torte schmeckte göttlich. Papa bemühte sich sogar, Chris mit seinem richtigen Namen anzusprechen.

»Liebe Heike, ich habe ein ganz besonderes Geschenk für dich. Warte kurz.« Chris verschwand in den Flur und kam kurz darauf mit einem Gitarrenkoffer wieder.

»Vorsicht! Der ist voller Waffen!«, rief mein Vater, suchte Deckung unter der Tischplatte und hielt sich dann den Bauch vor Lachen.

Hanna verdrehte die Augen und ich stieß Papa an, damit er sich zusammenriss. Chris klappte den Koffer auf.

»Oh. Doch nur ’ne Gitarre.« Papa blickte gespielt enttäuscht.

»Ich habe tagelang für ein Geburtstagsständchen geübt. Happy Birthday, Frau Schmidt.« Chris prüfte, ob die Gitarre gestimmt war, und legte los.

»Rock ’n’ Roll, Klappspaten!«, rief Papa ihm zu und reckte seine rechte Hand in Form der Metal-Pommesgabel in die Luft.

Die schnulzige Pop-Ballade schmerzte in meinen Ohren, aber Mama standen Tränen der Rührung in den Augen. Ich konnte so etwas leider nicht. Musikalisch war ich nicht begabt. Das war Chris anscheinend auch nicht, aber selbst Papa band es ihm ausnahmsweise nicht auf die Nase. Er ließ sich von Chris die Gitarre reichen und spielte ununterbrochen den Anfang von Metallicas »Nothing else matters«.

Nach einer Weile trugen wir gemeinsam das Geschirr in die Küche und verabschiedeten Hanna und Chris. Glücklicherweise hatte Papa die Gitarre zurückgegeben.

Er und Mama kuschelten sich aufs Sofa, um einen Film zu gucken, und ich räumte die Küche auf.

Happy Birthday, Mama.

Ich traute mich nicht, aufs Handy zu schauen. Es hatte ein paarmal vibriert, aber wenn keine Nachricht von Jacques dabei war, würde ich heute Abend auf ein Tinder-Date gehen. Aufregung, Angst und Trotz wechselten sich ab. Eine von Omas alten Tassen rutschte mir aus der Hand und brach in der Keramikspüle in zwei Teile. »Verdammt!« Ich wusch sie mit der Hand ab und nahm sie mit in mein Zimmer. Dieses blöde Missgeschick musste ich Mama ja nicht unbedingt an ihrem Geburtstag beichten. Vielleicht konnte ich sie auch wieder kleben? Ich betrachtete das zerbrochene Porzellan in meiner Hand. Gab es nicht in Japan die Tradition, zerbrochenes Geschirr mit goldenem Kitt zu reparieren, um aus dem Verlust etwas noch Schöneres entstehen zu lassen?

Schnaufend schüttelte ich den Kopf. Nein, ich konnte es nicht ewig aufschieben. Irgendwann musste ich auf mein Telefon gucken. Es war fast sieben. Um halb acht musste ich losfahren, wenn ich um acht in Kiel sein wollte. Hoffentlich war der Typ nicht enttäuscht, wenn er mich sah. Mit klopfendem Herzen entsperrte ich das Smartphone.

Prima, ich freue mich. Bis später. Ben

Außerdem entschuldigte sich Hanna für die Gitarrenperformance von Chris und Paypal informierte mich über die Abbuchung von Netflix. Mehr nicht. Keine Nachricht von Jacques. Ich hatte einen Kloß im Hals, schluckte jedoch gegen ihn an. Prächtig amüsieren würde ich mich heute Abend, Ende, aus! In meiner Sporttasche wühlte ich nach einem passenden Outfit. Sollte ich noch mal duschen und mir die Beine rasieren? Vor zwei Tagen hatte ich frisch geduscht und mit seidig glatten Beinen in meinem Apartment gesessen und vergeblich auf Jacques gewartet. So ein Affentanz! Ich sah an mir herunter. Nee, Jeans und T-Shirt reichten aus. Und geduscht hatte ich heute früh. Warum sollte ich mich für einen Tinder-Typen verkleiden?!

Kapitel 7

KIEL

Mit mulmigem Gefühl im Bauch betrat ich das Zen Kitchen. Rote Textillampenschirme beleuchteten das in Weiß gehaltene Lokal. Der süßsaure Duft von Sushireis verband sich mit dem Aroma gebratener Zwiebeln. Wasser lief mir im Mund zusammen, obwohl ich nach der Apfel-Schmand-Torte am Nachmittag gedacht hatte, ich würde nie wieder etwas essen können. Ich atmete durch. Ein Tinder-Date also. Ich kam mir fehl am Platz vor und ich widerstand dem Drang, auf dem Absatz kehrtzumachen und zum Parkhaus zurückzueilen. Hoffentlich zeigte der Typ nicht seine Enttäuschung, wenn er mich sah. Ich hängte meine Regenjacke an die Garderobe und schaute mich um.

Ich rief mir das Foto von Ben ins Gedächtnis, konnte mich aber nur an diesen durchdringenden Blick erinnern. Ein paar Tische entfernt am Fenster hob jemand die Hand. War er das? Auf dem Bild trug er einen Strohhut. Das wäre ein gutes Erkennungszeichen gewesen. Der Typ winkte noch einmal in meine Richtung und der Blick war derselbe wie auf dem Tinderprofil. Das musste er sein.

Mein Herz schlug schneller und mit wackeligem Gang bewegte ich mich auf mein Date zu. Was tat ich hier? Und was war mit Jacques? Alles nur wegen dieses Scheißkerls! Um meinen Brustkorb schnürte sich ein imaginäres Band. Ich musste mich zusammenreißen. Wie ein Hering auf dem Trockenen sollte ich vielleicht nicht unbedingt vor ihm auftreten. Weg mit Jacques. An den wollte ich heute Abend als Letztes denken. Ich wollte das Treffen genießen, zwang mir also ein Lächeln auf die Lippen und straffte die Schultern.

Ich legte den Kopf schief. »Moin, äh, Ben?«

Er nickte, lächelte mich an, stand auf und streckte mir die Hand entgegen. »Moin Laura, schön, dass du gekommen bist. Setz dich doch!«

Irritiert glubschte ich ihn an und erwiderte die Geste steif. *Mann, Laura, wir sind hier nicht auf Sylt,* erinnerte ich mich. Begrüßungsküsschen waren auf dem schleswig-holsteinischen Festland bei wildfremden Personen nicht angesagt.

Bens Mundwinkel zuckten, genau wie seine Augenbrauen. Für einen gefühlt ziemlich langen Moment hielt er meine Hand fest. Seine war kühl und die raue Haut kitzelte an den Fingern.

Okay. Definitiv denkt er sich, was ich bloß für eine Trulla bin.

Verkrampft versuchte ich ein Lächeln, setzte mich auf den Stuhl und rutschte hin und her.

»Bist du gut hergekommen?« Ben schaute mich an und lächelte. Seine Iriden wirkten fast schwarz und ich konnte seinen Blick nicht deuten.

»Ja. Alles prima. Sorry für die fünf Minuten Verspätung. Mein Vater hat mich gezwungen, noch den Bericht von so 'nem Typen im Schleswig-Holstein-Magazin anzugucken.

Wie hieß der noch? Irgendwas mit Jot. ›Das ist ein Künstler! Der macht aus ’nem Gänseblümchen einen Star-Wars-Film‹, sagt Vaddern immer.«

Verdammt! Warum erzählte ich so ein wirres Zeug?

»Du wohnst noch bei deinen Eltern?« Ben zog die leicht buschigen Augenbrauen hoch und lachte. Seine weißen Zähne strahlten mich an. Das Licht der Deckenbeleuchtung spiegelte sich in seinen Augen. Sie mussten dunkelblau sein. Sein markantes Kinn und die ausgeprägten Wangenknochen gefielen mir. Ich musste bei diesem Gespräch irgendwie die Kurve kriegen, um nicht völlig blöd dazustehen.

»Nee. Ich bin nur zu Besuch. Meine Mutter hat heute Geburtstag. Wir haben am Nachmittag mit der Familie gefeiert.« Meine Wangen erhitzten sich.

»Ach so.« Er kniff die Augen zusammen, als würde er mir zuzwinkern.

Was, glaubte er, dass ich flunkerte?

»Ist das die Karte? Weißt du schon, was du nimmst?« Ich zog sie von seinem Platz zu mir herüber und studierte sie. »Kann mich immer so schwer entscheiden.« Die Fisch-Reis-Kombinationen hörten sich alle verführerisch an.

»Ne, weiß noch nicht – aber vielleicht können wir uns eine Platte teilen. Da gibt es welche für zwei Personen. Was meinst du?«

Ich sah auf und er grinste.

»Du darfst auch eine aussuchen.« Mit einem Schulterzucken lehnte er sich zurück und strich mit den Fingerspitzen über das ausliegende Besteck. »Ich esse quasi alles.«

Ich fixierte ihn über die Karte hinweg. »Du isst alles? Also wirklich alles? Oder nur alles hier in diesem Laden?« Herausfordernd zog ich eine Augenbraue hoch.

Er rieb sich das Kinn, was mir für einen Moment den Atem stocken ließ. Dann antwortete er mit tiefer Stimme: »Vielleicht findest du ja irgendwann raus, was ich nicht mag.« Seine Stimme war warm und tief und er machte schon wieder dieses Augenzusammenkneif-Lachfalten-Dings.

Ich konnte diese Miene nicht so ganz deuten, aber ich lächelte zurück, bestellte eine Sushiplatte für uns beide und betrachtete mein Gegenüber genauer. »Und, was machst du so, wenn du nicht gerade auf Tinder unterwegs bist?«, fragte ich und legte die Speisekarte beiseite.

»Hm, sonst so?« Er räusperte sich. »Eigentlich bin ich Ranger im Nationalpark Wattenmeer.«

»Eigentlich?« Ich kniff die Augen etwas zusammen.

»Ja, von Anfang März bis Ende Oktober.« Er blickte auf seine analoge Armbanduhr, als würde er dort den Zeitraum ablesen.

»Ähm … wenn ich mich nicht täusche, haben wir Oktober.« Nun zwinkerte ich ihm zu.

»Ja, ich habe ein paar Tage frei.« Er fuhr sich wieder über das Kinn und ich folgte seinen Fingern mit meinem Blick.

»Und was macht man da so als Ranger? Den ganzen Tag Vögel zählen? Eins, zwei, drei, vier –« Ich grinste und streckte einen Finger nach dem anderen nach oben.

»Nee, also auch, aber nicht nur.« Er lächelte und fuhr sich mit der Hand durch die Haare. »Im Sommer mache ich hauptsächlich Führungen für Touristen.«

»Wattwanderungen auch?« Ich fummelte die Stäbchen aus ihrer Papierhülle.

»Ja, meistens latsche ich mit den Touris durchs Watt und hole ein paar Wattwürmer ans Tageslicht.«

»Da sind wir ja fast Kollegen.«

Er guckte irritiert. »Du beschäftigst dich auch mit dem Ausgraben von Wattwürmern?«

»Na ja.« Ich gluckste. »Nicht ganz.« Ich faltete meine Serviette auseinander und wieder zusammen. »Ich beschäftige mich beruflich mit Touristen im Nationalpark Wattenmeer.«

Er zog die Augenbrauen hoch, stützte seine Ellenbogen auf dem Tisch ab und beugte sich ein wenig nach vorne.

»Also – ich arbeite auf Sylt in der Tourismusagentur. Wattwandern steht ganz hoch im Kurs. Gleichauf mit Krabbenpulen und Surfkursen.«

Er lachte kurz auf und kratzte sich am sauber rasierten Kinn. »Ach ihr seid die, die immer mehr Leute an die Küsten holen, damit Land und Leute unter dem Massenansturm leiden?« Er kniff den Mund zusammen.

Oh je. Ihm gefiel nicht, was ich tat. Ich knautschte die Serviette in meinen Händen zusammen.

»Ja und nein. Wir verschaffen Sylt ein Profil, damit nur diejenigen dort Urlaub machen, für die das auch was ist.«

Er schüttelte leicht den Kopf und sagte nichts. Ich schluckte. Wie kam ich aus der Nummer wieder raus?

»Weißt du, vielleicht könnten wir uns als Bundesland ohne den Tourismus den Naturpark Wattenmeer gar nicht leisten.« Meine Hände schwitzten. Die lädierte Serviette legte ich auf meinem Schoß ab.

»Vielleicht«, nuschelte er in sein Wasserglas und schaute auf. Sein Blick traf mich und mir lief ein kalter Schauer den Rücken herunter. Ich konnte das Gefühl nicht einordnen und wackelte auf meinem Stuhl hin und her wie ein Grundschulkind.

»Einmal die 54 für zwei Personen. Guten Appetit!« Die Kellnerin stellte eine ausladende Sushiplatte in die Tischmitte.

»Danke schön«, antwortete Ben und sah zur Bedienung.

»Danke. Das sieht hervorragend aus.« Ich hustete kurz. Mein Mund war staubtrocken. Ben hatte irgendetwas in seinem Blick, was mich irritierte. Er wischte mit seiner Hand durch die Luft und ließ mir damit den Vortritt für die erste Wahl.

»Hm. Voll lecker!«, sagte ich kauend. »Probier mal!«

Er zog eine Augenbraue hoch und griff nach seinen Stäbchen. Etwas ungelenk lagen sie in seiner Hand und er versuchte, mit ihnen einen Zangengriff hinzubekommen. Dann zuckte er mit den Schultern, legte ein Stäbchen wieder zur Seite und spießte ein Inside-out-Maki mit dem verbliebenen Esswerkzeug auf.

»Interessante Technik.« Ich grinste und führte ein Avocado-Maki mithilfe meiner beiden Stäbchen zum Mund.

»Ich sehe das Stäbchen eher als Harpune, mit der ich meinen Fisch erlege.« Er grinste schief.

»Äh, der Fisch ist zwar roh, aber er lebt nicht mehr – du Wikinger!« Ich schnappte mir noch ein Maki. Meine Anspannung löste sich ein wenig.

Er lachte tief, hielt sein Stäbchen wie einen Speer und erstach ein Lachs-Nigiri. Dabei ließ er mich nicht aus den Augen und ich schlug theatralisch die Hände vor dem Mund zusammen. Dann zog ich die Schultern hoch und tat so, als würde ich ein Stäbchen über meine Schulter nach hinten werfen.

Wir erstachen gemeinsam die Kreationen auf der Platte und blödelten mit unseren Stäbchen-Harpunen herum. Eine

Zeitlang dachte ich nicht daran, wie er mich fand oder ob ich seinen Vorstellungen entsprach.

»Kommst du öfter her?«, fragte ich ihn und hielt mir den Bauch. Ich brachte keinen einzigen Bissen mehr runter und überließ ihm den Rest.

»Nein, das ist das erste Mal. Ich wollte den Laden schon immer mal ausprobieren.« Er zog die Mundwinkel hoch, wobei sich seine Nase ein wenig kräuselte. »Dabei habe ich nicht daran gedacht, dass Essstäbchen mein Kryptonit sind.« Er drehte das Stäbchen in der Hand.

»Ich bin also dein Versuchskaninchen?« Demonstrativ hob ich eine Braue.

»Ja. Natürlich.«

Ich biss mir auf die Unterlippe und fixierte ihn.

»Also«, er räusperte sich, »der ganze Abend läuft bei mir unter dem Motto Versuchskaninchen.« Er grinste mich schief an. »Es ist mein erstes Tinder-Date und auch das erste Mal, dass ich diese Tinder-App benutzt habe. Mein Bruder hat mich dazu gezwungen ... Ich war ganz schön aufgeregt, aber du bist ein Eins-a-Kaninchen.« Er lachte in sich hinein.

»Willkommen im Kaninchen-Club! Mein Kumpel hat mich ebenfalls dazu überredet. Ich hatte da schon gewisse Hemmungen und weiß auch nicht, ob ich das Profil so richtig eingestellt habe.«

Bens Mundwinkel zuckten. »Ach, das ist schon okay. War das denn Absicht, das mit der speziellen Option?«

»Spezielle Option?«, wiederholte ich und zog das Handy aus meiner Tasche.

»Na, dass du auch gerne für einen unverbindlichen One-Night-Stand zu haben bist.«

Mein Kinn klappte runter und ein Schreck durchfuhr all meine Glieder.

Ben prustete los und biss in seinen Handrücken, vermutlich, um die Lautstärke seines Lachanfalls zu dämpfen. Sein Körper bebte.

Ich richtete mich auf und pustete erleichtert Luft zwischen meinen Lippen hindurch. »Hey, das war gemein! Für einen Moment habe ich dir geglaubt.«

»Du hättest dein Gesicht sehen sollen. Herrlich!« Er zwinkerte mir zu und rieb sich mit der Hand über das Kinn.

Ich schüttelte den Kopf und kühlte die Hitze meiner Wangen mit meinem Glas. »Hey. Das war wirklich nicht nett.« Ich kniff die Augen zusammen und trank einen Schluck.

Ben blickte mich an und legte den Kopf schief. »Ich habe nie behauptet, dass ich nett bin.« Dabei zuckten seine Mundwinkel und er strich sich wieder über das Kinn, als wäre er nicht immer so glatt rasiert.

»Erzähl mal, was machst du sonst so, Ranger?« Ich lehnte mich in meinem Stuhl zurück und wollte mehr über mein Date herausfinden.

Er erstach das letzte Sushistück. »Ach – alles Mögliche. Und du?« Quer schob er sich das riesige Nigiri in den Mund.

Na, das ist ja superkonkret.

Ich spürte, wie sich meine Zähne in die Unterlippe bohrten. Was gab es Interessantes über mich zu erzählen? Ich dachte an Jacques und schluckte. »Ach, ich überlege gerade, den Job zu wechseln. Habe gestern meine Bewerbung abgeschickt – aber psst …«, ich führte einen Finger vor meine Lippen und sah mich um, als würde ich verfolgt werden, »… das ist noch geheim.« Ich schob die Stäbchen auf meinem Teller in eine parallele Position.

»Weg von der Insel?« Er faltete seine Serviette und legte sie auf seinen Teller.

»Jo – bin mal gespannt, ob das was wird.« Ich pulte beiläufig an meinem raspelkurzen Daumennagel. »Aber das ist wirklich noch nicht spruchreif.«

Die Kellnerin räumte unser Geschirr ab und wir versicherten ihr, dass das Essen ziemlich lecker war.

»Wir würden gerne zahlen«, sagte Ben mit seiner tiefen Stimme. Die Kellnerin nickte und kam kurze Zeit später mit dem Kassenbon, den er ihr aus der Hand riss, bevor ich reagieren konnte.

»Dann geht das zusammen?« Sie lächelte ihn an.

»Nein, getrennt!«, sagte ich mit fester Stimme.

Sie guckte von mir zu ihm und zog eine große schwarze Geldbörse hervor.

»Natürlich zusammen.« Ben hielt ihr ein paar Scheine hin. »Stimmt so.«

Sie bedankte sich bei ihm, wandte sich zu mir und hob entschuldigend die Schultern.

»Du hast mich übergangen!« Ich reckte das Kinn vor und verschränkte die Arme vor dem Körper.

»Natürlich habe ich das. Sonst hättest du gezahlt.« Er schob seinen Stuhl nach hinten und stand auf. Ich schüttelte den Kopf, erhob mich ebenfalls und folgte ihm. Ich würde mir nicht noch von ihm in die Jacke helfen lassen!

An der Garderobe fand ich unter zwei dunklen Mänteln meine blaue Regenjacke. Ben hielt mir die Tür des Lokals auf.

»Danke.« Sollten wir uns noch einmal treffen, würde ich zahlen. Aber wollte er mich überhaupt wiedersehen? Und was wollte ich?

Die kühle Herbstluft duftete nach Salz, nassem Gras und Schweröl. Die Leuchtschrift des Sushiladens erhellte den Gehsteig. Ben stand neben mir, zog seine Jacke nicht an, sondern legte sie sich über den Arm. Ein Windstoß traf mein Gesicht und ich zog den Reißverschluss meiner Regenjacke weit nach oben.

»Lust auf einen kleinen Spaziergang an der Förde?« Ben legte den Kopf schief und hielt mir eine Hand hin.

Ich zögerte. »Und was, wenn du ein Serienkiller bist?«

Er zog seine Hand zurück und zeigte auf mich. »Dann wärst du das erste Opfer meiner Serie.« Er zog einen Mundwinkel nach oben und wischte sich über das Kinn.

»Wie beruhigend.« Ich zwinkerte ihm zu, wandte mich um und schlenderte in Richtung Wasser.

»Heißt das ja?«, rief er mir hinterher und holte zu mir auf. »Ich führe dich auch nicht in dunkle Gassen. Es wird noch ordentlich was los sein an der Kiellinie. Immerhin ist ja Sonnabend.«

Ich ging weiter und sah ihn von der Seite an. Die klaren Linien seines Profils wurden von der Straßenlaterne beleuchtet. »Na gut. Überredet.« Ich biss mir auf die Unterlippe. »Aber ich schmecke nicht besonders gut. Viel zu zäh – also nur, falls du kannibalische Vorlieben hast.« Was redete ich für einen Mist?! Er musste mich für vollkommen durchgeknallt halten.

»Kanni-was?« Er drehte seinen Kopf in meine Richtung. Sein Blick verdunkelte sich und er lachte in sich hinein. Mit kratziger Stimme fügte er hinzu: »Ich bin mir sicher, du schmeckst vorzüglich.«

»Billige Anmache«, konterte ich. Trotzdem verfehlte sie nicht ihre Wirkung. Mein Herzschlag beschleunigte sich. Er bot mir seinen Arm an, ich hakte mich ein.

Der Wind blies heulend um die Ecken und es war sternenklar. Irgendwo in der Ferne ertönte ein Schiffshorn.

»Hoffentlich rauscht da nicht wieder ein Kahn ins Schleusentor.« Ben schüttelte den Kopf.

»Ach, die sind doch eh alle schrott – aber dann hat das Schleswig-Holstein-Magazin wieder was Spektakuläres zu berichten.«

Ben nickte zustimmend und wir setzten schweigend unseren Weg zur Förde fort. Der Ostwind fegte erbarmungslos über das Wasser und die Wellen schwappten an die Kaimauer. Ich zitterte und wünschte mir meine Winterjacke und die kuschelige hellblaue Wollmütze herbei. Die Wintersachen hatte ich auf Sylt gelassen. Was für eine Fehlentscheidung!

Ich löste meinen Arm aus seinem und hauchte mir warme Luft in die Handflächen. Dann betrachtete ich Ben, der seine Jacke immer noch nicht angezogen hatte.

»Die brauchst du ja nicht, oder?« Ich nahm ihm seine Jacke aus dem Arm, blieb stehen und zog sie über meine.

Er stoppte und musterte mich. »Bedien dich ruhig.«

Ich schob den Arm durch den zweiten Ärmel und schloss ein paar Knöpfe. Wohlige Wärme breitete sich über meinem Rücken aus und der Duft von Strandhafer vermischt mit Cool Water legte sich auf meine Sinne. Ich zog entschuldigend die Schultern hoch und suchte seinen Arm, um mich wieder einzuhaken. »Ist doch okay, oder?« War das zu übergriffig? Aber mir war echt kalt. Ich biss mir auf die Unterlippe.

»Klar. Kein Ding. Mir ist warm. Außerdem arbeite ich meistens an der frischen Luft und bin die Kälte gewohnt.«

»Bist du sicher? Nicht, dass du dir gleich den Hintern abfrierst, und ich habe zwei Jacken? Das ist ja wie bei *Dumm und Dümmer* mit dem zweiten Paar Handschuhe!«

»Ganz sicher.« Ben nickte und legte einen Arm auf meine doppelt eingepackte Schulter. »Du hast *Dumm und Dümmer* gesehen?«

»Ja. Mehrfach. Mit meinem Papa. Ich kenne auch alle Bud-Spencer- und Terrence-Hill-Filme. Frag nicht!« Ich verdrehte die Augen und Ben lachte laut auf. Er zog mich vorwärts und ich vergrub meine kalten Hände in den Taschen seiner Jacke.

Wir spazierten bis kurz vor Mitternacht Arm in Arm an der Förde entlang. Ben bestand darauf, mich im Parkhaus bis zu meinem Auto zu begleiten.

»Das ist meiner.« Ich zeigte auf meinen weißen Fiesta.

Ich knetete meine Finger und hob eine Hand zum Abschied. Ben stand dicht vor mir. Er sah mir in die Augen und hob ebenfalls eine Hand. »Tschüss, Versuchskaninchen.« Seine tiefe Stimme hatte einen rauen Unterton. Ich wollte mich abwenden, zögerte aber für einen Moment. Ben blickte auf meinen Mund. Ich stellte mich auf Zehenspitzen und hauchte ihm einen Kuss auf die Lippen. Er legte eine Hand an meine Wange.

Wohin soll das führen? Wenn ich ihn jetzt richtig küsse, lande ich mit ihm im Bett. Dann wird das wieder eine Bettgeschichte. So wie mit Jacques.

Ich schlüpfte unter seinem Arm durch und eilte zur Fahrertür meines Fiestas. »Tschüss!«, rief ich über die Schulter hinweg, schloss auf, ließ mich auf den Sitz fallen. Die Tür fiel scheppernd zu. Ich startete den Motor. Das Blut rauschte in meinen Ohren und mit quietschenden Reifen bretterte ich durch das verwaiste Parkhaus.

Kapitel 8

NEUANFANG

SYLT

Das rhythmische Ruckeln des Zuges unter meinem Autositz machte mich schläfrig. Ich schloss die Augen und gab mich meinem Gedankenkarussell hin. Jacques tauchte darin auf. Wohin sollte das mit ihm führen?

Mein Telefon klingelte. Ich schreckte hoch und griff nach dem Handy. Eine Eckernförder Nummer blinkte auf dem Display. Mit klopfendem Herzen nahm ich das Gespräch an. »Laura Schmidt.«

»Moin Laura, hier ist Maike.«

Mein Herzschlag beschleunigte sich und ich straffte die Schultern. »Moin!« Ich atmete lautstark aus.

»Störe ich dich?«

»Nee, überhaupt nicht. Ich bin auf dem Sylt-Shuttle.« Meine linke Hand krallte sich an das speckige Lenkrad des alten Fiestas.

»Na dann … ich will auch nicht lange stören.« Sie machte eine Pause. »Es ist nur, ich wollte dir mitteilen, dass ich dich gerne einstellen möchte.«

Ich riss den Mund zu einem stummen Freudenschrei auf und reckte die Faust in die Luft. »Danke! Das ist – danke – wirklich großartig!« Ein freudiges Kribbeln breitete sich in meinem Brustkorb aus. Das war aber schnell gegangen. Erst Freitag hatte ich meine Unterlagen geschickt und nun war es Montag kurz vor zehn. Aber Maike war schon immer auf Zack gewesen.

»Ja, da ist nur …« Maike schien Luft zu holen.

Ich schluckte. Gab es einen Haken?

»… da ist nur die Sache, dass ich dich wirklich bald brauche. Kannst du bis morgen klären, wann du bei mir anfangen kannst? Ich schicke dir den Vertrag gleich per E-Mail zu. Unterschrieben habe ich schon.«

»Na klar – ich melde mich spätestens morgen bei dir. Und …«, mein Mund war staubtrocken, »… danke.«

»Kein Ding, Laura. Ich bedanke mich für deine Bewerbung. Bis spätestens morgen dann und weiter gute Fahrt!«

»Bis dann.« Ich beendete das Gespräch und hielt das Telefon noch eine Weile in der Hand. Meine Mundwinkel schnellten nach oben und in meinem Kopf ratterten die Gedanken durcheinander.

Jacques würde mich als Mitarbeiterin gehen lassen müssen. Wie würde er reagieren? Mein Magen krampfte für eine Sekunde. Mit Resturlaub, Überstunden und einem Monat Kündigungsfrist lag mein letzter Arbeitstag auf Sylt in dieser Woche. Ich hüpfte auf meinem Autositz auf und ab und jubelte.

Ben erschien vor meinem inneren Auge. Ich dachte an das Date vorgestern Abend, fuhr mit den Fingerspitzen über meine Lippen und seufzte. Das hatte sich wahnsinnig gut angefühlt, aber mein Abgang war oberpeinlich gewesen.

Ich massierte mir die Schläfen. Ich sollte erst einmal die Sache mit Jacques geregelt bekommen. Wenn ich nicht mehr seine Mitarbeiterin war, würde er sich dann zu mir bekennen? Hatten wir eine Chance?

Verdammt, warum hänge ich so an diesem Ehebrecher?

Eine gemeine Stimme in meinem Kopf sagte: *Träum weiter, Laura-Sonnenschein. Er wird sie nie verlassen. Wie naiv kann man sein?!*

Auf dem Beifahrersitz lag die Jacke von Ben und mein schlechtes Gewissen pikste in meinem Brustkorb. Ich hätte mich bei ihm melden sollen. Zumindest wegen der Jacke, aber vielleicht auch, weil der Abend mit ihm deutlich angenehmer gewesen war, als erwartet.

Der Zug unter mir fuhr eine langgezogene Kurve und quietschte und rumpelte gewaltig. Ein paar Kilometer entfernt leuchteten die Lichter von Keitum. Nicht mehr lange und ich würde in meinem kleinen Apartment sitzen und überlegen, wie ich Jacques meine Kündigung erklären sollte.

»Mahlzeit, Laura, heute so spät?« Jacques stand vor meinem Schreibtisch und trommelte mit den Fingern auf der Ablage herum.

»Ich hatte angekündigt, dass ich heute erst mittags in die Agentur komme.« Mein Ton war bissig.

Er riss die Augen auf. »Komm bitte in mein Büro, ich muss mit dir noch die Unterlagen für die Surf-Cup-Nachbereitung durchgehen.«

Ich verdrehte die Augen, stützte mich an meinem Schreibtisch ab und stemmte mich hoch. »Okay. Ich komme. Ich habe auch noch ein Thema.« Ich zupfte meinen hochgeschlossenen Ausschnitt zurecht. Er erschien mir zu eng. Ich folgte Jacques in sein Büro und er schloss die Tür hinter uns.

Dann setzte er sich auf die Kante seines Schreibtisches und musterte mich.

Ich schluckte.

Jetzt oder nie!

»Jacques?« Ich räusperte mich.

»Ich habe dich so vermisst, Chérie!« Er stieß sich von der Tischplatte ab und kam auf mich zu. Ich stand mit dem Rücken zur Tür und wischte mir mit den schwitzenden Handflächen über die Hose.

»Ich kündige.« Meine Stimme zitterte.

»Und das ist dein voller Ernst, Chérie, schöne Frau?« Jacques strich mit den Fingern über seine buschigen Augenbrauen.

»Ja.«

Er ging noch einen Schritt auf mich zu und mein Blick huschte zum Fenster seines Büros. Die Jalousien waren geschlossen. Nun stand er direkt vor mir. Seine braunen Augen und das herbe Aftershave ließen mir die Knie weich werden. Ich legte meine Handflächen auf sein Hemd und schob sie unter das geöffnete Jackett. Der weiße Stoff schmeichelte meinen Fingerspitzen.

»Es tut mir leid. Es ist besser so.« Ich wich seinem Blick aus.

»Das kannst du mir nicht antun! Wie soll ich arbeiten ohne dich? Wie soll ich leben ohne dich?« Seine Hände strichen über meine Wange und hinterließen ein prickelndes Gefühl.

Wieso sagte er so was, wenn er sich gleichzeitig nicht von seiner Frau trennen wollte? »Aber weißt du – ich bin doch nicht aus der Welt und vor allem wäre ich nicht mehr deine Mitarbeiterin. Das ist alles, was zählt, oder? Wir wären frei.«

»*Du* wärst frei, Chérie.« Seine Stimme klang bitter und seine Miene versteinerte sich. Er schob mich von sich.

Fröstelnd rieb ich mir über die Oberarme. »Vielleicht haben wir so eine Chance? Es kann doch nicht ewig so weitergehen!«

»Ich habe die Nächte mit dir geliebt. Ich vergöttere dich, Chérie!« Er streckte die Hände nach mir aus. Ich war hin- und hergerissen. Ich trat einen Schritt zurück und spürte die Tür in meinem Rücken.

Nein, ich will nicht mein Leben lang auf ihn warten!

Ich verschränkte die Arme vor der Brust. »Es ist deine Entscheidung, Jacques«, sagte ich und tastete nach dem Türgriff in meinem Rücken. »Allein *deine* Entscheidung.« Meine Stimme brach und mein Hals schnürte sich zu. Ich schluckte an dem dicken Kloß vorbei und versuchte, die Tränen in meinen Augen wegzublinzeln.

Stille.

Er hatte also nichts mehr zu sagen?

»Auf deinem Schreibtisch liegt meine Kündigung. Ich kümmere mich darum, dass meine offenen Projekte sauber dokumentiert sind, und morgen Nachmittag bin ich weg. Resturlaub, Überstunden … du weißt schon.« Meine Stimme klang enttäuscht, und das war ich auch. Aufrichtig enttäuscht. Ich seufzte, straffte aber die Schultern und hob das Kinn.

»Aber ma Chérie, schöne Frau … Du kannst nicht … Ich brauche dich …«

Ich hörte Schritte hinter mir. Ein Kribbeln wanderte meine Wirbelsäule entlang. Mit diesen Worten hatte er mich immer um den Finger gewickelt. Immer.

Jacques trat neben mich und suchte meinen Blick. Mit den Fingerspitzen strich er über meinen Rücken bis zu meiner Hüfte.

Ich presste die Lippen aufeinander und drängte mich an seine Bürotür. »Und du weißt, was ich brauche«, flüsterte ich und drückte die Hand auf das kalte Metall der Klinke. Verdammt, war das schwer, denn jede Zelle meines Körpers schrie danach, ihn einfach zu küssen. Hier und jetzt. Die Anziehung, die er auf mich ausübte, war so … unglaublich. Ich fühlte mich wie ein Crashkid, das süchtig danach war, Autos gegen die Wand zu fahren, um den Adrenalinkick zu genießen. Ich wusste, dass mir diese Beziehung nicht guttat. Irgendwann würde kein Airbag aufgehen und mein Gefühlsleben würde ungebremst auf dem Lenkrad der Realität aufschlagen.

Ich öffnete die Bürotür einen Spaltbreit und schob mich hindurch. Seine Bürotür schloss sich mit einem ohrenbetäubenden Scheppern hinter mir. Ich zuckte zusammen, drehte mich aber nicht um. Die drei Schreibtische vor mir waren verwaist. Rita hatte Urlaub, Steve und Jenny saßen auch nicht an ihrem Platz. Vielleicht waren sie Mittagessen gegangen? Egal. Ich wollte nur noch weg.

ECKERNFÖRDE

Plock.

Plock.

Der Tennisball in meiner Hand fühlte sich vertraut, aber trotzdem fremd an. Er stammte aus einer anderen Zeit, genau wie alles andere in meinem alten Zimmer. Papa hatte sein Zeug weggeräumt. Seit Hanna mit ihrem Typen zusammenwohnte, war genug Platz in dem alten Haus. So hatte ich wenigstens ein Zimmer nur für mich. Die Wohnung in Westerland war auch nicht viel größer gewesen. Ich warf den Ball gegen die Wand und fing ihn wieder auf.

Es hatte einen schalen Beigeschmack des Versagens, wieder zu Hause einzuziehen. Ich war sechsundzwanzig und nicht vierzehn. Morgen also. Neuer Job im alten Büro. Würde ich mich durchsetzen können? Ich war mal die Praktikantin. Und jetzt hatte ich einiges an Erfahrung von der Westküste im Gepäck. Die Insel hatte in Eckernförde nicht den besten Ruf. Ach was. In ganz Schleswig-Holstein betrachtete man Sylt wie die reiche Erbtante, die nach Hamburg-Blankenese gezogen war, von deren High-Society-Leben man sich nur hinter vorgehaltener Hand berichtete und die man insgeheim um ihr Leben beneidete.

Eckernförde hingegen war bodenständig, etwas verschlafen und als Rentnerstadt verschrien. Und genau daran sollte sich etwas ändern, was jede Menge Arbeit vorprogrammierte. Ich kannte die Stadt seit meiner Kindheit und wenn ich ehrlich war, liebte ich dieses Kaff. Vielleicht hatte Maike mich deshalb eingestellt. Weil ich hier geboren worden war und wusste, wie die Eckernförder tickten. Aber tat ich das?

Ich atmete flach. Hoffentlich hatte ich die richtige Entscheidung getroffen.

Die Sonne streckte ihre ersten Strahlen über den Horizont der Förde und das Wasser glitzerte friedlich. Ich sog die frische Ostseeluft ein und stieg die Treppen in Richtung Bahnübergang hinunter. Die Blätter waren bunt gefärbt und mein Atem bildete einen weißen Schleier vorm Gesicht.

Auf der Promenade grüßte mich eine mir unbekannte Joggerin und ich nickte ihr zu. Ich schlenderte weiter und vergrub die Hände in den Taschen. Weiter hinten kamen mir Spaziergänger entgegen. Ein großer Typ und ein kleiner untersetzter Mann. War das –? Ich kniff die Augen zusammen. Das konnte doch nicht wahr sein! Der Typ sah aus wie Ben. Mein Herz wummerte. An meinem ersten Arbeitstag – und ich trug seine Jacke! Was machte er in Eckernförde?! Hektisch blickte ich mich um. Ich war auf Höhe des Café Seestern von Anni und Kjell. Die Rettung! Flink umrundete ich das Gebäude und presste mich an den Hintereingang. Mit erhöhtem Puls schaute ich auf mein Handy. Wie lange würde ich hier verharren müssen, bis Ben außer Sichtweite war? Fünf Minuten? Verdammte Axt! Eckernförde war meine Loverfreie-Zone. Mein Tanzbereich. Mein zu Hause. Was hatte er hier zu suchen?! Nach vier Minuten wagte ich mich aus meinem Versteck hervor und verließ die Promenade bei der nächsten Möglichkeit in Richtung Preußerstraße. In länger werdenden Abständen sah ich mich um. Mein Puls beruhigte sich wieder und nach wenigen Minuten erreichte ich mein neues altes Büro.

»Moin!« Ich steckte den Kopf durch die Bürotür.

»Moin Laura. Cool, dass du wieder an Bord bist.« Karl sprang von seinem Schreibtischstuhl auf und stolperte auf mich zu. »Wir können jede helfende Hand gebrauchen.« Sein Kopf wippte auf und ab und er schüttelte ausdauernd meine Hand.

»Hey, nicht so stürmisch. Ich bin ab jetzt täglich hier. Irgendwann wirst du meine Visage nicht mehr sehen können.« Ich lachte und zeigte auf mein Gesicht.

Er ließ von meiner Hand ab, trat einen Schritt zurück und betrachtete mich mit gerunzelter Stirn. »Da ist das Küken flügge geworden und dann kommt es wieder zurück ins Nest.« Er strich sich sein schütteres graues Haar von einer Seite der Halbglatze über die andere.

So wie ich befürchtet hatte. Es würde schwer werden, zu zeigen, dass ich jede Menge Erfahrung mitbrachte und nicht mehr grün hinter den Ohren war wie vor ein paar Jahren.

»Hey – ich bin kein Küken mehr«, sagte ich und er fuchtelte abwehrend mit den Händen vor seinem kariert pullloverten Bierbauch. »Nee, nee, das war nicht so gemeint. Ich bin heilfroh, dass du da bist. Was da alles geplant ist mit Eckernförde! Das wird mir langsam zu viel. Als würden wir die Stadt neu erfinden. Dabei ist doch alles gut so.« Er zog die Schultern hoch und setzte sich zurück an seinen Platz.

Ich stand im Eingangsbereich und fühlte mich verloren. Wo war Maike? An welchem Schreibtisch durfte ich arbeiten? War überhaupt schon ein Arbeitsplatz für mich vorgesehen? Hoffentlich nicht der Praktikantenplatz. Ich räusperte mich und blickte zu Karl.

»Ach so. Entschuldigung. Da hab ich gar nicht dran gedacht. Maike kommt heute etwas später. Du sollst dich an den Schreibtisch von Marie setzen. Sie ist in Elternzeit. Das war alles etwas spontan mit der zusätzlichen Stelle. Ich soll mich entschuldigen, dass der Arbeitsplatz noch nicht leergeräumt ist.« Er lächelte verlegen, griff in seine Hosentasche und wischte sich mit einem Stofftaschentuch den Schweiß von der Stirn.

»Ah. Danke.« Ich blickte mich um und fuhr mir durch meine gegelten Haare. »Aber sag mal, Karl … welcher ist denn der Schreibtisch von Marie?«

Er sah mich an und sein Kopf wurde puterrot. »Ach so. Na. Klar. Entschuldigung. Der hier.« Sein Finger wies mir den Platz am Fenster zu und ich hängte meine Jacke an die Garderobe und ließ mich auf den Schreibtischstuhl fallen.

Ich pustete die Luft aus, sodass meine Lippen vibrierten, und schloss für einen Moment die Lider. Ich dachte an das durchgestylte Büro in Westerland. Mein Magen zog sich zusammen und ich griff nach einer Hochglanzbroschüre auf dem Schreibtisch, die mit *Neues Tourismuskonzept Eckernförde* betitelt war und erlaubte es Jacques' Gesicht nicht, in meinen Gedanken aufzutauchen.

»Mooooin Laura!«

Ich schreckte hoch.

»Schön, dass du da bist. Willkommen zurück! Ich bin so begeistert!« Der Enthusiasmus meiner Chefin war in jeder Silbe zu hören. Karl zuckte zusammen und vergrub sich in seinen Unterlagen.

»Moin Maike.« Ich stand auf, um sie zu begrüßen. »Sehr gern und danke, dass ich hier sein darf.«

»Komm gleich mal mit in mein Büro. Dann bekommst du dein neues Projekt und alles, was du zum Arbeiten brauchst.

Einen Schreibtisch haben wir noch nicht, aber ist schon alles organisiert. Hat Karl sich dafür entschuldigt?« Sie fuchtelte wild gestikulierend mit den Armen herum, als wäre sie ein Windrad.

»Ja, alles gut. Karl hat mir alles erklärt.« Ich griff nach meinem Rucksack und folgte Maike in ihr Büro.

»Soll ich die Tür schließen?« Unsicher trat ich von einem Bein auf das andere.

»Nee, lass mal offen. Meine Tür ist immer offen.« Sie lächelte, schwang sich auf ihren Chefsessel und drehte sich mit ihm einmal im Kreis. »Set di dol.« Sie wies mit dem Kinn auf den Stuhl an der Ecke ihres Schreibtisches und ich setzte mich aufrecht und angespannt auf die vordere Stuhlkante, um von ihrem Elan nicht nach hinten gepustet zu werden.

»Also, Laura. Erst einmal offiziell herzlich willkommen und lieben Dank, dass du so spontan und schnell anfangen konntest.« Sie zerrte eine Lesebrille aus einem Lederetui und schob sie auf ihre Nase. »Wie hast du das mit Sylt geregelt, dass die dich so schnell gehen lassen haben?«

Meine Ohren wurden heiß. »Ja, also. Das.« Ich rieb die feuchten Hände über meine Hose und räusperte mich. »Überstunden. Resturlaub. Das Übliche –«

Nicht an Jacques denken. Nicht an ihn denken! Ich klemmte meine zittrigen Finger zwischen den Oberschenkeln ein.

»Na klar«, murmelte sie, ohne mich anzuschauen, und blätterte in einem mehrseitigen Dokument auf ihrem Schreibtisch. Ich befürchtete, sie würde die Seiten herausreißen, so energisch waren ihre Bewegungen. »Wir haben einen Berg an Arbeit vor uns. Die Stadt will alles umkrempeln und ich finde das großartig. Wir haben ein Gutachten über die nächsten Schritte erstellen lassen, die Bürger beteiligt und einige Handlungsfelder ausgemacht.« Sie blickte hoch und ich nickte überdeutlich, um meine Aufmerksamkeit zu demonstrieren. Mit einer Hand griff sie sich von unten ins Haar, als würde sie es in Form kneten wollen, und lächelte mich aufmunternd an. »Eine der Baustellen, die es kreativ zu bearbeiten gilt, ist der Weihnachtsmarkt.«

Ich schluckte. Der Weihnachtsmarkt? Das war wirklich nicht mein Steckenpferd. Und das Wetter erst! Eine Outdoor-Veranstaltung, bei der Kälte und Nässe auf der Tagesordnung standen. Super. Ich biss mir auf die Unterlippe und zwang mich zu einem Lächeln.

»Hm.« Ich räusperte mich. »Wo sind denn da die größten Baustellen?«, fragte ich, holte einen Kugelschreiber und meinen Notizblock aus dem Rucksack.

Meine Chefin runzelte die Stirn und legte den Kopf schief. »Warst du in den letzten Jahren mal dort?«

Ich dachte nach und versuchte, mich an den Weihnachtsmarkt in Eckernförde zu erinnern. Aber vor meinem inneren Auge erschien nur die historische Lübecker Altstadt und ich schmeckte Flammlachs auf meiner Zunge. Ich klopfte mit dem Kugelschreiber auf meinen Handrücken und sah Maike mit festem Blick an. »Ehrlich gesagt, kann ich mich nicht genau erinnern. Nur an Lübeck. Hier in Eckernförde war ich ganz sicher schon, aber ich finde beim besten Willen keine Erinnerung, außer wie ich als Kind auf dem alten Karussell gefahren bin.«

»Ha! Ja!« Maike haute mit der flachen Hand auf den Tisch und zeigte mit ausgestrecktem Finger auf mich. »Genau das, Laura! Du hast es erfasst!«

Mein Herz machte einen Satz, raste los und ich hoffte, dass das Deo meinem Schweißausbruch standhielt. Verdammt hatte Maike Wums. Aber worauf wollte sie hinaus? Ich stand anscheinend ein wenig auf der Leitung, also nickte und lächelte ich und erwartete, dass meine Chefin mich aufklären würde.

»Es ist genau so, wie du es beschreibst! Der Weihnachtsmarkt in Eckernförde besteht aus einer willkürlichen Aneinanderreihung von Buden und einem – immerhin – antiken Kinderkarussell. Dort herrscht tote Hose. Schlicht und ergreifend erinnert sich einfach niemand an den Weihnachtsmarkt in Eckernförde!«

Ich notierte *Weihnachtsmarkt langweilig*. »Gibt es schon Ideen, ein Konzept oder Befragungsergebnisse?«

»Nee. Und für dieses Jahr ist der Zug auch schon abgefahren. Aber das muss rechtzeitig angestoßen werden. Am besten, wenn die Vorbereitungen für den diesjährigen Markt laufen. Dann sind die Budenbetreiber hier, man kann sich das vor Ort angucken und konkrete Maßnahmen fürs nächste Jahr festlegen.« Sie senkte ihr Kinn und blickte mich über ihre Lesebrille hinweg an. »Das ist dein erstes Projekt. Der Weihnachtsmarkt. Konzeptabstimmung dieses Jahr und Neuanfang nächstes Jahr.« Sie fuhr schwungvoll mit ihrem Schreibtischstuhl nach hinten, las zwei dicke senfgelbe Ordner auf dem Sideboard auf und rollte wieder zurück. »Hier!«

Mit einem dumpfen Schlag landeten die Mappen vor meiner Nase und ich schrak zusammen. Die Staubteilchen wirbelten in der Luft wie Schneeflocken.

»Hatschi!« Das Kribbeln in der Nase war unerträglich.

»Gesundheit«, murmelte Karl.

»Danke«, krächzte ich und blätterte weiter in der angestaubten Historie des Weihnachtsmarkts von Eckernförde. Manche Schankverträge waren so alt, dass das Papier schon so gelb war wie der Ordner.

Der Startsound des neuen Laptops riss mich von den Zetteln los. Ich schob den Aktenberg beiseite und freute mich auf die digitalen Dokumente. Die brachten mich wenigstens nicht zum Niesen.

Ich scrollte durch das Teamlaufwerk. Piratenspektakel, Sprottentage, Aalregatta und viele weitere Eventnamen sprangen mir entgegen. Ich fand jedoch nicht, wonach ich suchte.

»Sag mal, Karl, weißt du, wo ich was zum Weihnachtsmarkt auf dem Laufwerk finde?« Ich richtete mich auf und strich mir Staub von der Hose.

»Jo. In den staubigen Dingern da.« Karl stand auf, schlenderte zu meinem Schreibtisch und zeigte auf den abgehefteten Papierfriedhof.

»Nee, nicht das vergilbte Zeug. Die digitalen Dokumente. Im Computer.« Ich wischte mit der Hand vor dem geöffneten Suchfenster auf meinem Bildschirm herum.

»Jo. Nee. Da ist nichts. Der Weihnachtsmarkt wurde seit Jahren nicht verändert. Ich glaube, das hat Heide noch betreut, bevor sie in den Ruhestand verschwunden ist.« Sein Blick wurde glasig. »Ach Heide. Sie fehlt mir hier schon ein wenig. Dolle Frau.«

»Digital gibt es da wirklich nichts?«

»Nee. Ich bin mir ziemlich sicher. Aber läuft ja auch. Mit dem Markt. Macht wenig Arbeit. Willst du 'nen Kaffee?«

»Danke. Gern.« Ich nickte und fasste mir an die Stirn. Kein Wunder, dass der Weihnachtsmarkt eine Erfrischungskur benötigte. Der war wirklich eingestaubt, um nicht zu sagen total und völlig verstaubt. Das konnte ja noch heiter werden.

Kapitel 9

ALTE FREUNDE

Ich rutschte auf meinem Stuhl hin und her und blätterte fahrig durch die Speisekarte. Der Wind ließ dicke Tropfen gegen die Fensterscheibe klatschen und die Boote im Hafen wippten in der fahlen Beleuchtung auf und ab.

»Teilt sich jemand eine Pizza mit mir?« Anni hob den Kopf und blickte in die Runde.

Kjell fasste sich an die Stirn. »Teilen? Eine Pizza? 'Ne ganze Pizza ist 'ne runde Sache. Kann man nichts mit verkehrt machen. Bei 'ner halben Pizza fehlt doch die Hälfte.«

»Sehr tiefsinnig, Alter.« Hannes klopfte zur Begrüßung auf den Tisch und half seiner Begleitung aus dem Mantel. »Moin Laura, schön, dass du wieder im Lande bist.« Er gab mir einen sanften Stoß mit der Faust gegen die Schulter. Seine Freundin rutschte zu Anni auf die Bank. Die beiden umarmten sich und tuschelten. Hannes zog einen Stuhl vom Nachbartisch heran und setzte sich. Er rieb sich über den Bauch. »Hab ich 'nen Hunger! Habt ihr schon bestellt?«

Ich blickte von Hannes zu seiner Begleitung und zurück. »Mensch, Hannes, willst du mir deine Freundin nicht vorstellen?«

»Tja nun. Klar.« Er lehnte sich vor und fuchtelte mit der Hand in der Luft herum. »Liebe Laura, das ist Kat. Meine viel, viel bessere Hälfte, wenn sie nicht gerade arbeitet.« Er legte den Kopf schief und lächelte verträumt. Dass Hannes sich mal festlegen würde, hätte ich nicht gedacht.

Kat lachte mich an. »Schön, dich kennenzulernen.« Sie beugte sich vor und reichte mir die Hand über den Tisch. Ihr blonder Pferdeschwanz legte sich dabei über ihre Schulter.

»Moin Kat.« Ich richtete mich auf und schüttelte ihre Hand. »Du bist neu in Eckernförde?«

»Na ja. Nicht neu.« Sie zwirbelte ihr Zopfende um einen Finger. »Aber nur von Donnerstag bis Montag hier.«

»Ja, so was hatte Hannes schon erzählt.«

Kat betrachtete mich einen Augenblick und lächelte mich offen an.

»Lässt du dich hier auch mal wieder blicken!« Ein Ellenbogen traf mich in die Seite und ich zuckte zusammen. »Mensch, Hannes. Lass den Scheiß. Wir sind keine Teenager mehr!« Ich rieb mir die schmerzende Flanke.

»Ach, das machst du doch auch immer! Wie läuft's denn in der Casa Schmidt? Meine Fresse, was haben wir bei euch im Wintergarten früher gefeiert.« Er grinste schief. »Das sollten wir wiederholen!« Er griff nach zwei Bierdeckeln und versuchte, sie aufzustellen.

»Das sollten wir lassen.«

So weit kommt es noch!

Ich rieb mir mit der Hand über die Stirn.

»Och, mit deinem Vadder schnacke ich ab und zu mal, wenn er mir über den Weg läuft. Der würde bestimmt mitfeiern.«

»Ja. Genau deswegen.« Ich schnippte sein Bierdeckelhaus um, griff nach einer der Pappen und fuhr mit dem Zeigefinger die Kanten nach.

Hannes zog einen Mundwinkel hoch. »Wie du sagst: Wir sind keine Teenager mehr. Da kann dein Vadder ruhig mitfeiern.«

»Es ist schon schwer genug, wieder zu Hause zu wohnen. Auf 'ne Wintergartenparty kann ich gerne verzichten. Vermutlich setzen sich Mama und Papa dazu und dann haben wir drei glückliche Pärchen – und mich.« Ich schmiss den Bierdeckel auf den Tisch und versteckte mich hinter der Speisekarte, um diese lästige Unterhaltung zu beenden.

Wir bestellten. Mein Magen knurrte bereits und ich stürzte mich auf die dampfende Ofenkartoffel, dir mir nach einer Weile serviert wurde.

»Aber jetzt noch mal im Ernst, Laura.« Kjell faltete sein letztes Pizzastück zusammen. »Wie läuft's im neuen Job?« Der gesamte Rest der Pizza verschwand mit einem Bissen in seinem Mund.

»Gut, gut.« Ich entdeckte einen Spritzer Kräuterquark auf meinem Finger und leckte ihn ab. »Ich soll den ollen Weihnachtsmarkt hier in Ecktown aufpeppen.«

»Den Weihnachtsmarkt?« Kjell rümpfte die Nase. »Da gibts Grillwurst und Punsch. Ein perfektes Konzept. Was soll denn daran optimiert werden?«

»Revolution!« Hannes schlug mit der Hand auf den Tisch und lachte brummend.

»Hey Jungs, lasst Laura mal erzählen. Das klingt spannend.« Kat legte Hannes ihre feingliedrige Hand auf den Arm und hauchte ihm einen Kuss auf die Wange. Ich wandte meinen Blick zum Fenster, an das der Wind den Regen peitschte.

»Ja, genau, Alter. Klappe zu.« Kjell grinste Hannes schief an. »Schieß los, Laura!« Er breitete die Arme in meine Richtung aus.

»Hm. Also.« Ich stockte. Was sollte ich erzählen? Ich tupfte mir den Mund mit der Serviette ab und trank einen Schluck Bier. »Also. Gerade bin ich noch dabei, die alten Unterlagen zu sichten. Außerdem recherchiere ich, was andere Städte so veranstalten und wie wir die Historie von Eckernförde mit einbringen können, damit das Konzept auch stimmig ist.«

»Können wir dein Werk dann schon in 'nem guten Monat bewundern?« Hannes Finger spielten mit dem Ärmelsaum von Kats Pullover. Ich schluckte.

»Nee. So schnell geht das nicht.« Ich schüttelte den Kopf. »Erst einmal muss ich das fertige Konzept von meiner Chefin genehmigen lassen, dann kommen die Schausteller und Gastronomen an Bord und wenn sich alle einig sind, muss der Stadtrat es noch abnicken. Die Änderungen sind erst für nächstes Jahr geplant.« Ich biss mir auf die Unterlippe und knetete meine Hände. Hoffentlich kamen meine Ideen gut an.

»Puh, das klingt nach jeder Menge Überzeugungsarbeit.« Kat blickte mich mit ernstem Blick an. Ich hatte das Gefühl, sie verstand, was ich vor der Brust hatte.

»Ach. Das läuft schon irgendwie.« Kjell grinste. »Wenn du das in die Hand nimmst, wird das ein Knaller!«

»Ich finde, das hört sich nicht ganz so einfach an.« Anni strich Kjell über die Schulter. »Viel Politik bedeutet viel Ärger.«

»Ich hoffe, es wird nicht ganz so kompliziert«. Ich spießte das letzte Stück meiner Kartoffel auf. Anni flüsterte Kjell etwas ins Ohr und er wurde rot. Hannes Hand schob sich in Kats Nacken und kraulte sie. Ich rutschte auf meinem Stuhl hin und her und klammerte mich an meiner Gabel fest.

Kjell räusperte sich und hob seine Bierflasche. »Hauptsache Punsch und Grillwurst – und darauf erst mal *Prost!*«

Der Wind drückte die Tür so fest zu, dass ich mich mit meinem ganzen Gewicht dagegen schmiss, um sie zu öffnen. Ich zog mir den Kragen von Bens Segeljacke bis zur Nase und die Kapuze bis kurz über die Augen. Die Jacke duftete immer noch nach ihm und mein schlechtes Gewissen pikste mich. Ich sollte mich bei ihm melden. Zumindest sollte ich ihm seine wunderbar warme Jacke wiedergeben. Aber erst, wenn ich es heil nach Hause geschafft hatte.

Mal schubste der Wind mich von der Seite, mal peitschte mir der Regen ins Gesicht. Die Boote im Hafen spielten gemeinsam mit den Böen ein Konzert aus Gluckern, Pfeifen und metallischem Scheppern.

Durch das Fenster winkte ich den vieren zu und verschwand um die Ecke in Richtung Fußgängerzone. Die waren mir alle viel zu verknallt. Was war aus den unabhängigen Gefährten meiner Jugend geworden? Ich dachte, es würde nie aufhören, dass wir zusammenhockten, Bier tranken und uns blöde Sprüche an den Kopf warfen. Aber irgendwas war jetzt anders … Ich war weggegangen und musste feststellen, dass das Leben in Eckernförde ohne mich weitergegangen war.

Ich vergrub die Hände in den Jackentaschen. Es war Anfang November und ausgesprochen kalt für den schleswig-holsteinischen Herbst. Eine frontale Böe verschlug mir den Atem. Ich rang nach Luft und kämpfte mich weiter vor. Ohrenbetäubendes Pfeifen und Grollen schob sich zwischen die Gassen. Zum Regen mischten sich feine Eiskristalle. Ich beschleunigte meinen Schritt, passierte das Café Seestern. Die Wellen donnerten bedrohlich auf den Strand und Sand fegte über die Promenade. Zwischen den Pfützen war das Pflaster kaum zu erkennen. Eisiges Wasser sickerte in meine Turnschuhe. Jeder Schritt quietschte und drückte das Wasser aus dem vollgesogenen Sohlenpolster. Außer Atem gelangte ich ans Ende der Stufen hoch zur Sehestedter Straße. Dort wurde das Wetter ruhiger und es waren nur noch wenige Meter bis nach Hause. Ich zog mein Handy aus der Tasche.

Ich denke an dich, Chérie!

Ich tippte auf das Hörersymbol und schob das Telefon unter die Kapuze ans Ohr. Es tutete, dann wurde ich weggedrückt. Mein Magen knautschte sich zusammen. Matt ließ ich das Handy zurück in die Jackentasche gleiten und schloss die Haustür auf.

Kapitel 10

WOCHENMARKT

Gähnend schlurfte ich in die Küche. Durchs Fenster blitzte ein Sonnenstrahl. Ich lauschte. Kein Heulen, kein Rumpeln. Der Wind musste über Nacht nachgelassen haben.

»Mensch, Schnecki. Du siehst ja gerädert aus. Erst mal Kaffee!« Mama reichte mir einen Becher mit der Aufschrift *Jeden Morgen, wenn ich die Augen öffne, denkt der Teufel: Auweia. Es ist wach!*

Sie grinste und zuckte mit den Schultern. »Kaffee. Trink den. Besser dann.«

»Hey! Auch wenn ich müde bin, kann ich ganze Sätze verstehen.« Ich führte den Becher an die Lippen und sog den Duft des frisch aufgebrühten Kaffees ein.

»Sicher?« Mama lachte und öffnete die Spülmaschine.

Ich hatte das Gefühl, das klirrende Geschirr würde hinter meinen Schläfen zerschlagen. Dabei hatte ich gestern nur drei Bier getrunken. Ich setzte mich an den Küchentisch und umklammerte die Tasse. Die Wärme verteilte sich in meinem

Körper. Ich rieb mir die Augen und trank einen weiteren Schluck, um meine Müdigkeit zu vertreiben.

»Sach mal, Schnecki, könntest du zum Markt runtergehen und Matjes kaufen? Oder hast du was anderes vor?«

Ich zuckte mit den Schultern und nickte. Der Wochenmarkt fand rund um die Sankt-Nicolai-Kirche statt, genau dort, wo der Weihnachtsmarkt Ende November seine Pforten öffnen würde. Ich könnte mich ein wenig umsehen. Das war gar keine so schlechte Idee.

Auf dem Weg zum Meer hinunter lag die Eckernförder Bucht gestochen scharf vor mir. Als könnte man zum Strand von Karlsminde rüberschwimmen. Die kühle Luft kitzelte meine Nasenspitze. Ich zog mir meine hellblaue Wollmütze richtig über die Ohren und marschierte über die Bahnschienen zur Promenade. Der Sturm hatte das Meer umgewälzt und Taue, Seetang und Bretter angespült. Nun lag die Ostsee glatt und unschuldig vor mir.

Je näher ich dem Markt kam, desto mehr Menschen waren unterwegs. Mit Korb, Hackenporsche oder Rucksack ausgestattet, schlenderten sie in Richtung Marktplatz. Ich reihte mich in die Schlange am Fischwagen ein und blickte über den Platz. Die Platanen vor der Kirche waren ordentlich aufgereiht. Es sah fast mediterran aus. In der Fassade der Kirche war ein großer Anker eingelassen und das geschäftige Treiben der Händler und Kunden unter der Novembersonne ließ mir das Herz aufgehen. So sollte es auch auf dem Weihnachtsmarkt zugehen. Lebhaft und stimmungsvoll.

Jemand stieß mich von hinten an. »Ich glaube, du bist an der Reihe, min Deern!«

Ich wurde aus meinen Tagträumen gerissen und brauchte einen Moment, um zu merken, dass ich direkt vor der Auslage des Fischwagens stand und der Verkäufer eine Hand hinter sein Ohr gelegt hatte und mich erwartungsvoll ansah. »Danke«, stammelte ich. »Sechs Matjes, bitte. Die milden.«

Der Verkäufer beugte sich weit vor und spießte sechs Filets aus einem Plastikcontainer auf.

»Und noch 'ne kleine Schale von der Apfel-Zwiebel-Sauce«, fügte ich hinzu.

»Kommt sofort!«, flötete er.

Ich sah über meine Schulter. »Oh. Moin Hellen. Wie geht's dir? Ich hab dich gar nicht erkannt mit der dicken Mütze.« Ich legte ihr eine Hand auf die Schulter. »Haben Anni und Kjell dir freigegeben, oder musst du fürs Café einkaufen?«

»Nee – Saison is ja rum. Dat is nur für mich. Und ohne Mütze gehe ich nicht aus dem Haus im Herbst. Obwohl der Wind ja 'n büschen nachgelassen hat. Immerhin.« Sie lächelte mich an und wandte sich zum Verkaufstresen. »Moin Hinnerk. Wie ümmer.«

»Zwei hausgemachte Fischfrikadellen und einmal Kräutermatjes, woll?«

»Jo.«

»Läuft.«

Ich schmunzelte, bezahlte und nahm die in Papier verpackte Ware entgegen. Hellen war zeitgleich fertig und verstaute die Einkäufe in ihrem bunt gemusterten Einkaufskorb.

»Hab schon gehört von Anni. Du bist von der Insel wedder runter! Din Muddern hab ich letztens anner Promenade getroffen.« Sie schüttelte versonnen den Kopf. »Da war dat Hus gerade leer, da isses wedder voll.« Sie grinste breit und ich betrachtete die zahlreichen Lachfältchen neben ihren Augen.

»Jo.« Ich nickte, steckte den Einkauf in den Rucksack und schwang ihn vorsichtig wieder auf den Rücken. Ich stand nicht so auf Matjessud in meiner Lieblingstasche und hoffte, dass die Verpackung dichthielt.

»So. Nun noch Eier und Tüffeln«, murmelte Hellen. Dann legte sie mir ihre Hand auf die Wange. »Mach's gut, min Deern. Wir seh'n uns ja nun wedder öfter. Schön, dass Eckernförde dich wieder hat.«

»Tschüss!«, rief ich ihr hinterher, aber die gute Seele des Café Seestern war bereits hinter zahlreichen Marktbesuchern verschwunden.

Der Duft von frischem Kaffee erreichte meine Nase und ich folgte der Fährte zwischen den Marktständen hindurch, bis ich am Kaffeewagen angekommen war. Wie herrlich der Geruch war! Ich reihte mich in die Schlange ein und nahm eine Weile später einen Cappuccino in Empfang. Mit dem Getränk in der Hand lehnte ich mich gegen die Kirchenmauer und betrachtete den Platz. Es wäre doch gelacht, wenn man an diesem wunderschönen Ort keinen zauberhaften Weihnachtsmarkt stattfinden lassen könnte. Der Kaffee roch fruchtig und nach Schokolade. Ich trank einen kräftigen Schluck und spie das Getränk in weitem Bogen aus. »Scheiße ist der heiß!«

»Sprichst du von mir?«

Ich sah auf und schaute in die Augen von Ben.

Verdammt, was …?!

Ich leckte mir über die Lippen, um die Kaffeesauerei wenigstens aus meinem Gesicht zu entfernen.

Er fixierte mich mit seinem Blick. »Und warum besudelst du meine Jacke?«

Mein Mund brannte schmerzhaft und mit Tränen in den Augen starrte ich Ben an. Die Backsteinmauer der Sankt-Nicolai-Kirche verbaute mir die Flucht nach hinten und ich sah mich hektisch nach links und rechts um.

»Ich halt das mal für dich.« Er lächelte mich schief an und nahm mir den Kaffeebecher ab. »Dann kannst du dir den Kaffee vom Kinn tupfen. Und vielleicht auch von meiner Jacke.« Er pustete in den Becher und nippte daran.

»Hey, das ist *mein* Kaffee!«, beschwerte ich mich und kramte aus der Jackentasche eine Packung Taschentücher hervor, zog gleich zwei auf einmal heraus und tupfte über meine, beziehungsweise seine Jacke.

»Ich weiß, aber das ist auch *meine* Jacke«, antwortete er und kniff beim Lächeln die Augen zusammen. Diese Züge lösten einen wohligen Schauer in mir aus und das passte mir nicht. Ich wollte nicht so auf ihn reagieren. Ich biss mir auf die Unterlippe und gab mir große Mühe, das Kribbeln in meinem Bauch zu ignorieren.

»Was machst du hier?«, fragte Ben, trat einen Schritt näher und gab mir den Becher zurück.

»Ich? Kaffee trinken.« Ich nahm einen ordentlichen Schluck. »Und was treibt dich hierher?« Ich versuchte, gleichgültig zu klingen, aber es gelang mir nicht besonders gut.

Er stand ziemlich nah vor mir. Ich konnte seinen Strandhafer-Cool-Water-Duft wahrnehmen und in Kombination mit den tiefblauen Iriden und diesen attraktiven Lachfalten löste er einen Wust an widersprüchlichen Empfindungen in mir aus. Angefangen vom Fluchtreflex bis zum Sprung in seine Arme.

Er zog die Schultern hoch und zeigte auf seinen Rucksack. »Ich habe eingekauft, damit ich die nächsten Tage nicht verhungere.«

»Hier?« Ich riss die Augen auf. »Was ist mit dem Wattenmeer? Da hast du dich aber gewaltig verlaufen, oder?«

»Die Saison ist rum. Und im Winter wohne ich in Eckernförde.«

»Ach.« Kalte Luft zog in meinen offen stehenden Mund. Ich fühlte mich, als wäre ich Teil eines Loriot-Sketches.

»Bock auf einen Spaziergang?« Er streckte mir seinen Arm entgegen.

Ich nickte und überging seine Geste. Er zuckte mit den Schultern und schlenderte an meiner Seite in Richtung der kleinen Gasse neben dem Eisladen. Das unregelmäßige Kopfsteinpflaster drückte mir seine Ecken durch die Schuhsohle. Über uns kreischten Möwen. Eine kalte Brise suchte ihren Weg durch die Häuserschlucht. Ich wich einem tiefen Schlagloch aus und verlor das Gleichgewicht. Ben reagierte blitzschnell und hielt mich am Arm fest, sodass ich nicht stürzte. Mein Herz klopfte hektisch. War es wegen des möglichen Sturzes oder seiner Hand an meinem Arm?

»Alles gut?« Er strich mit der Hand über meinen Rücken, beugte sich leicht vor und sah mir ins Gesicht.

»Ja, ja. Ist schon in Ordnung und – danke.« Meine Wangen wurden heiß und ich blickte auf die Straße, um nicht noch einmal so ungelenk zu stolpern.

»Du darfst sie übrigens behalten.« Er strich sich durch die Haare.

»Wie? Wen?« Ich sah von der Straße auf.

»Na, meine Jacke.« Er lachte tief und zupfte an meinem Ärmel. »Ich habe mittlerweile Ersatz und ich finde, dir steht sie viel besser.«

»Sie ist ein wenig groß, aber so schön warm.« *Und sie riecht noch nach dir*, fügte ich in Gedanken hinzu und ein kleiner Punkt in meinem Bauch strahlte eine angenehme Wärme aus.

»Gib's zu – du hast dich nur nicht mehr gemeldet, weil du meine Jacke behalten wolltest.«

»Erwischt!« Ich lachte und schlang die Arme um mich. »Nee, sorry.« Ich biss mir auf die Lippe. »Ich hatte so viel um die Ohren. Zwei Tage nach unserem Treffen habe ich meine Stelle auf Sylt gekündigt und dort in derselben Woche alle Zelte abgebrochen.« Ich sah zur Seite und lächelte schwach. »Ich weiß, das ist keine besonders gute Ausrede, aber ich musste erst einmal mit meinem Leben klarkommen.« Ich lachte leise auf. »Und weißt du was? Jetzt wohne ich tatsächlich bei meinen Eltern. Also nur vorübergehend. Wegen des neuen Jobs.«

Ich sah zur Seite und betrachtete Bens Profil. Seine Stirn legte sich in Falten und er blickte mir für einen Moment in die Augen, bevor er sich wieder nach vorne wandte. »Also wohnst du jetzt hier? In Eckernförde?«

»Jo. Wieder.«

Er brummte etwas in seinen grauen Strickschal und wir überquerten den Jungfernstieg auf dem Zebrastreifen.

»Was brummst du da in deinen nicht vorhandenen Bart?« Der Duft nach angebratenen Zwiebeln aus dem chinesischen Restaurant links von uns ließ mir das Wasser im Mund zusammenlaufen.

»Ach nichts.« Er beschleunigte seinen Schritt und erreichte kurz vor mir die Promenade.

»Um nach Hause zu kommen, müsste ich in die Richtung.« Ich zeigte nach rechts. Der Strand lag einsam vor uns. Die Strandkörbe waren ins Winterlager transportiert worden und der Sand war voller Seegras. »Ich habe das Mittagessen im Rucksack und müsste das in spätestens 'ner Stunde zu Hause abliefern.«

»Sonst gibt's Mecker!«, ergänzte Ben meinen Satz und lachte fröhlich.

»Ja. Vermutlich.« Ich blickte über das Wasser. »Dafür muss ich nicht kochen und meine dreckige Wäsche wandert wie von Geisterhand gewaschen und zusammengelegt wieder in den Kleiderschrank.«

»Das klingt gar nicht mal so schlecht.« Ben legte den Arm um meine Schulter, zog ihn wieder zurück und räusperte sich. »Darf ich?«

Ja, äh, nein. Mein Puls beschleunigte sich. Wollte ich das? Ich musste ihm antworten.

»Jo. Ist in Ordnung«, sagte ich und versuchte, meine Stimme dabei nicht zittern zu lassen.

Er senkte den Arm auf meine Schulter und ich schloss für eine Sekunde die Augen. Ein Windstoß pfiff in meinen Ohren und ich rückte meine Mütze zurecht. Mein Blick wanderte über das Wasser und blieb dann an Ben hängen. Eine kleine Wolke war weitergezogen und gab die Sonne frei. Er kniff die Augen zusammen und ich zählte vier Lachfalten, die sich perfekt in sein Gesicht einfügten.

Wir unterhielten uns über den Sturm von letzter Nacht. Die Sonne verschwand immer wieder hinter Wolken, die über den Himmel rasten. In gleichem Tempo wanderten ihre Schatten über den Strand.

»Hier muss ich rüber.« Ich zeigte hinter uns auf die Bundesstraße. Ben ließ seinen Arm auf meiner Schulter und so standen wir einen Moment einfach nur da. Ich betrachtete die verschiedenen Nuancen von Dunkelblau bis Türkis auf dem Meer.

»Danke für diesen Spaziergang«, flüsterte er.

Meine Knie wurden weich. Ich räusperte mich umständlich. »Da nicht für.«

»Darf ich nach deiner Telefonnummer fragen? Meinen Dating-Account habe ich vor ein paar Tagen gelöscht. Das wollte ich dir vorhin eigentlich erzählen.« Er machte einen zerknirschten Gesichtsausdruck. »Leider ist mir erst hinterher klargeworden, dass ich dich dann nicht mehr erreichen kann.« Fahrig wischte er sich über das Kinn.

»Na klar. Soll ich sie dir diktieren?«

Er zog einen Stift aus seiner Jacke, krempelte einen Ärmel hoch und gab mir den Kugelschreiber. »Hab mein Telefon zu Hause. Schreibst du sie mir auf?« Aufmunternd sah er mich an. Ich zögerte für einen Moment, griff nach seiner Hand und kritzelte meine Nummer in großen Ziffern auf seinen Unterarm. Seine warme Haut prickelte auf meiner.

»Sorry, die Tinte hakt. Das muss sich so anfühlen, als würde ich dir meine Nummer in den Arm ritzen.«

»Alles gut.« Seine Stimme war rau und sein Mund nur wenige Zentimeter von meinem Ohr entfernt. »Ich steh drauf«, raunte er.

Ich hielt inne und schielte hoch. Scheiße, war mir warm!

Er prustete los und die Hitze stieg mir ins Gesicht.

»Hey – nicht so wackeln. Sonst rufst du nicht mich an, sondern Hans Dieter in Castrop-Rauxel.«

»Okay, okay, ich reiß mich zusammen. Das will ich nun wirklich nicht riskieren.«

Die letzte Zwei hatte einen verunglückten, viel zu langen Strich, aber er würde es schon entziffern können.

»Feddich.« Ich betrachtete mein Werk und gab ihm den Stift zurück.

»Danke.« Er blickte auf den rot gepflasterten Boden und ließ den Kugelschreiber in seiner Hand kreisen. »Vielleicht gehen wir mal was trinken? Oder ich koche zur Abwechslung mal für dich. Das kann ich besser als Wäschewaschen.« Er sah mich an und grinste schief.

»Das klingt gut.« Ich nickte. »Meld dich dann. Und erst die Nummer einspeichern, dann waschen.« Ich knuffte ihn an der Schulter.

»Sehr witzig«, murmelte er und hielt meine Hand fest. Für einen Moment, der mir ewig vorkam, standen wir dicht voreinander. Seine Augen schienen sich zu verdunkeln. Er beugte sich zu mir runter und hauchte einen Kuss auf meinen Mundwinkel. Meine Beine fühlten sich an wie Ohrenquallen. Er ließ meine Hand los, ich taumelte zwei Schritte zurück und drehte mich in Richtung Bahnübergang.

»Bis dann, Versuchskaninchen«, hörte ich seine Stimme hinter mir.

Ich blickte über die Schulter zurück, wobei mir die große Kapuze im Weg war. »Tschüss, Ben. Bis die Tage.«

Er rief mir noch ein »Tschüss!« hinterher, aber ich richtete den Blick nach vorne, überquerte die Schienen und den Zebrastreifen und erreichte die Treppen, die hoch ins

Wohngebiet führten. Meine Lippen kribbelten und ich hastete hinauf.

Kapitel 11

YKÆRNEMARKT

Mit zitternden Händen raffte ich meine Unterlagen zusammen. Maike wollte mein Konzept für den Weihnachtsmarkt sehen. Ich war mir auf einmal nicht mehr sicher, ob meine Ideen ihr gefallen würden. Vor ihrer geöffneten Bürotür zögerte ich und meine Hände wurden feucht.

»Kumm rin, Laura!« Maike saß an ihrem Schreibtisch und mit wachem Blick sah sie mich an. Hoffentlich würde ich sie nicht enttäuschen!

Ich setzte mich auf den freien Stuhl an der Seite ihres Tisches und breitete die Unterlagen aus. Dann erzählte ich und mit jedem Satz wurde meine Stimme fester. »… und die Lichter oben zwischen den Platanen. Herrnhuter Sterne und tausende LEDs. Das soll funkeln wie im Märchen! …«

Am Ende zeigte ich ihr meine Kalkulation. Dann war ich fertig und versuchte, in ihrem Gesicht zu lesen. Sie griff nach den Unterlagen und blätterte sie noch einmal durch. Mir rutschte das Herz in die Hose. War das ein gutes Zeichen?

»Großartig! Brillant! Das gefällt mir richtig gut, Laura!« Maike klatschte in die Hände und betrachtete mich über ihre Lesebrille hinweg.

Das zugeschnürte Gefühl um meinen Brustkorb löste sich und ich lehnte mich auf meinem Stuhl zurück. »Das freut mich riesig. Danke!« Die einzelnen Blätter meiner Präsentation ordnete ich wieder in die richtige Reihenfolge und atmete erleichtert durch.

»Nee, ich habe zu danken.« Maike nickte anerkennend. »Allein die Idee, den Markt mit der Historie von Eckernförde zu verknüpfen und ihn nicht Weihnachtsmarkt, sondern Ykærnemarkt zu nennen. Genial! Ich nehme deine Präsentation gleich mit. Heute treffe ich mich mit Michael aus dem Stadtrat zum Mittagessen. Da kann ich gleich mal vorfühlen, was er dazu meint. Ich gehe aber davon aus, dass diese Idee in der Politik jede Menge Zustimmung findet. Historie mit Moderne. Das verkauft sich super. Das liebt die Politik!«

Ich reichte ihr die Unterlagen und sie lächelte mich aufmunternd an. »Dann schnapp dir doch schon mal die Liste mit den Schaustellern und setze Termine an, um die Idee vorzustellen. Nicht, dass sie hintenrum von unserem Vorhaben erfahren und sich ausgeschlossen fühlen.« Sie schob mit dem Zeigefinger ihre Brille höher auf den Nasenrücken.

»Ja. Mach ich.« Ich stand auf und war schon fast durch die Tür.

»Obwohl – lass das mal Clara machen!«, rief Maike mir hinterher. »Das ist doch super als Einstieg ins Praktikum. Wirf ihr den Ordner mit den Kontaktdaten rüber und zeig ihr, wo man hier große Besprechungsräume buchen kann.« Zufrieden lächelte Maike mich an. Ich nickte und verließ ihr Büro.

Erleichtert machte ich einen Abstecher zur Kaffeemaschine. Mit der warmen Tasse in der Hand stellte ich mich ans Fenster des Altbaus und scrollte durch mein Handy. Ich knabberte gedankenverloren an meinen Fingernägeln. Jacques hatte geschrieben.

Chérie, du fehlst mir so.

Ich seufzte. Seit zwei Wochen schickte er mir solche Nachrichten. Ich verdrehte die Augen. Anfangs hatte ich sie nicht beachtet, doch wenn ich ehrlich zu mir war, fehlten mir das Prickeln, das Abenteuer und der Nervenkitzel … diese kleinen Aufmerksamkeiten und die vielen Komplimente. Ich griff mir an den Brustkorb, der sich wie zugeschnürt anfühlte. Warum hatte er sich nicht für mich entschieden? Warum schickte er nur Nachrichten und wollte mich nicht treffen? Ich war nicht mehr seine Mitarbeiterin. Ich war nicht einmal mehr auf Sylt. Das Risiko für ihn war gering, aber der Aufwand hoch. Fröstelnd strich ich mir über die Schultern. Er wollte mich nicht wirklich und er konnte sich seine heuchlerischen Nachrichten in den Hintern schieben. Ich war doch nur sein Spielzeug und würde immer wieder von ihm enttäuscht werden. Ich löschte seine Nachrichten und schob das Handy in die Jeanstasche.

Mit dem heißen Kaffee spülte ich den Kloß im Hals herunter. Den Kloß und das Brennen in meiner Brust. Die Hitze passte gut zu dem, was ich empfand. Meine Arme zitterten. Am liebsten hätte ich die Tasse auf der Fensterbank zerschlagen. Ich schloss die Augen. Der Blick von Ben flackerte durch meinen Kopf wie ein Wetterleuchten. Unser Spaziergang war drei Tage her. Er hatte sich nicht gemeldet.

Na klar. Vermutlich war es ihm genauso unangenehm wie mir, dass das anonyme Online-Date aus demselben Kaff kam. Ich atmete tief durch. Aber wieso sollte er dann überhaupt nach meiner Nummer gefragt haben? Vielleicht hatte er die krakeligen Ziffern nicht mehr lesen können? Auf dem gegenüberliegenden Dach zankten sich zwei Möwen um ein weggeworfenes Stück Brötchen. Ich seufzte und ging zu Clara, um ihr die neue Aufgabe zu erklären.

Die Tage plätscherten dahin und ich verbrachte die Zeit mit Arbeiten, Essen und Schlafen. Mein Arbeitsweg war sogar noch schöner als auf Sylt, denn er führte mich täglich ans Meer. Ich ging zu Fuß an der Strandpromenade entlang und genoss die Aussicht auf die Förde. Das Meer war nie gleich. Jeden Tag begrüßte es mich mit einem anderen Gesicht.

»Moin!« Ich betrat die Tourismusagentur und riss mir die Mütze vom Kopf. Mit den Fingern richtete ich meine kurzen Haare wieder auf, die sich dem Druck der Kopfbedeckung ergeben hatten.

»Moin.« Karl war in eine Broschüre über Büsum vertieft. Das Handy vibrierte mit einer Nachricht und ich zog es aus der hinteren Tasche meiner Jeans. War sie von Ben? Mit klopfendem Herzen entsperrte ich das Telefon.

Chérie, schöne Frau. Warum meldest du dich nicht?

Mit flauem Gefühl im Magen löschte ich die Nachricht und schob das Handy zurück in die Hose. Ja, es war kindisch, aber ich wollte ihn zappeln lassen. Er sollte mir zeigen, dass ich ihm wirklich wichtig war.

Ich eilte zur Kaffeemaschine. In wenigen Minuten würde unser wöchentliches Teammeeting starten und dafür brauchte ich noch eine ordentliche Koffeinspritze. Auf Sylt war ich jeden Tag früh ins Büro gegangen, um ein paar ungestörte Minuten mit Jacques zu verbringen. Diesen ersten Kaffee morgens mit ihm hatte ich liebgewonnen. In diesen wenigen Minuten dachte ich, ich sei angekommen, und fühlte mich zu Hause. Wenn wir nicht gerade übereinander hergefallen waren, hatten wir nebeneinander auf seinem Büro-Sofa gesessen und uns darüber unterhalten, was wir gemeinsam hätten aufbauen können, wenn. Ja, wenn. Es gab immer ein Wenn. Und sobald er die Tür seines Büros geöffnet hatte, hatte ich auf Distanz gehen müssen. Ich seufzte leise und spürte das aufgeregte Kribbeln vergangener Tage garniert mit dem bitteren Geschmack der Enttäuschung. Mein Magen knautschte sich schmerzhaft zusammen. Ich musste ihn wiedersehen. Ich wollte spüren, wo wir standen. Ob ich ihn endlich vergessen oder ob ich um ihn kämpfen sollte. Ich blickte in meine Kaffeetasse, als könnte sie mir eine Antwort geben.

»Teammeeting! Alle hereinspaziert!« Maike lächelte über das ganze Gesicht und wischte mit den Armen von einer Seite zur anderen. Ich schnappte mir meine Unterlagen vom Schreibtisch und folgte ihrer einladenden Geste.

»Moin, ihr Lieben«, grüßte sie. »Heute gucken wir mal, was nächstes Jahr so ansteht, wo die einzelnen Veranstaltungen in der Planung stehen und wer von uns diese zukünftig betreuen wird.«

Sie schnappte sich ein Stück Kreide und kritzelte auf die Schultafel, die als antikes Relikt im Besprechungszimmer zurückgeblieben war und von vielen Schülergenerationen erzählte, die in diesen Gemäuern einstmals unterrichtet worden waren.

Euphorisch malte sie die Planung für das kommende Jahr auf die matte grüne Fläche. *Sprottentage, Aalregatta, Piratentage, Open-Air-Festivals und andere Veranstaltungen am Südstrand, Weihnachtsmarkt.*

»Hab ich was vergessen?« Nachdenklich betrachtete sie ihr Werk und kratzte sich am Kopf.

Sie ordnete die Teammitglieder den einzelnen Veranstaltungen zu und es gab einige Diskussionen darüber. Zäh wie Tintenfischringe zog sich der Vormittag hin.

»Der Weihnachtsmarkt – da ist Laura dran.« Maike sah mich an und ich nickte.

Ich räusperte mich. »Da ist am Freitag der Termin mit den beteiligten Schaustellern und Gastronomen.«

»Wunderbar.« Maike klatschte in die Hände. »Aber mit dem Weihnachtsmarkt bist du nicht ausgelastet. Was haltet ihr davon, wenn Laura den Südstrand übernimmt? Die Veranstaltungen dort lagen immer im Bereich von Marie. Open-Air, Holibeach, Oktoberfest … wäre das was für dich?«

Ich richtete mich auf. »Ja, klar! Das klingt spannend!« Ich sah mich schon mit Rea Garvey hinter der Bühne schnacken und grinste breit.

»Na prima. Dann hätte ich gerne nächste Woche mit jedem ein Gespräch darüber, wo die aktuellen Planungen stehen. Damit ich den Überblick nicht verliere.«

»Okay«, murmelte ich und meine Kollegen stimmten mit ein.

Während ich mit den Veranstaltern des Festivals am Südstrand telefonierte, schielte ich immer wieder auf mein

Handy, um es auf neue Nachrichten zu überprüfen. Ein Kuss-Emoticon kam von Jacques. Mein Herz hüpfte einen winzigen Moment lang, bis ein dicker Kloß meinen Hals einengte. Er sendete nur belanglose Nachrichten und nahm sich nur wenige Sekunden am Tag Zeit für mich. Ich schluckte.

Auf dem Nachhauseweg erwischte mich ein kräftiger Regenschauer und ich stellte mich bei der DLRG unter das Vordach. Außerhalb der Saison war die Strandwache nicht besetzt und so war ich weit und breit die einzige Person.

Ich überprüfte die Wetter-App auf meinem Smartphone. Das Regengebiet zog sich von Dänemark bis Berlin. Auf besseres Wetter zu warten, war ausweglos. Eine Benachrichtigung leuchtete auf dem Display auf. Unbekannte Nummer. Ich wischte mir mit dem feuchten Handrücken über die Augen und las die Nachricht.

Moin Laura, wie geht es dir und meiner Jacke? Ich wollte doch für dich kochen. Wie wäre es mit Donnerstag? Um 20 Uhr bei mir? Fischerstraße 17b. Auf der Klingel steht Magnussen. Bis dann. Ben

Ein zaghaftes Prickeln im Nacken zog mir die Mundwinkel nach oben. Meine Finger wischten über das Display.

Sehr gerne. Ich freue mich! Laura

Ich biss mir auf die Unterlippe und mein Herz klopfte wie wild. Rasch sperrte ich mein Telefon, steckte es in die Jackentasche und trat ins Freie. Wasser rann mir die Nase hinunter. Ich straffte die Bänder der Kapuze und eilte die Treppen hinauf. Oben angekommen drehte ich mich um und blickte aufs Meer. Das machte ich jedes Mal und auch bei Regen gab es keine Ausnahme. Die Ostsee war kaum vom Himmel zu trennen. Ein grauer Vorhang in der Dämmerung. Die Ufer waren hinter dem Wasserfilm nicht mehr zu erkennen.

Kapitel 12

BEN

Mein Finger schwebte über dem Klingelknopf, doch ich zog ihn noch einmal zurück. »Magnussen.« Meine Lippen formten den Namen auf der Klingel. Das musste die richtige sein. Mit feuchten Händen umklammerte ich die Weinflasche in meiner Hand. War Ben eine Chance auf eine richtige Beziehung? Ein Mann, der zu mir stand? Na ja, ich musste ihm ja nicht gleich einen Heiratsantrag machen. Erst einmal wollte er für mich kochen. Ich gab mir einen Ruck und presste den Finger auf die Klingel. Kurz darauf ertönte der Summer und ich drückte mich gegen die Haustür.

Das Treppenhaus roch nach gedünsteten Zwiebeln und Reinigungsmittel. Mit weichen Beinen stieg ich die Stufen hinauf.

»Zweiter Stock!« Seine Stimme hallte von den kahlen Wänden zurück. Er steckte den Kopf aus der Tür im zweiten Stock und grinste mich an.

»Moin.« Ich winkte mit der Flasche.

Er trug eine schwarze Schürze. Sein graues T-Shirt spannte an den Armen und mein Blick heftete sich an seine dunkelblauen Augen.

»Moin Laura.« Er stand auf der Schwelle. Verunsichert drehte ich die Flasche in meiner Hand. Handschlag, Ghettofaust, Umarmung, Küsschen? Wie sollte ich ihn begrüßen? Ich entschied mich für ein norddeutsches Kopfnicken, drückte ihm die Flasche in die Hand und schob mich an ihm vorbei in den schmalen Flur seiner Wohnung. Der Duft seines Eau de Toilette vermischte sich mit dem süßlich herzhaften Geruch aus der Küche. Mir lief das Wasser im Mund zusammen.

»Das wäre doch nicht nötig gewesen.« Er betrachtete die Flasche. »Fühl dich wie zu Hause, rechts Wohnküche, geradeaus Badezimmer, links Schlafzimmer.« Er zwinkerte mir zu und zog einen Mundwinkel hoch. »Ich gehe nach dem Essen gucken. Verlauf dich nicht.«

Er verschwand durch die rechte Tür und ließ mich im Flur zurück. Ich schlüpfte aus den schwarzen Sneakern und hängte die durchnässte Jacke an einen Haken. »Hier kennst du dich ja aus«, sagte ich zu ihr und betrachtete mich in einer sechseckigen Spiegelfliese an der Wand. Ich sah mir in die Augen. Mein Make-up hatte den Regen überlebt und die Haare standen nach kurzem Durchstrubbeln wieder so, wie sie mir gefielen. Ich sah mich um. Es lagen zwei Paar Turnschuhe herum und eine Einkaufstasche lehnte an einem hohen Schrank. Der Dielenboden knarzte beim Laufen.

Das Wohnzimmer bestand aus einem gemütlich aussehenden hellblauen Sofa und einem Glastisch. In der hinteren Ecke thronte eine schwarze Katze auf einem Kratzbaum.

Sie fixierte mich mit ihren schräggestellten Augen. Ihr langes Fell stand zottelig in alle Richtungen ab, als hätte sie mit ihrer Pfote in einer Steckdose gepult.

»Moin, wer bist du denn?« Ich trat einen Schritt auf das Zotteltier zu, das wegschaute und sich putzte.

»Das ist Momo.« Ben rührte in einer Schüssel und zeigte mit dem Kinn in Richtung des Tieres. »Momo ist etwas distanziert – außer du hast eine Allergie oder magst keine Katzen. Dann springt sie dir permanent auf den Schoß.« Er stellte das Gefäß beiseite, umrundete den kleinen Tresen, der die Küche vom Wohnbereich trennte und ging auf den Kratzbaum zu. Vorgebeugt näherte er sich dem schwarzen Knäuel, welches sofort laut schnurrte. Die Katze schmiegte hingebungsvoll die Stirn an Bens Kopf. Er grinste, hob die Schultern und kehrte in die Küche zurück. Ich folgte ihm und setzte mich auf einen der beiden Barhocker.

»Ein Premiumplatz in der ersten Reihe. Direkt beim Koch. So mag ich das.« Ich schlug ein Bein über das andere, wischte mit den Händen über meine Jeans und betrachtete die verschiedenen Töpfe auf dem Herd. »Was gibt es denn?« Ich reckte den Hals.

»Dorsch mit Salzkartoffeln und Gemüse.« Er rieb sich mit der Hand über das Kinn. »Ich hoffe, du magst auch gebratenen Fisch.«

»Na klar.« Ich rieb mir den Bauch, nickte und leckte mir mit der Zunge über die Lippen. Bens Blick hing eine Sekunde lang an meinem Mund, dann drehte er sich abrupt um und platzierte die Fischfilets in der Pfanne.

Meine Augen blieben an kleinen Aufklebern an den Oberschränken hängen. »Warum sind deine Schränke beschriftet? Vergisst du sonst, wo du die Gläser aufbewahrst?« Ich grinste.

»Jo. Nee.« Er wendete die Filets, ohne dass sie auseinanderfielen, und drehte an den Temperaturreglern der Kochplatte. »Weißt du, ich bin doch im Sommer an der Westküste. Da vermiete ich meine Wohnung hier als Ferienwohnung.«

»Und Momo?« Ich drehte mich zum Wohnzimmer um, wo sich die Katze immer noch ihrer Fellpflege widmete.

»Die muss mit mir mitkommen. Aber sie hasst das kleine Zimmer in Büsum. Du solltest ihren Blick sehen, wenn ich im Frühjahr die Transportbox aus dem Keller hole.« Nun sah Ben auch zur Katze, die sich gerade auf ihrem Kratzbaum einrollte und lässig eine Pfote nach unten baumeln ließ.

»Das war echt lecker.« Ich kratzte mit der Gabel die letzten Kartoffelstückchen zusammen und schob sie mir in den Mund.

»Bist du satt geworden?« Ben legte den Kopf schief und berührte flüchtig meinen Arm. Das Kribbeln breitete sich von dort aus und ich hielt einen Moment die Luft an.

»Ja klar«, sagte ich und atmete dabei aus, »immer schön aufessen, dann gifft dat morgen goodes wedder – zumindest behauptet das mein Vater immer.«

Ben nickte und seine Augen funkelten. Er sah zufrieden aus und räumte die Teller zusammen.

»Ich helfe dir in der Küche.« Flink sprang ich auf und umrundete den Tresen. Aber Ben blickte mich streng an und schüttelte den Kopf. Ich stemmte meine Arme in die Seiten und baute mich vor ihm auf. »Keine Widerrede!«

»Die Küche ist zu klein für zwei.« Er sah von der Spüle zur Arbeitsfläche und drehte sich einmal im Kreis.

»Ach, das geht schon. Keine Spülmaschine, oder? Na dann lass mal Wasser ein.« Ich schlängelte mich an ihm vorbei und er legte die Hand auf meine Seite und stoppte mich. Wir standen dicht voreinander. Ich spürte seinen Atem an meiner Stirn und sah zu ihm auf.

»Na gut.« Er senkte den Kopf zu mir herunter und umschloss meine Wangen mit beiden Händen. Diese Geste ließ meinen Puls rasen und die Knie weich werden. Ich biss mir auf die Unterlippe. Ben räusperte sich. »Aber fürs Protokoll«, seine Stimme klang rau, »ich wollte dich einladen und alles erledigen. Du hast dich quasi aufgedrängt und wenn du mich so ansiehst, kann ich nicht Nein sagen.« Er ließ seine Hände über meine Schultern hinabsinken und ich trat einen Schritt zurück.

»Okay. Ist notiert.« Ich wischte mit dem rechten Zeigefinger über meine flache linke Hand, als würde ich etwas aufschreiben, und Ben drehte sich kopfschüttelnd zur Spüle um.

»Du hast doch nicht mehr alle Nadeln anner Tanne«, sagte er lachend und stapelte die Töpfe auf die Pfanne.

Ich öffnete den Kühlschrank und zauberte zwei Pils hervor. »Hier. Küchendienstbier.«

Bens Lippen kräuselten sich. »Nach dem Wein?«

»Na klar – warum nicht?« Ich reichte ihm ein Flens rüber.

Unsere Flaschen ploppten synchron auf und wir stießen an.

»Danke für die Einladung.« Ich nahm einen kräftigen Schluck.

»Danke fürs Helfen. Und dass du vorbeigekommen bist, obwohl ich immer noch ein frauenfressender Halunke sein könnte.«

Warum sagte er so etwas über sich? »Nee. Bestimmt nicht.« Ich sah ihm in die Augen.

»Bist du dir sicher?« Er legte die Stirn in Falten und versuchte, ernst zu gucken, doch seine zuckenden Mundwinkel verrieten ihn.

»Ich habe dich mit deiner Katze gesehen.« Ich stand nur zwei Bierflaschendurchmesser von ihm entfernt und mein Herz schlug schneller.

»Viele Bösewichte haben eine innige Beziehung zu ihrer Katze.« Seine Stimme war leise und tief.

Ich biss mir auf die Lippe. »Aber nur im Film.«

Einen Moment lang sahen wir uns nur an. Ich konnte meinen Blick nicht abwenden. Ein aufregendes Kribbeln breitete sich über meinen Nacken aus und wanderte die Wirbelsäule hinunter. Ich räusperte mich und schaute zur Seite. »Vorsicht! Das Spülwasser!« Ich griff an ihm vorbei und drehte den Hahn ab. Ein Berg aus Schaum türmte sich auf und der Notüberlauf machte gurgelnde Geräusche. In diesem Moment passte kein Blatt mehr zwischen uns. Ich schluckte und atmete einen Moment seinen vertrauten Geruch ein, den ich mit seiner Jacke in den letzten Wochen bei mir getragen hatte. Ein geborgenes Gefühl breitete sich in meinem Brustkorb aus. »Na, dann leg mal los.« Auffordernd sah ich ihn an.

»Äh, wie?« Er rieb sich über das Kinn und betrachtete mich einen Augenblick lang. »Ach so«, er grinste, »der Abwasch.«

»Genau. Der macht sich nämlich nicht von alleine.« Ich schwang das Küchenhandtuch, lehnte mich mit dem Hintern an die Arbeitsfläche und erwartete das erste nasse Geschirr. Ben tauchte seine Hände in den Schaum und wischte sich gedankenverloren über das Kinn. Ich prustete los. »Du siehst aus wie der Weihnachtsmann!« Er betrachtete sein verzerrtes Spiegelbild in einem Topf, grinste breit und beugte sich zu mir. Das Herz trommelte in meiner Brust.

Er wird doch nicht!

Nasswarmer Schaum berührte meine Lippen und Ben wischte seinen Bart an meinem Gesicht ab. Ich schwang das Handtuch und zielte auf seinen Hintern.

»Hey!«, rief ich und wischte mir mit dem Ärmel den Schaum vom Mund.

»Was?« Er legte den Kopf schief, zuckte mit den Schultern und griff nach der Spülbürste.

Ben reckte sich zum Schrank, um das letzte Glas wegzustellen. Sein T-Shirt gab ein paar Zentimeter Haut frei und ich erwischte mich dabei, wie ich mich zurückhalten musste, diese Stelle nicht zu berühren. Stattdessen wandte ich den Blick ab, schlenderte in den Wohnbereich und setzte mich aufs Sofa. Momo verfolgte jede meiner Bewegungen. Ich zog die Beine hoch und kuschelte mich in die Polster.

Mein Handy vibrierte. Ich zog es aus der Hosentasche. Jacques. Ich starrte einen Moment auf das Display, biss mir auf den Daumen und drückte ihn weg und legte das Telefon auf den Tisch. Tagelang meldete er sich mit einsilbigen Nachrichten und in diesem Moment rief er an! Ich schluckte schwer, massierte mir die Schläfen und warf einen Blick auf Ben, der noch in der Küche rumpelte. Was hatte Kjell mir geraten? *»Nimm dein Leben selbst in die Hand. Du bist 'ne tolle Frau und brauchst doch keinen Waschlappen, der nicht zu dir steht.«*

Ich knabberte an meinem Daumen. Jacques war täglich mit seiner Laila zusammen. Warum hing ich eigentlich so an dem Typen? Und warum zum Teufel hatte ich ein schlechtes Gewissen, weil ich selbst mit einem anderen Typen im Bett landen könnte? Mein Gedankenfluss stockte. Wollte ich? Vielleicht? Mit Ben? Ich schluckte angestrengt. Das Essen drückte mir gegen die Magenwand und das Kribbeln in meinem Nacken breitete sich bis in die Fußspitzen aus.

»Nachtisch!« Ben balancierte einen Teller mit symmetrisch angerichteten Pralinen und dunkel glänzenden Trauben zu mir. »Ich war auf dem Rückweg vom Fischkutter heute noch in der Bonbonkocherei.«

»Das wäre doch nicht nötigt –« Der Anblick der süßen Kunstwerke verschlug mir den Atem. »Danke. Das sieht großartig aus.« Keine der Pralinen glich der anderen. Er schien das halbe Sortiment aufgekauft zu haben.

»Da ich nicht wusste, welche du magst, habe ich verschiedene Sorten besorgt«.

»Wow. Danke.« Ratlos sah ich auf den Teller. »Ich kann mich nicht entscheiden.«

Ben setzte sich neben mich aufs Sofa und griff nach meiner Hand. Seine Finger waren schmal und kräftig zugleich. Ein warmes Gefühl prickelte an den Stellen, die er berührte. »Mach die Augen zu.« Seine raue Stimme trieb mein Herz an, schneller zu schlagen. »Ich such dir eine aus.« Er verhakte seine Finger mit meinen und ich wartete mit geschlossenen Lidern.

Meine übrigen Sinne waren geschärft. Ich sog den Duft seines Eau de Toilette mit einem Hauch von herbem Schweiß und Zwiebeldunst ein. Irgendwo in der Ecke schnurrte Momo und ein Auto fuhr auf der Straße vor der Wohnung vorbei.

»Nicht schummeln.« Er strich mir über die Augen. Jeder Muskel meines Körpers spannte sich an. Meine Zunge schien am trockenen Gaumen zu kleben.

»Ich mogel doch nicht. Nicht beim Pralinentesten. Da habe ich zumindest noch nie gemogelt.« Ich grinste.

»Na dann aufgepasst. Hier kommt die erste Praline.«

Süßsahniger Duft erreichte meine Nase und etwas Raues streifte meinen Mund. Ich öffnete ihn einen Spalt und hörte Ben laut atmen. Dann biss ich ein Stückchen ab und der süßwürzige Geschmack von Nelken legte sich auf meine Zunge.

»Darf ich wieder gucken?« Ich leckte mir über die Lippen.

»Warte!« Seine Hand legte sich warm auf meine Nasenwurzel. »Du musst noch sagen, was du geschmeckt hast.«

»Pfefferkuchen. Das war eindeutig eine Weihnachtspraline.« Ich öffnete die Augen.

Ben schob sich die angeknabberte Praline in den Mund. »Wunderbar. Ich liebe Lebkuchen«, sagte er und kaute langsam.

Ich schnippte ihm mit zwei Fingern gegen das Bein. »Ich bin hier also nur deine Vorkosterin! Wie bei Loriot!« Ich lachte laut und er schnappte nach meiner freien Hand, um sich zu schützen. Ich verlor das Gleichgewicht und wir kippten um. Er lag unter mir, unsere Nasenspitzen berührten sich fast und sein kräftiger Griff umklammerte meine Handgelenke. Plötzlich war es still. Unser Lachen war verhallt. Ich traute mich kaum, zu atmen, blickte ihm in die Augen und mein Herz öffnete sich so weit, dass ich Angst hatte, es würde sich nach außen stülpen.

Ben löste seinen Griff und wanderte mit den Fingerspitzen über meinen Arm zum Nacken. Er zog mich die fehlenden

Millimeter zu sich hinunter und mein Mund fand seinen. Die erste zaghafte Berührung schoss wie ein Stromschlag durch meinen Körper. Es dauerte nur zwei vorsichtige Küsse, bis wir gleichzeitig die Lippen öffneten und unsere Zungenspitzen miteinander tanzten. Ben brummte tief. Es hörte sich fast so an, als würde er schnurren. Wir hielten einen Moment inne. Er drückte meine Stirn an seine. »Das war so«, er atmete schwer, »nicht geplant.« Mit zahlreichen Küssen bedeckte er meinen Hals.

Mein Handy vibrierte auf dem Tisch. Eine Mischung aus Trotz und Erregung trieb mich an und ich knabberte mit den Zähnen behutsam an Bens Ohrläppchen. »Was war so nicht geplant?«, hauchte ich.

»Du.« Er keuchte. »Hier. Auf mir.« Seine Mundwinkel bebten.

»Ach, wolltest du oben liegen?« Ich bebte innerlich, presste aber meinen Mund zu, um nicht zu lachen.

Er hob mich hoch, schob mich nach hinten und drückte meinen Rücken in die Kissen. Sein Kopf senkte sich und er krächzte mir ins Ohr: »Ja.«

Ich drehte mich, um seine Augen sehen zu können. Seine Pupillen waren nicht von den dunklen Iriden zu unterscheiden. Er fuhr mit seinen Lippen über meine, küsste mich aber nicht. Gleichzeitig spürte ich sein Gewicht auf mir.

»Gut«, presste ich hervor und stöhnte leise, »dann hätten wir das ja geklärt.« Ich griff in seine dunkelblonden Haare und erkundete mit der Zunge seinen Mund. Ein animalischer Laut kam aus seinem Inneren, der meinen Körper in Vibration versetzte. Ich spürte seine Erregung deutlich und schob eine Hand unter sein Shirt. Sein Rücken war angespannt und meine Fingerspitzen prickelten bei jeder Berührung mit seiner Haut.

Es rumste. »Was?!« Kälte kroch durch meine Glieder. »Ben?« Ich blickte zwischen Tisch und Sofa nach unten.

»Alles gut.« Ben lag auf dem Boden und atmete schnell. Jede Zelle meines Körpers schrie nach seiner Nähe. Ich könnte mich auch fallen lassen, dann …

»Sorry.« Er rieb sich das Kinn und sah zu mir hoch.

»Ich verstehe nicht.« Was hatte er vor? Hatte ich was falsch gemacht? War ich nicht gut genug für ihn? Ein Stein legte sich in meine Magengrube und ich knabberte an meinem Daumennagel. Oder hatte er es sich anders überlegt? Was lief hier verdammt noch mal verkehrt?! Nein, ich hatte seine Erregung deutlich gespürt. Oder hatte ich mich geirrt?

»Du hast mich umgehauen.« Zaghaft streckte er seine Hand nach oben und griff nach meiner.

»Ja, und warum bist du dann nicht hier bei mir?« Ich klopfte aufs Sofa.

»Na, weil … weißt du …« Er räusperte sich und kniff für einen Moment die Augen zusammen. Dann richtete er sich auf und sah mich an. Lag da ein Hauch von Angst in seinem Blick?

»Hm.« Ich legte eine Hand auf seinen Oberkörper. Sein Herz schlug wie wild gegen den Brustkorb. »Kommst du wieder zu mir?« Meine Stimme zitterte.

»Hm. Jo.« Er richtete sich auf und krabbelte unbeholfen zurück auf die Couch.

Ich beugte mich vor und küsste ihn. Dieses Mal fühlte es sich anders an. Bedeutender. Es berührte mein Herz mehr als mein Verlangen. Ben nahm mein Gesicht in seine

Hände. Abrupt beendete er den Kuss und setzte sich kerzengerade neben mich. Ich betrachtete seine Lachfalten um die unglaublich ausdrucksstarken Augen, das kantige Kinn und diese weichen Lippen, die mich eben in den Himmel getragen hatten. Warum waren wir jetzt nicht nackt, ineinander verschlungen und ekstatisch in Fahrt?

»Alles gut?« Er sah mich aus dem Augenwinkel an und wischte sich hektisch Katzenhaare von seiner Jeans.

»Äh. Ja.« Ich biss mir auf die Unterlippe.

»Lass das!« Er drehte sich zu mir.

»Was?«

»Das, was du mit deinem Mund machst.« Seine Augen verdunkelten sich.

»Du meinst das hier?« Ich beugte mich vor und knabberte direkt vor ihm an meiner Lippe herum, öffnete den Mund ein Stück und spielte mit meiner Zunge.

»Ja«, keuchte er. »Genau das.« Im nächsten Moment sprang er auf und ich krallte mich an der Sofalehne fest, um nicht nach vorne zu kippen. »Komm, wir machen noch einen Spaziergang.«

Ich blickte zu ihm hoch. »Hast du mal auf den Kalender geguckt? Es ist November.«

»Ja. Und?« Er grinste breit. »Du hast doch meine warme Jacke.«

»Touché.« Ich zog die Schultern hoch. Was war mit dem Typen los? Er war heiß auf mich. Ich hatte es gespürt. Jede Faser seines Körpers hatte gerufen, dass er mich wollte. Ein warmes Gefühl breitete sich in meiner Brust aus. Aber warum verhielt er sich so seltsam? Konnte ich mich so täuschen? Ich schluckte. »Und du willst jetzt wirklich da raus?« Ich zeigte auf die zahlreichen Regentropfen auf der Fensterscheibe.

»Jo.« – Er streckte eine Hand nach mir aus. »Und dich nehme ich mit.«

Ein Schwall eiskalter Luft wirbelte durch das Treppenhaus, sobald Ben die Haustür öffnete. Er legte den Arm um mich und schob mich an seiner Seite den kaltfeuchten Luftmassen entgegen. Auf dem Bürgersteig griff er nach meiner Hand. Unsere Finger verschränkten sich und ich grinste von einem Ohr bis zum anderen, war nicht in der Lage damit aufzuhören. Was war bloß mit mir los? Ich wollte doch nur eine Ablenkung von Jacques. Und warum liefen wir hier herum und wälzten uns nicht durch seine Laken? Wir waren keine Teenager mehr. Trotzdem fühlte es sich an wie das allererste Verknalltsein. Irgendetwas war hier schräg und fühlte sich trotzdem richtig an.

Wir überquerten den Jungfernstieg und bogen nach links in Richtung Hafenspitze ab.

»Warst du schon mal auf der Mole hinten am Hafen, als es dunkel war?« Er zog meine Hand hoch und deutete mit ihr in Richtung Norden.

Ich nickte. »Na klar, da haben wir früher bei gutem Wetter Bier getrunken.« Ich sog die eiskalte Luft durch die Lungen. »Und du?« Ich legte den Kopf an seine Schulter.

»Ich nicht. Aber in Kappeln war ich oft unten am Wasser – mit meinem Bruder.« Die letzten Worte schob er deutlich leiser hinterher.

»Und was macht dein Bruder jetzt?« Der Wind pustete durch die Bäume. Ein Wassertropfen traf meine Nase. Ich wischte ihn mit dem Ärmel weg.

»Mein Bruder? Ach, der ist bei der Marine.« Er verstärkte den Druck an meiner Schulter und zog mich noch dichter an sich heran.

»Meiner auch.« Ich starrte auf das nachtschwarze Meer. »War oft mit dem U-Boot auf Manöver. Aktuell ist er in Griechenland stationiert. Meinem Vater gefällt das gar nicht, aber er hat sich mittlerweile damit abgefunden.«

Ben brummte und lenkte mich durch eine schmale Häuserbucht zur Promenade.

»Was ist mit deiner Familie? Wohnen deine Eltern noch in Kappeln?«, fragte ich.

Seine Hand krallte sich in meinen Oberarm, dass es schmerzte.

»Autsch!«, rief ich und sein Griff lockerte sich.

»Nicht mein Lieblingsthema. Sie sind schon länger nicht mehr da. Auf die eine oder andere Weise.«

Was sollte das heißen? Die Straßenlaterne beleuchtete sein Gesicht. Bens Mund war nur noch ein schmaler Strich und ich fragte nicht weiter nach.

Wir schlenderten die Promenade entlang. Die ganze Zeit begegnete uns nicht eine Menschenseele. Es war, als würde Eckernförde nur uns gehören. Aber wer war auch so blöd, im November bei eisigem Ostwind einen Fuß vor die Tür zu setzen?

An der Hafenspitze vorbei ließen wir das Wasser rechts liegen und schlenderten durch die verlassene Fußgängerzone in Richtung Süden. Meine Turnschuhe waren nass und ich hatte eiskalte Füße. Wohin sollte das führen? Warum wollte Ben nicht in seiner Wohnung mit mir alleine sein? Warum fror ich mir hier draußen den Hintern ab? Nichts gegen einen Abendspaziergang. Ich liebte Eckernförde bei Nacht – aber irgendwas war seltsam zwischen uns.

Ich richtete mich auf und löste mich aus seinem Arm.

»Du, morgen muss ich früh raus – vielleicht … Also, ich gehe jetzt besser nach Hause.« Meine Ohren froren ohne seine Nähe und ich zog mir die Mütze tiefer ins Gesicht.

»Ach ja – morgen muss ich auch früh raus.« Er rieb sich über sein Kinn. »Aber ich bringe dich noch. Alleine zu laufen ist kacke.« Er nahm meine Hand in seine und wärmte sie.

Ich schluckte. »Jo, aber dann musst du alleine zurücklaufen.« Seine Finger fuhren die Umrisse meiner Hand nach und es begann überall in mir zu kribbeln. Warum waren wir jetzt nicht bei ihm?! Aber nach Hause zu meinen Eltern musste er mich wirklich nicht bringen. »Hm, weißt du – Eckernförde ist wirklich kein gefährliches Pflaster. Das ist ja nicht das erste Mal, dass ich alleine im Dunkeln hier herumspaziere.«

»Es reicht ein Vollidiot.« Ben blickte mich streng an.

»Idioten mögen keinen Ostwind bei drei Grad.« Ich streckte trotzig das Kinn nach vorne.

»Wer weiß das schon?« Er festigte den Griff um meine Hand und zog mich weiter die Straße entlang.

»Ich bin schon groß, du musst mich nicht beschützen.« Ich stemmte eine Hand in die Hüfte. Was bildete er sich ein?!

»Wenn du wüsstest, was ich muss und nicht muss.« Er ließ meine Hand los und legte den Arm um meine Schulter. »Mein Beschützerinstinkt ist sehr ausgeprägt.«

Ich verdrehte die Augen. Trotzdem spürte ich ein warmes, sicheres Gefühl in meinem Inneren.

Wir kehrten nicht zum Meer zurück, sondern nahmen den kürzesten Weg. An der Hauptstraße fuhren vereinzelt

Autos entlang. Die große Kreuzung war verlassen. Die Unterführung war fahl beleuchtet und ich schmiegte mich in Bens kräftigen Arm.

»So. Da wären wir.« Ich blieb in einigen Metern Abstand zu meinem Elternhaus stehen. Unter dem Vordach brannte noch Licht. Ben schob mir die Kapuze aus dem Gesicht. Er zitterte. Ich legte eine Hand auf seinen Rücken. Seine Pupillen waren nicht von seinen Iriden zu unterscheiden. Mein Herzschlag pochte an meinen Schläfen. Ich biss mir auf die Unterlippe.

»Du tust es schon wieder«, sagte er mit rauer Stimme.

»Was?« Ich tat so, als würde ich nicht wissen, worum es ging.

»Das mit der Unterlippe!« Er strich mit dem Daumen über meinen Mund, was mich wohlig erschaudern ließ.

»Ja und? Was ist daran so schlimm? Hast du ein Keuschheitsgelübde abgelegt?« Ich spürte Verlangen in mir hochkochen. Was zum Teufel hielt ihn davon ab, nachzugeben?

Er seufzte tief. War er genervt oder erregt oder beides? Ich konnte den Gedanken nicht zu Ende führen, denn seine Hand krallte sich in meine Haare und sein Mund eroberte meinen. Mit wackligen Beinen drängte ich mich ihm entgegen. Verdammt, ich konnte ihn doch nicht mit reinnehmen. Nicht, wenn meine Eltern zu Hause waren. Ich stöhnte auf und schob meine Hand unter seine Jacke. Die Haut an seinem Rücken brannte heiß an meinen kalten Fingern. Er spannte die Rückenmuskulatur an. Ich war mir sicher, dass er mich wollte. Mein Körper kribbelte bis in die Zehen und an der Zungenspitze erwartete ich Funken. Ich versank in diesen Moment und wollte nicht, dass er vorüberging.

Ben war es, der den Kuss löste und eine Armlänge zwischen uns brachte. »Laura. Ich … Du …« Er keuchte. »Gute Nacht.«

»Gute Nacht«, stammelte ich ihm hinterher, so schnell hatte er sich umgewandt und war zwischen zwei Straßenlaternen im Schatten der nächtlichen Straße verschwunden. Ich schluckte und blickte ihm noch eine Weile durch die Dunkelheit nach.

Kapitel 13

GEGENWIND

Ich habe einen wichtigen Termin reinbekommen, Clara und du, ihr bekommt das schon hin.« Maike hob entschuldigend die Hände vor die Brust und eilte mit ihrer Jacke im Arm aus dem Büro. Ich überprüfte ein letztes Mal die Präsentation auf meinem Laptop.

»Hast du die Handouts?«, rief ich Clara zu, die mit einem Stapel Papier aus dem Kopierraum kam.

»Ja, alle hier. Ich hefte sie nur noch zusammen.« Sie eilte an meinem Schreibtisch vorbei und ihr geflochtener Zopf schwang hin und her.

Ich nahm mein Handy zur Hand. In fünfzehn Minuten mussten wir los. Ich öffnete meinen Messenger. Ben war eben online gewesen. Aber geschrieben hatte er mir nicht. Was war los mit ihm? Sollte ich? Ich biss mir auf die Lippe und sofort durchflutete mich das Gefühl unseres Abschiedskusses. Okay. Ich atmete durch.

Guten Morgen. Bist du gut nach Hause gekommen? Grüß Momo von mir.

Eine Sekunde später war er wieder online und las meine Nachricht. Mein Herz klopfte.

»Laura, wir müssen jetzt los.« Clara stand vor meinem Schreibtisch.

»Danke. Ich war gerade etwas … abgelenkt.« Ich steckte das Handy in die Hosentasche, klappte den Rechner zu und schob ihn in meinen Rucksack. Wir eilten zur Stadthalle, die nur wenige Meter von unserem Büro entfernt lag.

Im Besprechungsraum waren die Tische in U-Form angeordnet. Ich stellte meinen Rucksack ab und Clara verteilte die Unterlagen auf den Plätzen. Einige Stühle waren schon besetzt und nach und nach füllte sich der Raum. Eingeladen waren die Schausteller, die zum Eckernförder Weihnachtsmarkt gehörten. Die Betreiber des historischen Kinderkarussells, die Zuckerbäcker, Glühweinverkäufer, Bratwurststandbetreiber, der Lions-Club und es hätte mich nicht gewundert, wenn Clara auch noch den Weihnachtsmann aufgetrieben hätte.

Ich rieb meine Hände an der Hose trocken, doch sie schwitzten so sehr, dass sie gleich darauf wieder feucht wurden. Es war elf Uhr. Zeit, dass ich startete. Ich räusperte mich. »Schön, dass Sie so zahlreich erschienen sind.« Meine Stimme zitterte. Adrenalin pumpte durch mich hindurch und vernebelte meinen Verstand. Ich atmete durch und fixierte einen Punkt am hinteren Ende des Raumes. Das Konzept war großartig und die einzelnen Standbetreiber konnten auch wirtschaftlich profitieren. Das musste ich irgendwie rüberbringen. »Also.« Ich räusperte mich noch einmal lauter und das Gemurmel verstummte.

»Mein Name ist Laura Schmidt und ich bin von der Tourismusagentur Eckernförde. Wie Sie wissen, ist in Eckernförde einiges in Bewegung und wir wollen auch den Weihnachtsmarkt nicht vor einem moderneren Besuchererlebnis verschließen.« Ich ließ den Stift in meiner Hand kreisen. Was redete ich da für ein gestelztes Zeug?

»Wat soll dat heißen? Weihnachtsmärkte und modern? Der is doch gut so, wie der gerade ist!«, ergriff ein älterer Herr das Wort und erntete zustimmendes Brummen von seinen Kollegen.

Ich knetete die Notizzettel in der Hand und antwortete mit hoher Stimme: »Lassen Sie mich Ihnen zeigen, was wir vorhaben, und danach können wir das in der Runde gerne diskutieren. Immerhin sind Sie die Spezialisten, was den Weihnachtsmarkt betrifft.« Mein Blick wanderte von einem Gesicht zum anderen. »Also. Dann möchte ich Ihnen den neuen Eckernförder Weihnachtsmarkt vorstellen. Historie trifft auf Moderne. Der Ykærnemarkt!« Ich verlagerte mein Gewicht von einem Fuß auf den anderen. Jetzt wurde es ernst. Mein Brustkorb fühlte sich an, als wäre ich in eine Korsage eingeschnürt. Clara schaltete meine Präsentation eine Folie weiter und das Gemurmel im Raum wurde lauter. Einige Schausteller schüttelten den Kopf, andere saßen regungslos auf ihren Stühlen und erwarteten vermutlich eine Erklärung.

»Ähm. Also. Die Geschichte unserer schönen Stadt ist wenig bekannt und wird von der Seeschlacht mit Dänemark überschattet, bei der viele Menschen ihr Leben gelassen haben. Aber vor gut achthundert Jahren gab es hier eine Burg, die dem Ort ihren Namen geschenkt hat: die Ykærneburg. Manche Historiker übersetzen den Namen mit Eichhörnchenburg.« Ich schwitzte und holte Luft für den nächsten Satz, doch die Tür öffnete sich und ein Kopf lugte hindurch.

»Bin ich hier richtig? Weihnachtsmarkt und so?«

Mir blieb die Luft weg.

»Jo, min Jung. Kumm rin.« Ein älterer Herr zog einen Stuhl an seine Seite für den Neuankömmling.

Das konnte doch nicht wahr sein! Ben? Was hatte er mit dem Weihnachtsmarkt … Was zum Teufel machte er hier?

Das Prickeln von gestern Abend schoss durch meine Venen. Unvermittelt biss ich mir auf die Unterlippe und betrachtete ihn. Sein Haar war zerzaust und er gähnte. Dann sah er mich und riss die Augen auf. Er beäugte die Präsentation, sah wieder zu mir und sein Gesicht erstarrte. Seine Züge verhärteten sich.

Mir wurde schlecht.

Ich hielt Ausschau nach dem nächsten Mülleimer. Nur für den Notfall. Ich zwang mich, den Blick an die hintere Wand zu heften, und setzte den Vortrag fort: »Von der Ykærneburg ist heute nichts mehr zu sehen, aber wir nehmen mit unserem Konzept die Optik einer mittelalterlichen Burg auf und schlagen so den Bogen zur Stadtgeschichte.« Ich beschrieb einen Kreis mit der rechten Hand, um meine Worte zu untermalen.

Das Gemurmel zwischen den Zuhörern wurde lauter und meine Hände feuchter. Ich erzählte vom Lichtkonzept, von den zwei Meter hohen Wachtürmen und der Einhausung aus Holz, von dem Lager am Hafen und den vielen Lichtern in den Platanen. »Denken Sie an die Besuchermassen, die wir mit diesem Konzept erreichen könnten. Die Bekanntheit des Marktes wird weit über die Region hinauswachsen.« Meine Stimme bebte. Auf der letzten Seite der Präsentation kam nämlich der Haken: Wir mussten die Standgebühr erhöhen, um einen Teil der Mehrkosten zu finanzieren. Kaum hatten meine Zuhörer das realisiert, erreichte mich der erste Gegenwind.

»Na kloar, alles schick machen und uns die Party zahlen lassen«, spuckte der ältere Herr neben Ben seine Worte in den Raum und verschränkte die Arme vor dem Körper. Ich schaute hilfesuchend in die Gesichter der Zuhörer.

Ben schob seinen Stuhl zurück, stand auf und trat nach vorne. Sein Blick klebte einen Moment an mir. War das Mitleid in seinen Augen? Dann wandte er sich zu seinen Kollegen.

Er wird sie überzeugen, dachte ich. *Ja, das wird er.* Ich wartete auf seine Worte und hielt für einen Moment die Luft an.

Ben schüttelte den Kopf und tippte sich an die Stirn. »Sach mal, haben die Bauschutt geraucht im Touri-Büro?« Er betrachtete mich von unten nach oben und sein Kiefer mahlte. Dann wandte er sich wieder an seine Kollegen, die ihm übertrieben zunickten. »So 'n modernes Konzept mit Bretterzaun und Funzeln und dann sollen wir dafür blechen?« Er nahm sich eines der Hand-outs vom Tisch und zerriss es in zwei Teile. Ein riesiger Kloß schien meinen Hals auszufüllen. »Für'n Miniatur-Holz-Wachturm?« Er krempelte seine Hosentasche nach außen. »So dicke haben wir's alle nicht hier … War ja klar, dass so eine Idee von der Sylter Schickimickifraktion kommt. Nicht mehr alle Latten haben die am Bretterzaun!«

Ich hielt mich an meinen Unterlagen fest. Mein Magen rebellierte und ich stieß sauer auf vor Wut und Enttäuschung. Bens Kollegen klopften zustimmend auf den Tisch. Er setzte sich und wich meinem Blick aus. Meine Hände zitterten.

Welcher verfluchte Film lief hier? Wie sollte ich die Leute je wieder einfangen? Ich wollte nicht aufgeben und straffte meine Schultern. Was mit Ben nicht stimmte, würde ich noch herausfinden. Irgendwann. Aber es ging um mein Projekt!

Ich gab Clara ein Zeichen, damit sie die nächste Seite einblendete. »Meine Damen und Herren, beruhigen Sie sich doch!«, rief ich durch den Raum. »Ähm … Sie sind doch alle erfahren in Ihrem Job. Profis sozusagen. Dann müssten Sie auch wissen, es wird nichts so heiß gegessen, wie es gekocht wird.« Ich pausierte bewusst und sah Ben fest in die Augen. Er griff sich fahrig ans Kinn, schob seinen Stuhl zurück, drehte den Kopf weg und stand auf. Einige andere Zuhörer folgten seinem Beispiel. Ich räusperte mich. »Also schlage ich vor, dass wir uns in einer Woche am Kirchplatz wiedertreffen. Das ist der Tag, bevor der diesjährige Weihnachtsmarkt eröffnet wird – und ich bitte Sie inständig: Schauen Sie sich das neue Konzept an, überlegen Sie, welches Potenzial mehr Besucher haben könnte. Denken Sie nur an Lübeck! Die hochgerechneten Zahlen habe ich Ihnen beigelegt. Natürlich würde die Stadt viele Marketingmaßnahmen auf den Weg bringen, um die Besucher auch rund um Weihnachten an die Ostsee zu locken.« Ich holte Luft. Einige Schausteller folgten Ben aus dem Raum, andere sahen mich an und schienen zuzuhören. Der ein oder andere zwar mit gerunzelter Stirn, aber – immerhin. Ich erhob die Stimme: »Sollte es Fragen geben, stehe ich Ihnen gerne zur Verfügung. Meine Kontaktdaten stehen auf den Unterlagen.« Das Gemurmel wurde lauter. Ich wischte mir den Schweiß von der Stirn und hielt mich an einer Stuhllehne fest. Wie sollte ich das Maike erklären? Und warum war Ben so ein verdammtes Arschloch?

Ich hatte wirklich das Gefühl gehabt, dass ich ihm etwas bedeutete! Was war mit ihm los?

Ich drängte Tränen zurück, die sich zu meinen Augenwinkeln durchkämpfen wollten. Ich würde hier nicht heulen. Nicht vor der versammelten Weihnachtsmarktfraktion. »Ich komme gleich wieder!«, rief ich Clara zu und eilte aus dem Raum. Ich suchte das Foyer nach Ben ab, aber er war gegangen, ohne dass ich ihn mir vorknöpfen konnte. Feigling!

Am Nachmittag saß ich an meinem Schreibtisch und starrte auf den Monitor. Die Tür zum Büro knarzte und Maikes Absätze klackerten auf dem alten Holzfußboden.

»Moin Laura, wie war die Versammlung?« Sie stand vor meinem Schreibtisch und griff sich eines der übriggebliebenen Hand-outs.

Ich straffte meine hängenden Schultern. »Na ja –«

Sie wischte mit der Hand durch die Luft. »Brauchst mir keine Details zu erzählen. Herr Willemsen vom Lions-Club hat mir schon berichtet, dass es – sagen wir mal – nicht ganz so rund gelaufen ist. Aber warte – ich hole mir erst mal einen Kaffee.«

Das Desaster hatte sich also schon herumgesprochen. Ich senkte den Blick und ein dumpfes Gefühl breitete sich in meinem Bauch aus. Ich wischte mir durch die Haare und festigte meinen Blick. »Jo. Hätte besser laufen können.« Ein wenig Rückhalt von ihr wäre nicht schlecht gewesen.

Maike rumpelte in der Kaffeeküche herum und kehrte kurz darauf mit einer Tasse in der Hand zurück. Sie setzte sich auf die Ecke meines Tisches und blickte auf mich herab. »Mensch, mach dir nicht so einen Kopp.« Sie beugte sich vor und tätschelte meinen Arm. »Das sind alles grantige alte

Dösbaddel. Die müssen erst mal meckern. Das habe ich mir schon gedacht.«

Das hatte sie sich schon gedacht?! Hatte sie mich bewusst ins offene Messer laufen lassen? War das eine Prüfung? Ich ballte die Hände zu Fäusten.

Maike lächelte ununterbrochen. Ich presste meine Finger dichter zusammen.

»Warte mal ab«, sagte sie, »bis zum Weihnachtsmarkt nächstes Jahr ist noch jede Menge Zeit.« Sie nippte an ihrer Kaffeetasse, auf der sich ihr orangefarbener Lippenstift abzeichnete. »Die werden schon merken, dass für sie auch Nennwert dabei rumkommt. Das dauert nur 'ne Weile, bis das bei den Dickschädeln ankommt.«

Ich schluckte und nickte schwach. Vermutlich hatte sie recht. Aber warum hatte Ben mich so bloßgestellt?

Sie blickte von der Wanduhr zu mir. »Mensch, du kannst ja auch nicht zaubern. Es ist Freitag. Mach Feierabend und nächste Woche biegst du das einfach wieder gerade.«

Geradebiegen? Mir klappte das Kinn nach unten. Rückhalt hörte sich anders an. Ich setzte mich auf meine Hände und versuchte, meinen Ärger an dem dicken Kloß im Hals vorbei hinunterzuschlucken. »Okay. Bis Montag dann«, sagte ich. Maike wünschte mir ein schönes Wochenende und verschwand in ihrem Büro.

Kraftlos packte ich meine Sachen in den Rucksack. Mein Handy vibrierte, aber ich wollte niemanden sprechen, von niemandem hören und niemanden sehen. Ich wollte in mein Bett, mir die Bettdecke über den Kopf ziehen und die Welt vergessen. So, wie ich es als Kind gemacht hatte, wenn mich Hauke und Kjell nicht hatten mitspielen lassen, nur weil sie älter waren als ich.

Ich riss Bens Jacke vom Haken und wäre es nicht scheiße kalt draußen gewesen, hätte ich sie in den nächsten Mülleimer gepfeffert. Aber ich würde mir seinetwegen nicht noch eine Lungenentzündung holen. Ich schloss den Reißverschluss bis zum Kinn. Der Duft von Strandhafer und Cool Water hing immer noch in den Fasern und ich spürte einen Moment seine Lippen auf meinen. Als wäre das prickelnde Gefühl ein krümeliger Essensrest, wischte ich mir mit dem Handrücken über den Mund. Er konnte mich mal. Aber so was von!

Kapitel 14

HOFFNUNG

»Moin. Schon Feierabend?« Mama stand in der Küchentür und blickte in den Flur. Ich verpasste der Haustür einen Tritt, so dass sie scheppernd ins Schloss fiel, schmiss die blöde Jacke auf den Boden und kickte sie in die Ecke.

»Offensichtlich!« Ich pampte Mama an wie in meinen besten Teenagertagen.

Sie seufzte, kam auf mich zu und nahm mich in den Arm. Meine Tränen kullerten und Mama fragte: »Kaffee?«

Ich nickte schluchzend. Wollte sie denn gar nicht wissen, was los war?

Ich folgte ihr in die Küche und setzte mich auf die Bank. »Danke.« Ich griff nach dem Becher, den Mama mir reichte. *Während du Pläne schmiedest, fällt das Schicksal lachend vom Stuhl*, las ich auf dem Kaffeepott und sah sie mit zusammengekniffenen Augen an.

Sie zuckte nur mit den Schultern und betrachtete mich eine Weile. »Alles gut?, zu fragen, wäre Quatsch. Es ist offensichtlich nicht alles gut.« Sie lehnte sich an den Türrahmen und pustete sich eine Strähne aus dem Gesicht. »Das wird schon wieder.« Einen Moment noch ruhte ihr Blick auf mir, dann verließ sie den Raum in Richtung Esszimmer.

Ich blies in meinen Becher und puzzelte im Kopf die Geschehnisse der letzten vierundzwanzig Stunden zusammen. Es gab so viele Warums und die meisten hatten mit Ben zu tun. Warum hatte er am letzten Abend geschwankt zwischen Leidenschaft und Eiseskälte? Warum war er mir bei der Besprechung über den Weihnachtsmarkt in den Rücken gefallen? Warum konnte er nicht zu mir stehen und den nächsten Schritt mit mir gehen? Ich hatte doch gespürt, dass ich ihm etwas bedeutete. Konnte ich mich so irren? War ich doch nicht gut genug für ihn? Für den Job für – Tränen liefen meine Wange hinab. Ich fühlte mich elend. Meine Hände zitterten. Ich stand auf, schulterte den Rucksack und schlich die Treppe nach oben in mein Zimmer.

Mein alter Tennisball ruhte auf dem Nachttisch. Das Bedürfnis, ihn mit Schmackes gegen die Wand zu donnern, kochte in mir hoch. Großartig. Ich saß in meinem alten Kinderzimmer und musste mich mit Weihnachtsmarkt-Ben-Kacke herumschlagen. So hatte ich mir das nicht vorgestellt. Ich trat gegen den Bettpfosten. »Scheiße alles!« Mit dem Handrücken wischte ich mir die Tränen von der Wange.

Nach einem Moment ließ ich mich auf das verschlissene Sofa in der Zimmerecke fallen und atmete durch. Ich kramte im Rucksack und zog das Handy heraus. Sieben Anrufe in Abwesenheit von Jacques. Er rief an? Das war neu. Ich starrte auf das Display und mein Telefon vibrierte erneut. Jacques.

Na, der kann sich auf was gefasst machen!

Ich wischte mir über die Augen und hob ab.

»Ja«, sagte ich mit harscher Stimme. Ich hatte keine Lust, mich vor ihm zu verstellen.

»Chérie? Schöne Frau, bist du das?« Er säuselte ins Telefon, wie ich es von ihm kannte.

Ich seufzte und verdrehte die Augen. »Ja, Jacques. Ich bin's. Was verschafft mir die Ehre deines Anrufs?«

»Chérie, ich –« Er stockte und räusperte sich. »Ich weiß nicht, wie ich es sagen soll. Du … du –« Für einen kleinen Moment war es still in der Leitung. »Du fehlst mir so sehr. Ich habe versucht, dich zu vergessen. Ich habe versucht, mich in Arbeit zu knien, mit Laila die Liebe neu aufflammen zu lassen.« Sein Atem rauschte in meinem Ohr. »Aber, Chérie, immer tauchst du auf in meinem Kopf. Laila kann dir nicht das Wasser reichen. Ich bin schon ganz wirr! Ich muss dich sehen. Unbedingt!«

Ich streckte die Hand mit dem Telefon aus, als könnte ich so mehr Distanz zwischen uns bringen. Mein Herz klopfte schneller und der Kaffee in meinem Magen schien hin und her zu schwappen wie die Ostsee bei Sturm. Hieß das, er wollte sich von Laila trennen? War es nicht das, was ich mir immer gewünscht hatte? Ich knabberte auf meinem Daumennagel und führte das Handy zurück an mein Ohr.

»Jo.« Ich pustete Luft aus, um mir Zeit zu verschaffen. »… und was ist mit Laila?«

»Bitte, Chérie. Vergiss Laila! Ich muss dich sehen. Du wirst es nicht bereuen, ich werde dich auf Händen tragen.«

»Okay.« Ich zögerte einen Moment. »Wann und wo?«

»Morgen! In Glücksburg. Ich führe dich zum Essen aus und buche uns ein Zimmer.«

Morgen? Nur wir zwei, ohne uns verstecken zu müssen? Er hatte mich noch nie in ein Restaurant ausgeführt. Mein

Herz pochte laut und ich griff nach einem Kissen, das ich mir auf den Schoß legte.

»Glücksburg?«, fragte ich und strich über die Oberfläche des Kissenbezugs.

»Alter Meierhof. Fünf Sterne. Für dich. Für uns.«

Ich schüttelte den Kopf. Das war nicht sein Ernst, oder?

»Chérie? Bist du noch dran?«

»Ich bin … sprachlos. Das ist doch viel zu –«, überkandidelt wollte ich sagen, aber ich stockte für einen Moment und Jacques antwortete: »Für dich ist nichts zu teuer.«

Ich verdrehte die Augen und fühlte mich gleichzeitig geschmeichelt. Vorfreude kroch über meine Haut und obwohl Jacques etwas dick auftrug, war es genau die Streicheleinheit, die meine gekränkte Seele brauchte. Eine Flucht vom Weihnachtsmarkt-Ben-Desaster …

»Chérie? Bist du morgen da? 19 Uhr im Restaurant? Bitte sag Ja! Und bring deinen Bikini mit. Ich würde gerne mit dir in den Pool steigen.«

Ich stand auf, öffnete den Schrank und wühlte durch meine Klamotten. An der weißen Schleife zog ich das Oberteil meines Triangelbikinis aus dem Schrank.

»Badesachen. Okay –«, antwortete ich und warf das knappe Teil auf mein Bett.

»Chérie, schöne Frau? Bis du noch dran?«

»Ja, ja.« Ich grinste breit. »Das hast du dir ja alles schon genauestens überlegt … Morgen um 19 Uhr bin ich am Meierhof.«

»Ich habe mir schon ganz andere Dinge überlegt.« Seine Stimme färbte sich dunkel. »Bis morgen, Chérie!« Er schmatzte einen Kuss in den Hörer, der sich eher nach Verdauungstätigkeiten anhörte, und legte auf.

Ich nahm mein Handy vom Ohr, starrte es an und biss mir so kräftig auf die Unterlippe, dass ich einen metallischen Geschmack auf der Zunge hatte.

Die blutende Lippe erinnerte mich an Ben und es kribbelte warm in meinem Nacken, wenn ich daran dachte, in seinen Armen durch den kalten dunklen November zu laufen.

»Stopp!«, rief ich laut durch mein Zimmer. »Ben ist ein verdammtes Arschloch!« Mit einem Kopfschütteln schmiss ich das Handy in die Sofaecke. Ich brauchte einen Schnaps. Papa hatte bestimmt noch irgendwo was rumstehen.

Anni, Kat, Kjell, Hannes und ich saßen wieder an unserem Lieblingsplatz mit Blick auf den Hafen. Wir hatten uns auf ein schnelles Freitagabendbier verabredet, das sich auf zwei weitere ausgedehnt und meine Zunge gelockert hatte. Ich erzählte von der Weihnachtsmarktversammlung am selben Tag.

»Die sind sogar schon früher abgehauen! Zumindest einige!«

»Frechheit!« Anni schlug mit der Hand auf den Tisch. Das klitzekleine Detail, dass ich Ben kannte und am Abend vorher fast mit ihm im Bett gelandet wäre, wenn er nicht einen plötzlichen Sinneswandel gehabt hätte, hatte ich ausgelassen. Diese Kacke hatte ich meinem Tinder-Übermut zu verdanken und diesen Floh hatte mir Kjell ins Ohr gesetzt. Dafür würde ich ihm irgendwann noch mal eine reinwürgen.

»Was für ein Desaster!« Ich trank einen kräftigen Schluck aus meiner Bierflasche. »Und meine Chefin hat den Krawall geahnt und sich rar gemacht.«

Anni tätschelte mir die Schulter, Hannes schüttelte den Kopf und Kat kratzte sich am Kinn, als würde sie nachdenken. Kjell grinste amüsiert.

»Was ist so witzig?« Ich trat ihn unter dem Tisch, doch er verzog keine Miene.

»Beim nächsten Termin stellst du einfach etwas Freibier hin. Dann ist das alles kein Problem mehr.«

»Mensch, Kjell, sehr witzig. Siehst du nicht, dass Laura fertig mit den Nerven ist? Und dann kommst du hier mit 'nem saublöden Vorschlag.« Anni sah ihren Freund an und verdrehte die Augen. In der nächsten Sekunde hauchte sie ihm aber einen Kuss auf den Hals und es hätte mich nicht gewundert, wenn Kjell angefangen hätte zu schnurren wie ein gekraulter Kater.

»Danke für deine Unterstützung, Anni.« Ich stellte meine Ellenbogen auf den Tisch und drehte die Flasche in der Hand.

»Veränderungen sind nicht einfach.« Kat nippte an ihrem Bier und legte ihre Stirn in Falten. »Ist es irgendwie möglich, dir Verbündete zu suchen? Den Rädelsführer der Gruppe noch mal unter vier Augen zu treffen und ihn auf deine Seite zu ziehen?«

Ich schluckte. Nun, ich hatte gedacht, dass ich das schon getan hätte. Zufällig. Am Abend zuvor. Aber aus unerklärlichem Grund ist das nach hinten losgegangen.

»Wer war denn am lautesten?« Kjell richtete sich auf und versuchte anscheinend, ernsthaft in die Diskussion einzusteigen. Ich betrachtete Anni und ihn. Die beiden waren so ein wunderbares Team. Vielleicht würde ich auch jemanden finden, der alle meine Ecken und Kanten liebte. Ben tat das wohl nicht. Ein Stein legte sich in meine Magengrube. Aber konnte ich mit Jacques eine Beziehung auf Augenhöhe eingehen? Ich knabberte auf meinen Fingernägeln herum.

»Laura? Bist du noch da?« Hannes beugte sich über den Tisch und fuchtelte mir vorm Gesicht herum.

»Ja, Mann!« Ich trat ihn erneut unter dem Tisch.

»Also – wer war am lautesten?«

»Na ja –«, druckste ich herum. Sollte ich ihnen von Ben erzählen? Ich biss mir auf die Lippe. »So ein älterer Herr, der die Bratwürste verkauft, hat angefangen mit der schlechten Stimmung, aber der größte Miesepeter war – ähm – Ben Magnussen.« Ich versteckte das Gesicht hinter der Bierflasche, damit mir Kjell nicht an der Nasenspitze ansah, dass etwas nicht stimmte.

»Ben?« Kjell lachte laut auf und hielt sich den Bauch. Die Gäste am Nebentisch blickten irritiert zu uns herüber.

»Du kennst den?« Ich massierte mir die linke Schläfe.

»Na klar. Du denn nicht?«

Für einen Moment spürte ich Hitze auf meinen Wangen, hörte das Blut in meinen Ohren rauschen und ich schüttelte zaghaft den Kopf.

»Der ist hier bekannter als der Typ, dem vor ein paar Jahren der Güllelaster ins Wohnzimmer gerasselt ist.«

Ich verzog den Mund, formte ein »Hä« mit den Lippen und richtete mich auf. »Hattest du schon zu viel Bier, Kjell? Du sabbelst Blödsinn!«

»Nee. Kein Blödsinn. Ich kenne Ben. Nächste Woche helfe ich ihm beim Aufbau von seinem Glühweinstand. Ich kann mal mit ihm schnacken, wenn du magst. Der ist manchmal etwas schroff. Vor allem, wenn ihm was wichtig ist.« Kjell blickte an die Decke, als würde er sich an etwas erinnern. »Aber das kriegen wir schon wieder hin.«

»Wenn ihm was wichtig ist?«, wiederholte ich leise und Kjell zog eine Augenbraue unnatürlich hoch. Ahnte er etwas? »Danke.« Ich hob meine Flasche und prostete Kjell zu. Er war seit langer Zeit der beste Freund meines Bruders und ich war so froh, dass er auch zu meinen besten Freunden zählte. Ich lehnte mich zurück und schloss für eine Sekunde die Augen, horchte in mich hinein und verspürte einen Moment der Ruhe trotz der lauten Kneipengeräusche. Meine Freunde kümmerten sich um mich und hörten mir zu – so schlecht war es gar nicht in Eckernförde.

Kapitel 15

GLÜCKSBURG

Der Motor meines Fiestas brummte und ich verließ Eckernförde in Richtung Norden. Die Autobahn war in Höhe Tarp voll gesperrt. Ich musste mich über Kappeln quälen. Bei schönem Wetter eine herrliche Tour. Ich kniff die Augen zusammen, um zwischen dem Scheibenwischer-Schneeregen-Lichtkegel-Gemisch die Fahrbahn zu erkennen.

Der Innenraum meines Wagens roch nach meinem Lieblingsparfum, Haarfestiger und Bens Jacke. Ich sollte endlich meinen Wintermantel aus einem der Umzugskartons kramen.

Vorfreude, Aufregung, Unsicherheit – mein Magen knautschte sich zusammen und ich gab mir große Mühe, mit den Zähnen nicht den akkurat aufgetragenen Lippenstift zu zerbeißen. Ein leiser Druck pochte zwischen meinen Schläfen. Vielleicht waren es gestern doch zwei Bier zu viel gewesen? Ich zappte mich durchs Radio, hatte die Wahl zwischen Ed Sheeran und The Prodigy. Ich wählte Letztere und drehte die Lautstärke auf, bis die zarten Boxen des alten Fords schepperten.

Das Grölen zur Musik ließ mein Herz leichter werden und ich stürzte mich in diesen Abend, wie der Regen, der auf das Autodach prasselte. Von Schnee war auf der Straße keine Spur mehr. Die gepackte Sporttasche lag auf dem Beifahrersitz. Das dunkelblaue Kleid mit den weißen Punkten zwickte beim Autofahren etwas in der Seite und der Blazer engte mich ein, aber ich konnte ja schlecht in Jeans und Sweatshirt in das Restaurant eines Fünf-Sterne-Hotels gehen. Vor mir tauchten die Lichter von Kappeln auf und ich fuhr über die Klappbrücke in Richtung Flensburg. »Bloß nicht nach Süderbrarup abbiegen«, ermahnte ich mich laut und setzte den Blinker nach rechts. Ich musste in Richtung Gelting fahren. Danach konnte nicht mehr so viel schieflaufen. Ich konzentrierte mich auf die nasse Straße und die richtigen Songs im Radio.

»Chérie!« Jacques breitete seine Arme aus und ich zögerte einen Moment. Zwischen uns war eine Weile Funkstille gewesen und nun sollte alles so sein, wie immer? Also, wie immer, wenn uns auf Sylt niemand seine neugierigen Blicke geschenkt hatte?

Ich sah in seine rehbraunen Augen und die Erinnerung der Leidenschaft des letzten Jahres kitzelte meine Nervenenden. Ich gab mir einen Ruck und schlang ihm zur Begrüßung die Arme um den Hals. Er fuhr mit seinen Lippen sanft von meinem Mundwinkel den Kieferknochen entlang zum Ohr. Ich schluckte trocken und ein sanftes Kribbeln breitete sich aus.

»Du siehst wundervoll aus, Chérie, du Schöne.« Ich spürte seinen Atem an der Ohrmuschel. Seine Hand legte sich auf meinen Lendenwirbel und wanderte über die Rückennaht des Kleides runter zum Hintern.

Ich löste mich aus seinem Griff und trat einen Schritt zurück.

»Bitte, das Gepäck der Dame auf unser Zimmer, ja?« Jacques half mir aus der Jacke, nahm mir die Tasche ab und gab beides dem maskenhaft grinsenden Portier.

Ohne die warme Jacke erwischte mich ein kalter Luftzug am Hals. Ich zog die Schultern hoch, als könnte mich diese Geste wärmen, und folgte Jacques ins Restaurant.

»Die Speisen sind exquisit!« Er schob einen Stuhl zurück und erwartete, dass ich mich setzte.

Nach der Fahrt durch das dunkle und verregnete Küstengebiet war ich geblendet von den vielen Lichtern, die wie Glühwürmchen an der Decke glitzerten. Es duftete nach gebräunter Butter und gebratenem Fisch. Speichel sammelte sich in meinem Mund. Ich ließ Jacques meinen Stuhl an den Tisch schieben und schlug ein Bein über das andere. Nervös wippte ich mit dem oberen Fuß. Ich kannte solche Restaurants von Sylt. Dort hatte ich im Rahmen meines Jobs Besprechungen mit Gastronomen abgehalten. Ausgeführt hatte mich Jacques nie. Wie auch? Das hätte sofort die Runde gemacht. Es war ein Wunder, dass unsere Affäre nicht ans Licht gekommen war, auch wenn wir uns nur in seinem Büro oder in meinem winzigen Apartment nähergekommen waren.

Jacques setzte sich mir gegenüber, bestellte eine Flasche Wasser und studierte die Weinkarte. Der Sommelier stand kerzengerade neben ihm, nickte bei seinen lauten Überlegungen und beglückwünschte ihn zur Wahl. Er hatte sich auf einen französischen Rosé festgelegt und orderte für uns ein Menü.

»Mit Coquilles und Seezunge. Das klingt ausgezeichnet.« Er fixierte mich und ich rutschte auf meinem Stuhl von einer Seite zur anderen.

Ich hatte noch nie ein Essen von einem Sternekoch gegessen und war gespannt. So ein nobles Hotel gab es in Eckernförde nicht.

Der Sommelier kam mit einem Kübel voller Eiswürfel wieder und goss Jacques einen kleinen Schluck Wein in sein Glas. Der rümpfte die Nase, schwenkte den Wein und nippte. »C'est bon.« Er nickte der Servicekraft zu und diese schenkte Rosé nach.

Ich kicherte.

»Was ist, Chérie?«

»Wenn es um Wein geht, wechselst du ins Französische. Das ist witzig.«

»Wenn es um Schnaps geht, kann ich auch Platt snacken«, konterte er und die Mischung aus Französisch und norddeutsch breiter Aussprache trieb mir die Tränen in die Augen. Ich hielt mir den Bauch und blickte mich um. Das Ambiente war so edel, dass es nicht für spontane Lachanfälle gemacht zu sein schien. Verunsichert sah ich mich um. Die anderen Gäste unterhielten sich mit gedämpfter Stimme.

»Etwas Wein für die Dame?« Der Kellner hatte höflich gewartet, bis ich mich beruhigt hatte, und stand mit einem Arm hinter dem Rücken und der Weinflasche in der Hand an meiner Seite.

»Später gerne. Ich starte mit Wasser.«

Jacques runzelte die Stirn und schüttelte den Kopf. »Chérie. Einen solchen Abend beginnt man doch nicht mit Wasser!«

Ich zuckte mit den Schultern und stieß mit dem Wasserglas mit ihm an. Ich wollte meine Sinne behalten und der dumpfe Druck hinter meiner Schläfe ermahnte mich, mit dem Alkohol vorsichtig zu sein.

»Wie läuft es auf der Insel?«, fragte ich und betrachtete den kunstvoll angerichteten Gruß aus der Küche, der uns serviert wurde. Es war ein Servierlöffel mit gebogenem Stiel, obendrauf erkannte ich Kaviar. Der Ober hatte uns zwar erklärt, was sich unter dem Kaviar in dem winzigen Happen verbarg, aber ich hatte ihm nicht richtig zugehört.

Mein Magen schrie mich an: »Geil. Essen!« Ich wartete ab, bis Jacques mit dem Bewundern des essbaren Grußes fertig war, und ließ die Leckerei im Mund verschwinden. Die Masse verteilte sich auf meiner Zunge. Ich schloss die Augen und seufzte. Das war das Leckerste, was ich je gegessen hatte. Meine Lider hoben sich langsam und Jacques blickte mich zufrieden an.

»Das Essen ist, eh, ein Traum.«

»Mhmh.« Ich nickte und kam auf meine ursprüngliche Frage zurück: »Wie läuft es auf Sylt? Und du hast dich wirklich von Laila getrennt? Warum jetzt?«

Er räusperte sich. »Lass uns nicht über Sylt reden, Chérie. Sylt ist weit weg. Was heute zählt, sind wir zwei.« Er griff nach meiner Hand und ich erwartete das Kribbeln, welches mich das letzte Jahr täglich bei seinen beiläufigen Berührungen begleitet hatte, aber es tat sich nichts. Dabei durften wir uns hier berühren, mussten uns nicht verstecken. Warum wich er meiner Frage aus? Er tupfte sich den Mund ab und sah mich an. Hatte er schon immer so dick aufgetragen? Wie ein schmieriger Lord aus einem Rosamunde-Pilcher-Film? Ja, natürlich hatte er das und plötzlich … da störte es mich, auch wenn ich nicht genau wusste, wieso.

Wie durch Geisterhand waren unsere Teller verschwunden und wurden kurze Zeit später durch die Vorspeise ausgetauscht.

»Oh, là, là, die Coquilles!« Jacques schnalzte mit der Zunge und ließ mir ohne meine Zustimmung ein Glas Wein einschenken. Ich schüttelte den Kopf, aber er ignorierte es und überging meinen Wunsch, bei Wasser zu bleiben.

Ich betrachtete die weißen, wabbeligen Scheiben auf meinem Teller, die angerichtet waren wie ein kleines Gemälde. Viel zu schade, um es zu zerstören. Doch mein Magen knurrte. Ich zerteilte die Muscheln und schob eine Ecke davon in den Mund. Die zäh wirkende Masse schmolz und ich nippte am Weinglas, um den Geschmack zu intensivieren. Wenn ich davor gedacht hatte, dass der Gruß aus der Küche auf meiner Top eins der besten Speisen stand, wurde er in diesem Moment von den Jakobsmuscheln verdrängt.

»Ausgezeichnet.« Jacques tupfte sich mit der Serviette über die Lippen.

»Sogar besser als Fischbrötchen.« Ich grinste und erwartete die empörte Reaktion meines Ex-Chefs. Damit hatte ich ihn schon auf der Insel geärgert. Er war der Meinung, dass ein Fischbrötchen keine richtige Mahlzeit war und man doch nicht einfach irgendwo zwischen Tür und Angel speisen konnte. Jacques verdrehte die Augen und murmelte etwas Unverständliches in seiner Muttersprache.

»Was ist?«, fragte ich, aber er winkte ab und schob sich einen Bissen in den Mund.

Hauptgang und Dessert verdrängten erneut die vorherigen Spitzenkandidaten meiner Essen-Charts. Der herbsüße Geschmack der Schokoladenmousse lag auf meiner Zunge und ich lehnte mich entspannt im Sessel zurück. »Danke für das unglaublich großartige Essen.«

Jacques' Augen verdunkelten sich und seine Lippen zuckten. »Warte auf das unglaublich großartige Hotelzimmer.« Seine Hand wanderte unter dem Tisch zu meinem Knie. Da war es, das Kribbeln. Ich fühlte mich geschmeichelt und schenkte ihm einen vieldeutigen Blick.

»Die Rechnung bitte!«, rief er durch den Raum, ohne mich aus den Augen zu lassen.

Er klappte das Lederetui auf, unterschrieb und reichte es dem Kellner mit einem Nicken.

»Chérie?« Jacques stand auf und reichte mir seine Hand. Er zog mich hoch und umschlang meine Taille mit festem Griff. Sein herbes Aftershave vermischte sich mit den Restaurantgerüchen. Ich atmete durch. So war es also, sich nicht verstecken zu müssen.

»Ich freue mich so auf dich, schöne Frau!« Seine Stimme war so tief, dass sie in meinem Bauch vibrierte. Mein Herz reagierte auf seine Komplimente und klopfte schneller. Sein Daumen strich über den Ansatz meiner Brüste und im Fahrstuhl wanderten seine Hände weiter.

»Wow!« Mein Mund stand offen. Jacques hielt mir die Tür auf und ich setzte ehrfürchtig einen Fuß vor den anderen. Dieses Hotelzimmer war umwerfend. Ein Strauß frischer Rosen dekorierte ein Sideboard und verbreitete blumigen Duft. Die Einrichtung war aus massivem Holz mit modernen Formen.

Der Kontrast zu den weißen Laken wirkte sehr edel. Jacques dimmte das Licht.

Obwohl ich nur ein halbes Glas Wein getrunken hatte, fühlte ich mich berauscht. Ein aufregendes Kribbeln wanderte meine Wirbelsäule hinunter. Der Teppich war so weich, dass ich dachte, ich würde schweben.

Die Tür fiel ins Schloss und im nächsten Moment spürte ich Jacques hinter mir. Er drängte mich an die nächste Wand und drehte mich um. Ich schmeckte seinen alkoholischen Atem und spürte den Druck seines Körpers auf jedem Zentimeter meiner Vorderseite. Ich biss mir auf die Unterlippe und sah das Verlangen in seinen Augen. Ich griff nach seinem Hintern und er stöhnte tief auf. »Chérie. Du bist so ...« Dann senkte er seinen Mund gierig auf meinen, schob mir seine Hände in den Nacken und öffnete den Reißverschluss von meinem Kleid. Seine Finger neckten mich dabei. Ich seufzte. Die pure Lust pulsierte durch meine Venen. Dieses unbändige Begehren in seinem Blick schmeichelte mir.

Ohne dass wir voneinander ablassen konnten, näherten wir uns dem Bett. Ein Kleidungsstück nach dem anderen legte eine Spur unseres Weges. Jacques zerrte an meinem Slip und warf ihn in weitem Bogen durchs Zimmer. Der Bettbezug lag kühl und glatt an meinem Rücken. Ich krallte mich an der Daunendecke fest. Die gestärkte, blütenweiße Baumwolle umschmeichelte meine Haut. Jacques stand vor mir und griff unter meinen Po, um ihn zu sich heranzuziehen. Ich betrachtete seinen nackten Körper und wollte ihn spüren.

Ein ohrenbetäubendes Dudeln riss mich aus dem Rauschzustand. Jacques ließ mein Gesäß los, hob seine Hose auf und zog sein Telefon hervor.

»Oui, Chérie. Ich höre deine Stimme so gerne. – Ja, ich vermisse dich auch.«

Er tätschelte meinen Hintern und ging ins Bad. »Die Konferenz läuft gut, und das Essen –« Er schnalzte mit der Zunge und mir wurde schlecht.

Nein.

Mir war kotzübel und ich stand kurz davor, mich für meine Dummheit zu ohrfeigen. Wie hatte ich mir einbilden können, dass sich irgendetwas geändert hätte? Ich war nur sein Betthäschen und solange ich für diesen Zweck für ihn da war, verdiente ich mir seine Schmeicheleien. Wenn ich nicht verfügbar war, hatte er noch seine Frau und wer weiß, ob er sich auf der Insel nicht schon lange Ersatz für mich gesucht hatte. Wie konnte ich nur so dämlich sein! Ich wurde mir meiner Nacktheit bewusst, setzte mich auf und zog die Decke über meinen Schoß.

Ich hörte sein Süßholzgeraspel dumpf durch die geschlossene Tür. Ich stand auf und meine Augen füllten sich mit Tränen. Aus der Klamottenstraße auf dem Boden sammelte ich meinen BH und das Kleid zusammen. Verflucht, wo war mein Slip? Ich griff nach der Strumpfhose, stieg hinein und hüpfte ungelenk auf einem Bein, bis ich den anderen Fuß in die zweite Öffnung eingefädelt hatte. Es ging auch ohne Unterhose. Ich musste hier raus. Basta! Nie wieder würde ich auf ein Angebot von Jacques eingehen. Ich würde ihn aus meinem Leben streichen! Was hatte ich mir erhofft? Dass wir ein Team sein würden? Eine Beziehung auf Augenhöhe? Die Chance hatte er ein Jahr lang verstreichen lassen. Und kaum rief seine Frau an, war ich Luft für ihn. Und das, obwohl seine Augen eben noch vor Verlangen geglüht hatten.

Die Tränen brannten auf meinen Wangen. Und ich wischte sie mit meinem Ärmel weg. Ich wollte nicht weinen. Nicht wegen Jacques. Das hatte ich schon zu oft. Gott sei Dank war es bei einem halben Glas Rosé geblieben. Nicht auszudenken, wenn ich bis zum nächsten Tag hätte ausharren müssen. Die Sessel in der Lobby sahen zwar gemütlich aus, aber es wäre ziemlich peinlich gewesen, dort zu übernachten.

Ich schlüpfte in die Stiefel. Meine Tasche stand auf dem Kofferständer und meine Jacke hing ordnungsgemäß an der Garderobe. Ich griff mir beides und stahl mich leise aus dem Hotelzimmer. Sollte Jacques doch Telefonsex mit seiner Frau haben! Mich würde er nicht mehr bekommen. Nie mehr. Ich schluckte hart und der Druck hinter meinen Schläfen war unerträglich.

Flink rannte ich die Treppe hinunter, nickte dem Portier zu und eilte durch die automatische Schiebetür in die Novembernacht. Eine Windböe klatschte mir eimerweise Regen ins Gesicht. Ich hatte die Jacke nicht angezogen und es dauerte eine gefühlte Ewigkeit, bis ich mit zitternden Händen den Fiesta aufgeschlossen hatte. Ich wollte einfach nur weg. Fort von diesem Ort und Jacques und seinem Geseier.

Der Regen prasselte in ohrenbetäubender Lautstärke aufs Autodach. Ich verriegelte die Tür von innen und startete den Motor. Mein Kleid klebte nass an meinen Brüsten und ich zitterte fürchterlich. Die Strumpfhose zwickte zwischen den Beinen und meine Zähne schlugen ununterbrochen aufeinander. Ich legte den Rückwärtsgang ein und parkte aus. War Jacques mir hinterhergelaufen oder holte er sich in diesem Augenblick einen runter? War er traurig?

Ach! Es war mir scheißegal! Ich krallte mich am Lenkrad fest, schaltete in den ersten Gang und trat das Gaspedal durch. Die Reifen quietschten und ich raste vom Hof. War da eine fuchtelnde Gestalt im Rückspiegel oder spielten mir Regen, Wind und die Schatten der Außenbeleuchtung einen Streich?

Ich folgte der Beschilderung in Richtung Autobahn. Die Tränen rannen unaufhaltsam meine Wangen hinunter und ich fühlte mich alleine. An einer roten Ampel zog ich die Jacke auf den Schoß und legte sie wärmend über mich. Sie roch immer noch nach Ben. Oder ich bildete mir auch das einfach nur ein. Verdammt, warum musste sich Ben auch so bescheuert verhalten? Sonst wäre ich jetzt nicht hier. Oder?

Ich hatte bei unserem Date dasselbe Verlangen in seinen Augen gesehen wie bei Jacques heute. Aber da war noch etwas anderes gewesen. Etwas, das mehr war. Oder? Mann, wieso waren Kerle so scheiße?

In meinem Bauch breitete sich eine Leere aus, die mich ängstigte. Würde ich jemals einen Menschen finden, der mich so liebte, wie ich war? Der mit mir als Team durch den Sturm gehen würde? Mann, ey! Ich würde bis zum Lebensende in meinem Kinderzimmer wohnen und für Mama am Wochenende Matjes kaufen gehen. Nichts gegen Mama und Matjes, aber was war das für eine Perspektive? Selbst Hanna hatte jemanden gefunden!

Mit verschwommenem Blick entzifferte ich die Schilder am Straßenrand und nur knapp erwischte ich die Auffahrt zur Autobahn. Ich war so in meinem Gedankenstrudel vertieft, dass ich beinahe in Richtung Dänemark gefahren wäre. Die Wischer schaufelten im Sekundentakt literweise Regen von der Windschutzscheibe und in manchen Momenten wusste ich nicht, ob mir die Tränen oder der Regen die Sicht verschleierten. Mein kleiner Ford wurde von den Windböen als Billardkugel benutzt und ich konzentrierte mich darauf, ihn in der Spur zu halten. Endlich konnte ich in Schleswig abfahren und an Haithabu vorbei den schnellsten Weg nach Eckernförde nehmen.

Kapitel 16

VERA SIEVERTSEN

Erleichtert atmete ich auf, als ich am Kreisverkehr am Sonneneck das Ortsschild von Eckernförde passierte. Die Uhr in der Armatur zeigte kurz nach elf. Mein Fiesta war das einzige Auto weit und breit. Statt nach rechts abzubiegen, um nach Hause zu fahren, folgte ich dem Windebyer Weg und fuhr in Richtung Meer. Ich wollte mich nicht wie ein besoffener Teenager in mein Zimmer schleichen. Ich war erwachsen! Ich konnte meine eigenen Entscheidungen treffen, auch wenn die manchmal bescheuert waren.

Jacques, Ben, die ganze beknackte Welt! In mir baute sich eine Welle von Wut auf. Sie rüttelte an mir wie der Sturm an meinem Auto. Ich bremste scharf. Die Ampel war rot, obwohl keine Menschenseele zu sehen war. »Laura, du bist so bescheuert!«, motzte ich mich an und legte die Stirn auf das Lenkrad. Jacques hatte die ganzen Monate nur Sex gewollt. Er hatte mich die ganze Zeit verarscht! Ich hatte seine Gründe und Ausreden nie hinterfragt. Aber das würde sich ändern.

Ich lasse mich nicht mehr verarschen! Nicht von ihm und von niemandem sonst!

Mein Handy klingelte. Jacques. Na der hatte Nerven! Ich nahm das Gespräch an, hielt das Telefon vor mein Gesicht und brüllte: »Ruf mich nie wieder an! Arschloch!« Mit zitternden Händen blockierte ich seine Nummer und löschte seinen Kontakt. Ich wusste nicht, ob die Ampel noch oder schon wieder rot war. Nach einer Weile sprang sie auf Grün um und ich lenkte das Auto durch leere Straßen in die Stadtmitte.

Vor Bens Haus stoppte ich und lugte aus dem Fenster. In seiner Wohnung brannte Licht.

Ich wollte Antworten! Warum küsste er mich, als wäre ich der wichtigste Mensch auf der Welt, und am nächsten Tag polterte er mir Stammtischparolen entgegen? Ich knurrte und ballte die bebenden Hände zu Fäusten, so wütend machte mich der Gedanke an seinen Auftritt bei der Weihnachtsmarktbesprechung.

Aus der Tasche neben mir auf dem Sitz zog ich das Handy.

Ich bin vor deinem Haus. Können wir reden?

Das Telefon warf ich auf den Beifahrersitz, zog Bens Jacke über und stieg aus dem Auto. Auf dem Weg zum Hauseingang trat ich in eine tiefe Pfütze. Mit zitterndem Finger drückte ich Bens Klingel. Ein dumpfes Surren vibrierte durch den roten Backstein. Ich wartete einen Moment. Lauschte in die Dunkelheit und klingelte erneut. Wieder passierte nichts. Ich ging einige Schritte zurück und blickte nach oben. Ein Schatten verschwand vom Fenster und im nächsten Moment erlosch das Licht.

»So ein Feigling«, flüsterte ich zischend in den Kragen der Jacke und verpasste dem Findling neben dem Hauseingang einen Tritt. Regen peitschte mir ins Gesicht. Ich setzte mich ins Auto. Wohin konnte ich fahren? Ich zitterte und schüttelte mich.

Nach einer Weile startete ich den Motor und kroch im ersten Gang Bens Straße hinunter.

Bloß nicht nach Hause!

Meine Eltern sollten mich auf keinen Fall so sehen. Ich lenkte den Wagen auf die Reeperbahn und setzte den Blinker links. In der Preußerstraße parkte ich, schnappte mir die Tasche vom Beifahrersitz und stieg aus dem Wagen. Die Kapuze zog ich tief ins Gesicht und eilte in Richtung Strand. Die Lederstiefel waren triefend nass und scheuerten an meiner Wade. Der Wind rauschte in den Bäumen und das Grollen vom Meer war markerschütternd.

Die starke Brise trocknete meine Augen. Wie ein Landstreicher auf hochhackigen Stiefeln klackerte ich die Promenade entlang. Laub wirbelte um meine Beine und ich betrachtete die dunklen Schatten der Zweige über mir, die sich bedrohlich stark bewegten. Der Seiteneingang vom Café Seestern bot Schutz und ich klingelte.

»Bitte, Kjell, Anni …« Ich flehte die Wand des kleinen Häuschens an. Als sich für einen Moment nichts rührte, presste ich den Finger länger auf den Schalter mit der Glocke.

»Jo.« Kjells tiefe Stimme knisterte durch die Gegensprechanlage.

»Ich bin's. Laura. Darf ich reinkommen?« Als Antwort ertönte der Summer der Tür und ich trat in den dunklen Flur. Mit einem Klicken ging das Licht an. Neben dem Eingang war ein maritim geschmücktes Regal in einer Nische eingebaut. Hühnergötter, Muscheln und ein Modell von einem Anker. Ich nahm eine Muschel in die Hand und betrachtete ihre harte Oberseite.

»Laura? Alles in Ordnung?« Kjells Stimme wurde lauter, er polterte die Treppe herunter und riss mich in die Realität zurück. Ich legte die Muschel zurück, kickte die nassen Stiefel in die Ecke und hängte mir die triefende Jacke über den Arm. Mit wackeligen Beinen und kratzender Strumpfhose erklomm ich die steilen Stufen zu Annis und Kjells Wohnung. An der Eingangstür stand Kjell in Trainingshose und Sieben-Zwerge-T-Shirt. Das erste Mal seit dem Jacques-Desaster grinste ich.

»Danke, Alter – und cooles Outfit, Rumpelstilzchen.«

»Das sind die sieben Zwerge. Von Schneewittchen.« Er zog das Shirt in die Länge, damit ich die ganze Pracht des Prints bewundern konnte.

»Ja, ja, ich weiß. Das ist ja auch das einzige Märchen, das du kennst.«

»Meine Kassetten wurden –«

»Ach, nicht die alte Leier!« Ich klopfte auf seine Schulter und schob mich an ihm vorbei in Richtung Wohnzimmer.

»Laura, du siehst scheiße aus.« Er schloss die Tür und folgte mir. »Köm?«

»Danke für die Blumen.« Ich lachte bitter. »Köm und ein Flens. Oder gleich zwei Flens.«

»Läuft.« Er schlurfte in die Küche und ich blieb unentschlossen vorm Sofa stehen. Die Tasche lag schwer in meiner Hand und die Strumpfhose kratzte am Hintern.

»Ich verschwinde kurz aufs Klo und ziehe mir was Gemütliches an.«

»Ja, bitte.« Er musterte mich. »Und dann musst du mir erzählen, warum du aussiehst, als wärst du von 'ner Schickimickiparty auf der Insel zum Festland zurückgeschwommen.«

Ich lachte hart auf und wischte mir unter den Augen entlang. Mein Finger wurde schwarz von der zerlaufenen Mascara. »So ähnlich war es tatsächlich.«

»Na, da bin ich gespannt.«

Im Bad stellte ich die Tasche auf den Toilettendeckel und kramte nach T-Shirt, Kapuzenjacke, Leggins und einem Slip. Verdammt, warum hatte ich nicht im Hotel daran gedacht, dass ich meine Klamotten dabeihatte? Ich zog mich um, hängte das regenfeuchte Kleid über die Heizung und stopfte die Strumpfhose in ein Seitenfach. Meine Pandaaugen behandelte ich mit einem Abschminkpad. Nach etwas Wasser im Gesicht und einem tiefen Atemzug traute ich mich vor die Tür.

»Viel besser ohne das ganze zerlaufene Zeug im Gesicht.« Kjell reichte mir ein Schnapsglas und ich stürzte die scharf riechende Flüssigkeit noch im Stehen meine Kehle hinunter.

»Noch einen.« Ich gab ihm das Glas zurück und ließ mich in die Polster fallen.

Schweigend schenkte er mir nach und ich wiederholte die Prozedur. Danach griff ich nach dem Bier auf dem Tisch und öffnete es.

Plopp!

Kjell zuckte zusammen. »Pssst.« Er hielt sich den Zeigefinger vor den Mund. »Anni schläft! Wenn dir dein Leben lieb ist, weck sie nicht.«

»Okay«, flüsterte ich und trank einen großen Schluck.

»Also – Laura. Was ist los?« Er nahm mir die Flasche aus der Hand, stellte sie auf dem Tisch ab und drückte mir stattdessen ein Kissen in die Arme.

»Was soll ich damit? Das kann ich nicht trinken.«

»Ja, aber festhalten.«

Ich sah ihn an und verzog den Mund. Die Wärme des Alkohols breitete sich von meinem Magen in die benachbarten Organe aus und erreichte langsam mein Hirn.

»Also…«, er dehnte das Wort unnatürlich lang, »was ist los, Kleine?«

»Nenn mich nicht so!«

Er zog den Kopf ein. »Aber du bist sowohl deutlich kleiner als auch jünger als ich.«

»Möchtest du diese Nacht überleben?«, fragte ich und zeigte ihm beide Mittelfinger.

»Was – oder soll ich lieber fragen, wer – hat dir die Laune so sehr verhagelt, dass du deinen Frust sogar an mir auslässt?« Er öffnete sich ein Bier mit beiden Händen. Das zu erwartende »Plopp« blieb aus und hörte sich nach einem schwachen »Pffft« an. Er zog die Augenbrauen hoch.

Ich seufzte, starrte an die Wand hinter ihm und erzählte vom Treffen mit Jacques. Kjell hörte zu, trank von Zeit zu Zeit einen Schluck Bier und brummte mal zustimmend, mal empört. Ich berichtete vom Essen, vom Hotelzimmer und vom Anruf seiner Frau. Mein Brustkorb fühlte sich an wie eingeschnürt. Ich schluckte und schüttelte den Kopf. »Wie konnte ich nur so dämlich sein? Wie konnte ich glauben, dass er sich getrennt hat?!« Peinlich berührt senkte ich den Blick auf das Kissen vor mir, das ich während der Erzählung zu einem Ball zusammengeknautscht hatte.

»Wir suchen doch alle nach dem Glück. Irgendwie.« Kjell stellte seine leere Flasche auf den Tisch.

»War da ein Philosoph in deinem Flens? Was soll das Gesülze?« Ich verpasste dem Kissen einen Faustschlag. Dieses Glücksgelaber! Nur, weil er sein Glück gefunden hatte … Auf der anderen Seite hatte er recht. Ich nahm mein Bier vom Tisch und trank es in einem Zug aus.

Kjell zuckte nur mit den Schultern. »Sag mal, bist du betrunken gefahren? Von Glücksburg bis hierher?«

»Nein. Ich hatte nur ein halbes Glas Wein zum Essen. Alles gut. Ich hatte noch einen Kater von gestern.«

»Stimmt. Da war ja noch das Ben-Problem mit dem Weihnachtsmarkt.« Kjell kratzte sich am Kopf.

»Äh. Ja. Weihnachtsmarkt.« Ich spürte das Blut meine Wangen fluten und zog das Kissen vors Gesicht, sodass ich noch gerade darüber hinweg gucken konnte. Kjell musterte mich mit zusammengekniffenen Augen. Ich wich seinem Blick aus und seufzte. »Ich bin übrigens eben nicht gleich zu euch gefahren.«

»Nicht?« Er ließ mich nicht aus den Augen.

»Ja. Also.« Wo sollte ich anfangen? »Du hast mir doch Tinder installiert.«

Kjell nickte und wischte sich durch die Haare.

»Ja, und da hatte ich doch ein Date. In Kiel. Vor einigen Wochen. Als ich zu Mamas Geburtstag in Eckernförde war.« Ich führte die leere Flasche an den Mund, stoppte kurz vorher und erinnerte mich daran, dass ich sie schon ausgetrunken hatte.

»Ja, stimmt – das hattest du kurz erwähnt.« Seine Mundwinkel zuckten amüsiert.

»Es stellte sich raus, das Date … also der Typ …« Ich stand auf, wankte zum Kühlschrank und öffnete ihn. Mit einer neuen, kalten Flasche in der Hand schubste ich die Tür zu und drehte mich zum Sofa um. »Also der Typ …«, ich öffnete behutsam meine Flasche, »… das war Ben.«

Kjell riss die Augen auf, lachte laut und presste sich für einen Moment ein Kissen auf den Mund. »Nicht dein Ernst! Und? Ist was gelaufen? Lass mich raten: Ihr seid in die Kiste gesprungen, du hast dich nicht mehr gemeldet und nun lässt er seinen Frust bei der Weihnachtsmarktgeschichte aus.«

Ich schüttelte den Kopf und setzte mich zurück aufs Sofa. »Nee. Anders – wir sind lecker essen gewesen, an der Kiellinie spazieren gegangen und ich habe mir seine Jacke unter den Nagel gerissen.« Ich biss mir auf die Unterlippe.

»Seine Jacke?« Kjell sah mich an, als hätte ich nicht mehr alle Latten am Zaun.

»Ja.« Ich nickte.

»Und dann habt ihr …«, er schürzte die Lippen, »geknutscht?«

Ich bewegte den Kopf von einer Seite zur anderen. »Nee. Nichts – lass den albernen Quatsch!« Ich trank einen Schluck und stellte meine Flasche auf den Tisch. »Aber letzte Woche habe ich ihn getroffen. Auf dem Markt. Am Kaffeewagen und am Donnerstag hatten wir ein Date. Er hat für mich gekocht. Und es war wirklich eine coole Stimmung. Es hat gefunkt. Als wäre Hochspannung in der Luft. Weißt du, was ich meine?«

Kjell richtete seinen Blick an die Decke und nickte mit verklärtem Blick.

»Okay. Du bist im Bilde.« Ich nahm mir das Kissen und presste es auf meinen Bauch. »Und als die Spannung kaum noch zu ertragen war und wir wild knutschend auf dem Sofa rumgemacht haben, hat er sich einfach von der Couch fallengelassen … kannst du dir das vorstellen?! Danach war er total distanziert, wie ausgewechselt. Als hätte ihm jemand einen Stock in den Hintern geschoben.« Ich pikste mit einem Finger einen Krater in das Kissen. »Dann hat er mich nach einem Spaziergang nach Hause gebracht.« Ich donnerte die Bierflasche auf den Tisch. »In seinem Abschiedskuss lagen mehr Gefühle, als Jacques mir je entgegengebracht hat.« Mir stiegen Tränen in die Augen und ich presste die Handrücken darauf, als könnte ich sie so aufhalten. »Und am nächsten Tag hat er mich vor allen Schaustellern so ins Messer laufen lassen!« Ich blickte Kjell mit verschleiertem Blick an. »Was stimmt denn nicht mit dem Kerl!?«

Kjell grinste breit.

»Lach mich ruhig aus!« Ich konnte es wirklich nicht gebrauchen, dass er sich über mich lustig machte. Aber er war nur ein Mann, was hatte ich erwartet? Ich vergrub mich tiefer in die Polster.

»Also.« Kjell bemühte sich augenscheinlich, nicht zu lachen, wippte aber trotzdem auf und ab. »Mit Ben ist das so 'ne Sache. Ich kenne den schon echt lange … und, wie soll ich das sagen …« Er rieb sich über die Stirn. »Ben ist speziell. Wenn er wirklich verknallt war früher, da hat er nichts mehr zustande gebracht. Ich weiß gar nicht mehr, wie jung und gutaussehend wir waren, aber da gab es dieses eine Mädchen auf der Berufsschule. Vera Sievertsen. Auf die war er echt scharf. Sonst war er immer locker drauf und echt ein netter Kerl, aber sobald Vera den Raum betrat, war er wie verwandelt. Da hat er nur noch Sprüche gekloppt. Teilweise sogar unter der Gürtellinie. Die Arme war vollkommen verunsichert. Trotzdem stellte sich auf einer Party raus, dass sie auch verknallt in ihn war. Gott weiß warum! Da sind bei Ben die Sicherungen durchgebrannt. Er hat sie vor ihren Freunden aufs Äußerste beleidigt und sich danach volllaufen lassen … Was für ein Idiot! Die Sievertsen war echt heiß. Und er hat's total verkackt.« Kjell pulte ein Muster in das Etikett seiner Bierflasche. »Er ist ein guter Kerl, aber bei Frauen tickt irgendetwas bei ihm aus. Krasser Fall von Bindungsangst oder so.«

»Bist du jetzt unter die Hobby-Psychologen gegangen?«

Er hob die Schultern an und betrachtete das gepulte Kunstwerk auf seiner Flasche. »Sag du mir, warum er sonst auf einmal so ein Arsch sein soll und dich am nächsten Tag nicht unterstützt hat.«

Ich schnaubte. »Nicht unterstützt?!« Meine Stimme triefte vor Verbitterung. »Er hat meinen Plan komplett boykottiert und mich lächerlich gemacht!« Ich zog eine Schnute. Meine rechte Hand hatte ich zur Faust geballt, so dass die Haut weiß schimmerte. Ich atmete durch und entspannte die Finger.

»Sieh es mal so …« Kjell legte den Kopf schief. »Im Prinzip war das ein massiver Liebesbeweis von Ben Magnussen. Also auf seine Art.«

Ein Laut, halb Lachen, halb Weinen, drang aus meiner Kehle. »Was für eine kranke Scheiße!« Mein Schädel brummte und mein Gehirn arbeitete träge. »Weißt du«, ich musste mich konzentrieren, damit ich die Wörter verständlich über die Lippen brachte, »vielleicht habe ich auch Bindungsangst und deshalb so viel in die Beziehung mit Jacques investiert. Weil ich wusste, dass er seine Frau nie verlassen würde.«

»Wir machen Fortschritte bei deiner Therapie, aber ich glaube, dein Problem ist auch noch die supercoole

Ich-brauche-niemanden-Fassade.« Kjell erwartete offensichtlich einen Tritt von mir, denn er duckte sich und zog die Beine an den Körper, aber ich war viel zu sehr damit beschäftigt, meine Gedanken zu ordnen.

Er klopfte sich auf die Oberschenkel. »Im Arbeitszimmer ist ein ausklappbarer Sessel. Ich richte dir ein Bett her und dann schläfst du dich erst einmal aus.« Er stand auf und stellte sich hinter das Sofa. »Erwarten dich deine Eltern heute zurück? Musst du denen noch schreiben, dass du über Nacht bleibst?«

»Ich bin doch keine sechzehn mehr!« Mittlerweile lallte ich gewaltig. »Aber sie wissen Bescheid. Ich wollte ja eigentlich in Glücksburg nobel nächtigen.«

»Ach. Stimmt. Da war ja was mit 'ner heißen Nacht in kühlen Laken.«

Ich streckte ihm die Zunge raus und Kjell verschwand glucksend im Arbeitszimmer, bevor ich etwas fand, womit ich ihn hätte bewerfen können.

Kapitel 17

KATERSTIMMUNG

»Laura? Lebst du noch?« Anni steckte ihren Lockenkopf durch den Türspalt und ich öffnete vorsichtig ein Auge.

»Teilweise.« Ein wenig Licht erreichte mich durch die halb geschlossenen Lider. Ich hob den Kopf und zuckte zusammen vor Schmerzen hinter den Schläfen. Regentropfen klopften verflucht laut ans Fenster.

»Okay. Magst du was frühstücken?«

Ich schüttelte den Kopf, was eine bescheuerte Idee gewesen war, denn das Pochen im Schädel legte richtig los. »Lass mich hier einfach sterben«, sagte ich und schloss die Augen.

»Kommt nicht in die Tüte. Du brauchst Wasser und Elektrolyte!« Annis Stimme klang streng und amüsiert zugleich.

»Elektrolyte«, brummte ich, »das ist doch aus dem Buch, warte, wie hieß das noch?« Der Versuch, mich zu erinnern, endete in weiteren unerträglichen Schmerzen und ich ließ es sein. Denken war überbewertet.

»Also. Gleich gibt's Frühstück. Kjell ist Brötchen holen gegangen und dich bekommen wir auch wieder fit. Ich gucke mal nach 'ner Aspirin. Aber die bekommst du nicht auf leeren Magen!«

»Das ist Erpressung!«, murmelte ich in die Decke und hörte, wie sich die Tür schloss. Anni war schlimmer als meine Mutter und trotzdem gab ich mir einen Ruck. Was tat ich nicht alles für eine Schmerztablette! In der Tasche erblickte ich meinen Bikini. Mein Magen zog sich gefühlt auf Erbsengröße zusammen und ich unterdrückte mühsam ein Würgen. Der gestrige Abend erschien im Schnelldurchlauf vor meinem inneren Auge. Von dem Essen mit Jacques bis zu meiner Flucht vor ihm, dem verzweifelten Klingeln bei Ben und irgendwas mit Bindungsangst. Mir wurde schwindelig und ich hielt mich an dem wackeligen Gästebett fest. Vielleicht war etwas zu essen doch gar keine so schlechte Idee. Ich schnappte mir das gemütliche Outfit von gestern Abend und verschwand mit der Kulturtasche unterm Arm im Badezimmer. Der Duft von Rührei erreichte meine Nase. Mein Körper war sich noch nicht sicher, ob er Würgereiz oder Appetit auslösen sollte.

Nach dem ersten Kaffee fühlte ich mich wieder wie ein Mensch. Ich drehte den warmen Becher in der Hand. Ein Rentier mit roter Nase lachte mich an. Immerhin stand keine Pseudobotschaft auf dem Porzellan.

»Und was machst du nun?« Kjell schmierte sich fingerdick Butter auf sein Brötchen und blickte dabei kurz zu mir hoch.

»Ich frühstücke, verdiene mir so eine Aspirin und werde dann nach Hause latschen, um euch nicht länger auf die Nüsse zu gehen.«

»Sehr gut! Also das mit dem Frühstücken. Und das andere …« Anni nickte mir aufmunternd zu und reichte mir die Tüte mit den Brötchen. »Du bist hier immer willkommen und nervst nicht. Keine Sorge.« Sie strich mir über den Arm.

»Nee.« Kjell biss von seinem Brötchen ab, kaute für einen Moment und spülte den Bissen mit Kaffee runter. »Ich meine, was du jetzt mit Ben und seiner Bindungsangst und dem Weihnachtsmarkt-Dilemma machst.«

»Jo. Na ja. Keinen Plan.« Ich nahm mir ein Brötchen mit Kürbiskernen, legte es auf den Teller, pulte einen Kern ab und schob ihn mir in den Mund. Mit herabhängenden Schultern sank ich auf meinem Stuhl zusammen. Ich musste mich wohl oder übel mit Ben auseinandersetzen. Eckernförde sollte einen der schönsten Weihnachtsmärkte von Schleswig-Holstein bekommen. Das durfte nicht an seiner Bindungsangst scheitern. Ich wollte Klartext. Von ihm!

Ich schnitt das Brötchen auf und legte die beiden Hälften nebeneinander, dann fuchtelte ich mit dem Messer in Kjells Richtung. »Der Kasper soll mir mal ins Gesicht sagen, was er wirklich möchte!«

Kjell hob die Augenbrauen und schob die Butter in meine Richtung.

»Ben? Der Glühweinverkäufer?« Anni blickte von ihrem Freund zu mir und zurück. »Das klingt spannend! Ich will unbedingt die ganze Geschichte hören!«

»Jo. Laura hatte ein Date mit ihm. Dann hat er sich bei dem Weihnachtsmarkttermin wie ein Vollidiot aufgeführt.« Kjell sah mich mit ernster Miene an. »Um ein Gespräch mit Ben wirst du nicht herumkommen.«

Ich schluckte.

»Unter vier Augen.« Kjell leckte Marmelade von der Seite seiner Brötchenhälfte. »Wenn ihr alleine seid, dann ist er nicht so schroff. Mit Publikum hat er seine Angebeteten immer rundgemacht. Zum Fremdschämen. Irgendetwas tickt da in ihm aus.«

»Du bist auch gerade zum Fremdschämen!« Anni lachte, warf Kjell ein Stück Küchenpapier vor den Teller und tippte mit ihrem Finger an ihr Kinn, um ihm zu zeigen, wo genau die Marmelade klebte.

Ich pulte ein Stück von meinem Brötchen ab und kaute darauf herum. Alleine reden. Mit Ben. »Meinst du wirklich, dass er sich dann zusammenreißt?«, fragte ich.

»Hm.« Kjell griff nach dem Küchentuch und tupfte sich unter Annis strengem Blick das Gesicht sauber. »Notfalls rede ich mal mit ihm.«

»Lass das bloß!«, fuhr ich ihn an. »Das kläre ich schon noch selbst.«

»Ist ja gut, Frau Schmidt. Reagier doch nicht gleich so gereizt!« Er zog einen Mundwinkel hoch. »Wenn ich's mir so recht überlege, passt ihr ziemlich gut zusammen. Ben und du.« Er lehnte sich in seinem Stuhl zurück und faltete die Hände vor dem Bauch. »Die Schwierigkeit wird für euch beide sein, euch einzugestehen, dass ein gemeinsames Leben cooler ist, als die ganze Zeit eine Ich-bin-mir-selbst-genug-und-brauche-niemanden-Fassade aufrecht zu erhalten. Muss ganz schön anstrengend sein.«

Ich kniff die Augen zusammen und schüttelte den Kopf. Was hatte er gerade gesagt? Ich würde mir etwas vormachen? Ich griff mir an den Bauch. Mir war unwohl im Magen. Ich-brauche-niemanden-Fassade … Verdammt, Kjell hatte recht.

Anni küsste ihren Freund auf die Wange. »Du warst auch mal so –«

»Ich? Ganz bestimmt nicht.« Er lachte und betrachtete sie so verliebt, dass mir schlecht wurde. Nicht, dass ich den beiden ihre Liebe nicht gönnte, aber ich wollte unbedingt mit Ben reden. Reinen Tisch machen. Ich wollte Antworten! Also sah ich zu, dass ich das Brötchen verputzte, mir 'ne Aspirin einwarf und schnellstmöglich nach Hause verschwand. Diese Gefühlsduselei war heute wirklich nichts für mich.

Bindungsangst. Ich-brauche-niemanden-Fassade.

Bruchstücke unserer Unterhaltung flogen durch meinen Kopf und ich konzentrierte mich auf das Verschmieren der Butter, damit ich erst einmal nicht weiter darüber nachdenken musste.

Ich schulterte meine Tasche und zog den Reißverschluss von Bens Jacke so weit nach oben, bis ich gerade noch über den Kragen gucken konnte. Der Wind hatte sich gelegt. Der Regen kam von oben und nicht mehr von der Seite. Ich ließ das Auto in der Preußerstraße stehen und ging zu Fuß nach Hause. Wer wusste schon, wie viel Restalkohol in meinem Blut war, und ich hatte das Gefühl, dass etwas frische Luft mein Hirn freipusten würde. Oder eher freispülen. Mit den hochhackigen Stiefeln stöckelte ich über die Promenade und widerstand dem Drang, in jede Pfütze zu springen.

Irgendwie musste ich mich mit Ben treffen. Ich dachte an unser Date in Kiel. Das war so harmonisch gewesen. Auch das Essen bei ihm war wundervoll, bis wir auf dem Sofa gelandet waren und er sich plötzlich seltsam benommen hatte. Mein Nacken kribbelte angenehm warm, bei dem Gedanken an seine Küsse, aber mein Hirn bastelte an einer ordentlichen Standpauke für ihn.

Vielleicht sollte ich mit ihm einen Kaffee trinken gehen? Neutraler Boden und nicht so viele Zuhörer.

Die große Trauerweide an den Treppen zur Sehestedter Straße ließ alle Zweige hängen und sah aus, wie ich mich fühlte. Nass und erschöpft. Ob sie auch Bindungsangst hatte? So ein Baum hatte tiefe, kräftige Wurzeln. Bindungsangst wäre lebensgefährlich für ihn. Jeder Sturm würde ihn umwerfen. Wo hatte ich meine Wurzeln? Ich sah mich um. Hier in Eckernförde. Bei meinen Freunden, bei meiner Familie. Und Ben? Dem Gespräch über seine Eltern war er ausgewichen. Vielleicht lag genau dort das Problem? Bei seinen Wurzeln.

Ich richtete meine Aufmerksamkeit wieder auf den Weg vor mir und schleppte mich die letzten Meter nach Hause. Das Auto meiner Eltern war nicht da. Ich atmete auf. Ich hatte sie unendlich lieb, aber in diesem Moment war ich froh, keine Fragen beantworten zu müssen. Zum Beispiel, warum ich einen Liter Kaffee mit ins Zimmer nahm oder wo mein Auto war. Verzichten konnte ich auch auf den fragend mitleidigen Blick meiner Mutter, die genau sah, wenn etwas nicht stimmte.

Mit klammen Fingern drehte ich den Schlüssel um und warf mich gegen die Haustür. Im Flur atmete ich den Duft meiner Kindheit ein: Essen auf dem Herd, Gemütlichkeit, Zimt und weihnachtliche Gewürze. Ich kickte die ungemütlichen Stiefel in die Ecke.

Kaffee. Als Erstes benötigte ich Kaffee. Danach brauchte ich einen Plan. Ich schleppte mich in die Küche. Auf der Arbeitsfläche lagen jede Menge Zimtsterne. Mama hatte anscheinend gebacken. Ich hielt meine Nase über die weißbraunen Kunstwerke und sog ihren Duft ein.

In meinem Zimmer kuschelte ich mich auf das alte Sofa und stellte die Kaffeekanne, eine kleine Schüssel mit dem weihnachtlichen Gebäck und den Becher mit dem kotzenden Einhorn und der Aufschrift *Ich hasse Menschen* auf die Fensterbank. Nach dem ersten Schluck sprach ich mir Mut zu: »Ich finde eine Lösung!«

Was sagte Kat letztens? Ich solle Ben mit einspannen? Vielleicht konnte er eigene Ideen mit einbringen? Für Beleuchtung oder kulinarische Köstlichkeiten … Wäre es möglich, ihn so zu ködern? Es würde schwer werden, überhaupt zu diesem Gespräch zu kommen. Ich grübelte und biss mir dabei auf die Unterlippe. Ein Kribbeln zog in meinen Nacken. Ich wollte Ben wirklich gerne sehen. Nicht nur, um ihn wegen des Weihnachtsmarkts zu überzeugen … Nach der Erklärung von Kjell konnte ein Teil von mir seine Reaktion nachvollziehen. Es war kindisch, ja. Vollkommen daneben, stimmt. Aber wenn er wirklich nur gemotzt hatte, weil er sich nicht anders zu helfen wusste ... weil er Angst hatte, dass jemand hinter seinen emotionalen Schildwall gucken könnte … dann verstand ich ihn irgendwie. Schließlich war ich eine beknackte Affäre mit meinem Chef eingegangen auf der Suche nach dem Glück. Jeder hat seine Strategien und Schutzmechanismen. Die einen ziehen sich zurück, die anderen schießen scharf.

Ich atmete durch und griff zum Handy. Mein Finger zitterte über dem Kontakt von Ben und machte sich für einen unachtsamen Augenblick selbstständig. Die Verbindung wurde aufgebaut. Mein Herzschlag beschleunigte sich. Er würde sowieso nicht rangehen.

Tut.

Mein Bein wippte unkontrolliert auf und ab.

Tut.

Ich erwartete die monotone Aufnahme, die mir mitteilte, dass der gewünschte Gesprächspartner zurzeit nicht erreichbar war.

»Moin.« Seine tiefe, grummelige Stimme bohrte sich in meinen Kopf. Vor Panik verschluckte ich mich an meiner eigenen Spucke und hustete lautstark ins Mikro.

»Laura? Alles gut?« Er klang besorgt und ich röchelte ein »Verschluckt« ins Telefon.

»Soll ich 'nen Krankenwagen rufen?« Ich hörte, dass er grinste, während mir Tränen beim Versuch, den Hustenreiz zu unterdrücken, in die Augen schossen.

»Ha, ha, sehr witzig«, japste ich und erlangte die Kontrolle über meine Atemwege zurück.

»Was verschafft mir die Ehre deines Anrufs?«, fragte er, als wäre nichts gewesen.

War das sein scheiß Ernst? Was für ein Heuchler! Ich nahm das Telefon für einen Moment vom Ohr und wollte fast auflegen. Aber – verdammt – ich musste diesen Weihnachtsmarkt modernisieren! Und das würde wahrscheinlich nur mit der Unterstützung von Ben funktionieren. Ich biss mir auf die Lippe und ignorierte das vollkommen bescheuerte Kribbeln in meinem Nacken. Nach dem, was er sich geleistet hatte, ging es hier nur ums Geschäft. Ende, aus.

Ich legte das Handy wieder an mein Ohr.

»Laura? Bist du noch da? Oder doch erstickt?«

»Ich bin noch da«, sagte ich genervt.

»Ah.« Ben räusperte sich. »Dann starten wir noch mal: Was verschafft mir die Ehre deines Anrufs?«

»Ja. Also.« Mann, ich hätte mir vorher einen Gesprächseinstieg zurechtlegen sollen. »Ich würde mich gerne noch mal mit dir treffen. Hast du Lust?«

Neutraler Boden. So sah meine Kriegstaktik aus. Also ließ ich die Geschehnisse der letzten beiden Tage erst mal weg. Aber wenn er zusagte, würde ich ihm die Meinung geigen, bis ihm die Ohren klingelten! Mein Puls beschleunigte sich und ich musste mir auf die Zunge beißen, um nicht gleich damit anzufangen, ihn zur Schnecke zu machen.

»Hm«, brummte es aus dem Handy.

»Vielleicht heute Nachmittag in Ramonas Strandcafé?« Das war schon in wenigen Stunden. Je früher, desto besser.

Stille.

Dann rauschte ein langgezogener Atemzug aus dem Lautsprecher.

»Also gut. Ich steh auf Kuchen.«

Letzteres sagte er mit einem Unterton, der mein Ohrläppchen glühen ließ. Ich schlug mir auf die Stirn. Er sollte mir erst einmal erklären, warum er so ein Idiot war, bevor mein Körper so auf ihn reagierte.

»15 Uhr?«, schlug ich vor. »Wer als Erstes da ist, sucht schon mal einen Tisch aus. Dann muss keiner im Regen stehen.«

»Klar. Bis später.«

Ich holte Luft, um mich zu verabschieden, doch er hatte schon aufgelegt. Was für ein komischer Kauz! Er war ein blöder, wankelmütiger Vollidiot, der seine Gefühle nicht im Griff hatte!

Ich schmiss das Handy in die Sofaecke und beobachtete, wie es nach zwei Hüpfern auf den Boden klatschte. Ich schluckte, hob es auf und betrachtete die Splitter auf dem Display. Scheiße! Hektisch überprüfte ich die Grundfunktionen des Smartphones.

Puh. Es hatte nur eine Ecke erwischt und funktionierte noch. Wie schön, dass *ich* meine Gefühle immer unter Kontrolle hatte. Ich schüttelte den Kopf über mich selbst und dieser bestrafte mich mit wiederkehrenden Schmerzen hinter den Schläfen.

Kapitel 18

TORTENSCHLACHT

»Moin!« Ich betrat das Strandcafé. Meine, beziehungsweise Bens Jacke triefte vor Regen und ich war froh, sie an einen freien Haken an der Garderobe hängen zu können. Ich blickte mich um und suchte einen abgelegenen Platz. Das war aussichtslos, denn das kleine Café bestand aus einem fast quadratischen Raum, den eine familiäre Kaffeegesellschaft bestehend aus zwei kleinen Kindern, Großeltern und jeder Menge Partyhütchen mit Leben füllte. Ich setzte mich an den leeren Tisch auf der anderen Seite und überlegte, wie ich meine Wut auf Ben in den Griff bekommen und einen sachlichen Gesprächseinstieg finden sollte. Wie konnte ich ihn mit einbeziehen? Ich konnte mich ja schlecht hinter den Zug schmeißen, denn die wesentlichen Eckpunkte für die Umgestaltung des Weihnachtsmarktes waren schon entschieden worden. Aber vielleicht … mit der Beleuchtung und dem Essen …

Auf der anderen Seite wollte ich ihm so richtig meine Meinung sagen und endlich eine Erklärung für sein bescheuertes

Verhalten bekommen. Nicht nur beruflich! Aber erst die Arbeit, dann das Private. Eins nach dem anderen.

Durchatmen, Laura.

Ich massierte mir die Schläfen, schloss die Augen und versuchte, mein rasendes Herz irgendwie zu beruhigen. Der Wind wirbelte Blätter auf der Promenade auf und ich beobachtete ihren Tanz vor dem Fenster. Der nächste Termin mit den Schaustellern war am Vorabend der Markteröffnung direkt vor Ort mit meiner Chefin und Vertretern des Stadtrats. Das war in vier Tagen. Bis dahin musste ich Ben sicher auf meiner Seite haben, ansonsten war ich geliefert.

Eine Hand auf meinem Rücken ließ mich hochschrecken.

»Moin Laura. Schläfst du?«

Ich sah hoch, blieb aber sitzen, weil ich Ben definitiv nicht um den Hals fallen wollte. Dieses Gespräch war zunächst einmal dienstlicher Natur, auch wenn er das nicht wusste.

Ben schob den Stuhl mir gegenüber zurück, hängte seine Jacke über die Lehne und setzte sich. Seine Mundwinkel deuteten ein Lächeln an und ich zwang meine dazu, dasselbe zu tun. Zu lächeln, obwohl ich ihn am liebsten direkt erwürgt hätte.

»Hey.«

Die Falte auf seiner Stirn bedeutete mir, dass ich ziemlich verkrampft dreinblicken musste.

»Also.« Für den Bruchteil einer Sekunde kniff er die Augen einen Hauch zusammen. »Hast du schon bestellt?«

»Nein. Bin auch erst seit ein paar Minuten hier.«

»Dann lassen wir uns am besten mal beraten, welcher Kuchen heute besonders lecker ist.« Er drehte sich mit erhobenem Arm zum Tresen und eine junge Frau kam zu unserem Tisch geeilt. »Moin Pia, was kannst du denn heute empfehlen?« Er zog beide Augenbrauen hoch und schenkte ihr ein umwerfendes Lächeln.

Ich verschluckte mich beinahe wieder an meiner Spucke. Es sollte mir egal sein. *Er* sollte mir egal sein!

»Heute ist die Schwarzwälder Kirschtorte besonders gut. Und wir haben ganz neu zum Start in die Weihnachtssaison eine Zimtstern-Torte.«

Mir lief das Wasser im Mund zusammen. »Ich nehme die Weihnachtstorte. Und einen großen Becher Kaffee mit Milch bitte.«

»Für mich dasselbe.« Ben nickte mir zu und Pia eilte zum Tresen zurück.

Oh mein Gott, glotzt er ihr jetzt auch noch auf den Hintern?!

Ich verdrehte die Augen und knetete meine Finger im Schoß. Wie sollte ich das Gespräch beginnen? Mit Smalltalk? Darin war ich nicht besonders gut. Aber übers Wetter konnte man hier immer reden. Meistens war es ungemütlich, aber die verschiedenen Formen von Regen und Wind waren stets für ein paar Sätze gut.

»Schietwetter heute, nicht wahr?« Ich startete tatsächlich mit dem Wetter ins Gespräch.

»Ja. Aber immerhin kommt der Regen von oben und nicht von der Seite.« Er legte den Kopf schief und ließ mich nicht aus den Augen.

Ich nickte zustimmend.

Er wischte sich die regennassen Haare aus der Stirn. »Bin gespannt auf den Kuchen. Der ist sicher unwiderstehlich.«

»Und sehr süß«, ergänzte ich trocken.

Ben kratzte sich an der Stirn.

Die Luft zwischen uns war zum Greifen geladen. Als säße eine dicke, fette, hungrige Möwe zwischen uns auf dem

Tisch und niemand von uns hielte es für nötig, diesen Umstand zu erwähnen.

»Tja.« Mit den Fingern malte ich die Muster des Weihnachtsdeckchens unter dem Kerzenglas nach. »Freitag ist Eröffnung vom Weihnachtsmarkt. Wie laufen die Vorbereitungen?« Aus dem Augenwinkel linste ich zu ihm hinüber.

Er zog die Brauen zusammen und ich zwang mich, nicht den Kopf einzuziehen, auch wenn mir danach war, unter dem Tisch in Deckung zu gehen. Ganz eindeutig wurde die Luft dünner und er starrte so penetrant, ohne zu blinzeln, dass ich mir wie festgenagelt vorkam.

Plötzlich löste sich seine Starre und er sah kurz aus dem Fenster. »Gut. Am Mittwoch starte ich mit dem Aufbau. Ich bekomme Hilfe von 'nem Kumpel.«

»Ja, das hat mir Kjell schon erzählt«, sagte ich mit beiläufigem Ton, biss mir auf die Lippe und beobachtete, wie sich seine Augen bei dieser Geste verdunkelten.

Er mahlte mit dem Kiefer und ich betrachtete dabei die Bewegungen seines stoppeligen Barts. »Du kennst Kjell?«

»Jo. Seitdem ich denken kann. Ich war letzte Nacht noch bei ihm.«

»Hm.« Ben ballte die Hände zu Fäusten.

Mein Herz machte einen Satz. Treffer! Für einen Moment freute ich mich diebisch über diese Reaktion von ihm, dann schaltete sich mein Verstand wieder ein und zeigte mir den Vogel. Ich wollte ein sachliches Gespräch über den Weihnachtsmarkt mit ihm führen. Sticheleien waren sicher nicht die perfekte Grundlage für einen rationalen Dialog auf Augenhöhe.

Einen Moment lang schwiegen wir. Am Tisch weiter hinten krabbelte ein kleiner Junge auf den Schoß seiner Oma und sie las ihm ein Buch vor. Ein Lächeln schlich über meine Lippen.

»Hier, zweimal Zimtsterntorte und viel Kaffee. Lasst es euch schmecken. Wenn ihr noch was braucht, einfach winken.« Pia zwinkerte Ben zu und verschwand in Richtung Kuchenauslage.

Ich betrachtete das riesige Kunstwerk auf dem Teller. Mein Magen war etwas strapaziert, aber gegen Sahnetorte hatte er selten etwas einzuwenden. Ich griff nach der Gabel.

»Guten Appetit!« Ich blickte von meiner Sahneschnitte auf.

»Gut'n«, schmatzte Ben. Er hatte sich bereits den ersten Bissen in den Mund geschoben und machte ein seufzendes Geräusch. Ungefähr so wie nach unserem ersten Kuss.

Verdammt! Daran will ich nicht denken.

Die weihnachtlichen Gewürze verschmolzen mit der Sahne auf meiner Zunge. Nun seufzte ich auch und leckte mir die Creme von den Lippen.

Bens Blick heftete sich an meinen Mund. Was ging bloß in ihm vor?

Ich teilte ein Stück von der Tortenspitze ab, spießte es auf und kreiste damit über dem Teller. »So was sollte es auf dem Weihnachtsmarkt auch geben.«

»Ach was.« Er legte die Gabel beiseite und deutete mit den Fingern auf seinen Teller. »Viel zu kompliziert. Kann man superschlecht in die Hand nehmen.«

»Ja, aber dann wenigstens Zimtsterne und Pfefferkuchen. Was Traditionelles.« Ich fixierte ihn, legte den Kopf schief und erwartete die nächste Klatsche.

Ben griff nach seiner Tasse. »Ja. Das wär cool. Das passt auch super zu Punsch.«

Ich stockte mitten in der Bewegung, als ich gerade dabei war, die Gabel zum Mund zu führen, und riss die Augen auf.

Er nippte an seinem Getränk. »Pass auf, der ist scheiße heiß!«

Was? Kaffee – heiß? Mein Gehirn musste sich wie nach einem Kurzschluss rebooten. Hatte ich das richtig gehört? Ja, der Kaffee war heiß, aber vorher hatte er mir zugestimmt – zum Weihnachtsmarkt-Thema! *Nutz den Schwung*, dachte ich und setzte noch einen drauf.

»Was meinst du, wie kann man die Beleuchtung noch stimmungsvoller gestalten?«

Ben schob sich gerade ein großes Stück Kuchen in den Mund und konnte nicht sofort antworten. Das war gut, denn so überlegte er hoffentlich. Er kaute langsam, und sah für einen Moment aus dem Fenster. »Also. Beleuchtung.« Er lächelte sein Augenzusammenkneiflächeln.

Wie blöde blinzelte ich ihn an und atmete erleichtert durch.

»Das ist natürlich extrem wichtig. Es ist im Dezember ja schon nachmittags dunkel.« Er wandte seinen Kopf wieder in meine Richtung. »Was hast du denn so geplant?«

Meine Kinnlade klappte nach unten. Schnell schloss ich den Mund wieder und lächelte. Das zivilisierte Gespräch über den Weihnachtsmarkt – es funktionierte! Eine Entschuldigung seinerseits wäre zwar nett gewesen, aber ich stellte meinen Stolz hintenan. Der Markt war wichtiger. Wenn alles entschieden war, wollte ich endlich Antworten von ihm!

»Also.« Ich hob die Hände, um meine Idee zu untermalen. »Ich möchte in den Platanen einen Sternenhimmel inszenieren. Mit großen und kleinen Lampen in Warmweiß. Außerdem hier und da noch schöne Spots beleuchten. Vielleicht auch in anderen Farben? Was meinst du?«

Er rieb sich das Kinn und blickte an die Decke, dachte anscheinend wirklich über das Thema nach. »Ja, das wäre der Hammer. Wie wäre es mit dem großen Anker an der Kirche? Der ist Wahnsinn. In Rot oder Orange könnte ich mir den echt gut vorstellen.«

Ich zeigte auf ihn und nickte. »Ja, genau! So ähnlich hatte ich mir das auch schon gedacht. Das klingt megacool.« Hoffentlich verschreckte ich ihn nicht mit meiner Euphorie, aber er lehnte sich zurück und schien sich zu entspannen.

Wir überlegten gemeinsam, wie das optimale Setting für den Weihnachtsmarkt aussehen könnte. Mir fiel ein riesiger Stein vom Herzen. Die meisten seiner Vorschläge waren bereits in meinem Konzept vorgesehen.

Ich schob mir ein Stück Torte in den Mund und der Geschmack von Zimt und Kardamom schmeichelte meinem Gaumen. In meinem Magen schien sich diese Leckerei jedoch zu einem Stein zu verwandeln. Ich drückte mir die Hand auf den Bauch. Das Bedürfnis, Ben zur Rede zu stellen, machte sich breit.

Warum?!

Warum hatte er mich weggestoßen und bloßgestellt? Kjell hatte versucht, es mir zu erklären, aber ich wollte es von Ben hören. Unruhe überkam mich und ich umklammerte die kleine Gabel mit all meiner Kraft.

Für einige Zeit schwiegen wir. Ben blickte aus dem Fenster. Seine Kiefermuskeln spannten sich an und seine Augen verengten sich. »Aber warum eigentlich der ganze Aufwand? Der Weihnachtsmarkt ist doch gut so, wie er ist. Mit dem antiken Karussell, dem Würstchenmann, dem Zuckerwagen und dem Glühweinstand. Wozu so viel Lametta?« Er richtete seinen Blick auf mich und ich erstarrte.

Meine innere Stimme brüllte mich an: *Laura, nein!* Aber ich hatte bereits Luft geholt und schmiss die Gabel auf den Teller. »So viel Lametta? Was soll das heißen? Alles bleibt so, wie es ist? – Was für ein Quatsch!« Meine Stimme bebte und Ben verschränkte die Arme vor der Brust. »Jeder soll sein eigenes Süppchen kochen? Ein paar lieblos nebeneinander platzierte Stände?« Ich schlug mit der Hand auf den Tisch, doch Ben verzog keine Miene. Meine Hände zitterten. »Das hat vielleicht vor einigen Jahren gut funktioniert, aber die Menschen erwarten mehr. Mehr Besinnlichkeit, mehr weihnachtliches Ambiente. Weißt du, sie wollen, dass eine Geschichte erzählt wird. Einen Ort, den man mit der Familie oder Freunden gerne besucht, um sich in der kalten Jahreszeit an einem Punsch zu wärmen!« Ich lehnte mich in meinem Stuhl zurück und verschränkte ebenfalls die Arme vor der Brust.

Die Dame am Nebentisch reckte den Hals in unsere Richtung. Bens Mund war nur noch ein Strich, sein Kiefer angespannt. In meinem Brustkorb pumpte das Herz schneller. Ein saurer Geschmack legte sich auf meine Zunge.

»Warum?« Ich senkte meine Stimme. »Warum, Ben? Warum bist du mir in den Rücken gefallen bei dem Termin in der Stadthalle?« Ich starrte in seine Augen, als könnte ich dort eine Antwort finden.

Er starrte zurück und presste die Zähne aufeinander. Seine Augen waren nun zu Schlitzen verengt. Mir war schlecht und ich knetete die Finger vor meinem Körper. Ben öffnete den Mund und senkte den Kopf. »Laura. Ich …« Sein Adamsapfel bewegte sich auffällig und er wischte sich mit der Hand über die Augen. »Weißt du, es ist …« Er stützte den Kopf in die Hände. »… kompliziert.« Er stand auf und fummelte einen Geldschein aus seinem Portemonnaie.

Mein Hals fühlte sich an wie zugeschnürt. »Warum?«, wiederholte ich die Frage, die seit Tagen in meinem Kopf kreiste.

Ohne mich aus den Augen zu lassen, griff er seine Jacke und beugte sich zu mir herunter. Er legte seine Hand auf meine Schulter. Sie zitterte. Ich spürte seinen Atem an meinem Ohr.

»Weil ich dich mag.« Er sprach so leise, dass ich ihn kaum verstand, doch seine Worte brannten sich in mein Herz. Ich drehte den Kopf zur Seite, schaute in seine dunkelblauen Augen und erkannte die innere Zerrissenheit in seinem Blick. Er wandte sich ab, verschwand ohne ein weiteres Wort nach draußen und ließ mich mit meinem zerstocherten Stück Zimtsterntorte zurück.

Ich wusste nicht, wie lange ich einfach nur auf dem Stuhl gesessen und auf die Stelle gestarrt hatte, an der Ben vor wenigen Minuten noch gestanden hatte. Der Weihnachtshit »Rudolph, the Red-Nosed Reindeer« klang als verzerrter Vorweihnachtshorror in meinen Ohren. Ein Windstoß kündigte neue Gäste an. Mein Mund war staubtrocken. Mit wackeligem Griff führte ich die Kaffeetasse an die Lippen.

Hatte Ben das wirklich gesagt oder waren seine Worte meiner verkaterten Fantasie entsprungen?

Ein metallischer Geschmack mischte sich in den Kaffee. In meinem Rucksack suchte ich nach einem Pflegestift. Was für eine bescheuerte Angewohnheit! Ständig kaute ich mir die Unterlippe wund.

Die Wellen umspülten die Spitzen meiner wasserdichten Stiefeletten. Die Ostsee vermischte sich nach wenigen Metern mit dem Regenvorhang. Ich konnte nicht einmal den Marinestützpunkt auf der anderen Seite der Bucht erkennen. Mein Blick richtete sich nach unten. Ich hob eine große Muschel auf, die neben meinen Schuhen angespült worden war, und schob mit klammen Fingern den feuchten Sand beiseite, um ihre Maserung zu betrachten. Rau fühlten sich die feinen Rillen auf der hellen Oberfläche an. Ich steckte sie in meine Tasche und sondierte die Steine im Sand. Mama sammelte Hühnergötter, aber ich war ziemlich schlecht darin, die Kiesel mit Löchern zu erkennen. Trotzdem half die Suche, nicht an Ben zu denken. Nicht an den Weihnachtsmarkt, nicht an das, was seine Küsse in mir ausgelöst hatten.

Diese verdammte Jacke roch immer noch nach ihm. Wie konnte sich ein Duft so lange halten und warum trug ich sie immer noch? Ich kickte in einen Haufen angespülter Steine und blieb mit der Schuhspitze im nassen Sand stecken. Das war doch bescheuert! Natürlich wusste ich, wieso ich die Jacke immer wieder anzog.

Laura, reiß dich zusammen!

Mit strammen Schritten eilte ich am Wasser entlang in Richtung Seelustbrücke. Diese Blöße würde ich mir nicht geben. Nicht noch einmal. Dass ich gestern Nacht wie ein Groupie vor seiner Tür gestanden hatte, war mir schon peinlich genug.

Mein Atem beschleunigte sich. Bei jedem Tritt versanken meine Schuhe einige Zentimeter im Sand. Auf der Promenade käme ich schneller voran, aber ich wollte das Meer nicht verlassen. Das Meer urteilte nicht. Im Gegenteil. Es war vollkommen unbeeindruckt von mir und der Welt auf dem Festland. Die Ostsee war wie ein Teil meiner Familie. Manchmal aufbrausend, häufig sanft, brachte ab und zu seltsame Geschenke mit an Land und manchmal roch sie auch streng. Aber sie war immer da. Seitdem ich zurückdenken konnte.

Ein warmes Gefühl vertrieb die Kälte des Windes aus meinen Gliedern. Die Entscheidung, wieder an die Ostseeküste zurückzugehen, war richtig gewesen. In diesem Moment wusste ich, dass ich hierhergehörte, das würde ich mir von so einem wankelmütigen Typen nicht vermiesen lassen! Aber warum fühlte ich mich trotzdem so einsam und entwurzelt?

Mit verschleiertem Blick näherte ich mich dem Café Seestern von Anni und Kjell, ließ es aber links liegen und suchte in meinem Rucksack nach dem Autoschlüssel.

»Nein!«

LEDs blinkten hektisch und der Song »Highway to Hell« schepperte aus den stümperhaft in zwei Blumentöpfen versteckten Lautsprechern. Papa öffnete mir die Tür, und ich stand mit gezücktem Schlüssel vor ihm. Er strahlte mich an, formte die Metal-Pommesgabel mit seiner rechten Hand und bewegte den Kopf zur Musik auf und ab.

»Moin Papa.« Ich verdrehte die Augen. »Es ist doch erst November!«

Er stoppte das Kopfgewackel. »Joa, aber in einer Woche ist der erste Advent und der Weihnachtsmarkt wird auch schon am Freitag eröffnet.«

Als ob ich das nicht wüsste. Ein Stein legte sich in meine Magengrube. Ich schob mich an meinem Vater vorbei in den Flur und versetzte der Tür einen sanften Tritt, damit sie uns endlich vor dem nicht enden wollenden Gedudel des

Weihnachtsmanns schützte. »Du weißt schon, dass heute Totensonntag ist?«

Papa grinste und lachte diabolisch. »Jupp. Aber soll ich dir mal erzählen, was ich von der Kirche halte?«

Ich fuchtelte abwehrend mit den Händen und schüttelte ebenso schnell den Kopf. Wenn Papa so richtig mit dem Thema loslegte, dann dauerte es, bis er in seiner Rede von den Kreuzzügen über die Ablassbriefe zu den jüngsten Missbrauchsfällen kam. »Lass mal, Papa. Aber wenn *Das Leben des Brian* wieder läuft, können wir den gerne zusammen gucken.«

»Abgemacht. Ich sondiere schon mal die Fernsehzeitung!« Er strich mir liebevoll über den Oberarm und verschwand ins Wohnzimmer.

Ich schlüpfte aus meinen kalten Schuhen und hängte die Jacke an die Garderobe. Aus der Küche duftete es nach angedünsteten Zwiebeln. Ich folgte dem Geruch und mir lief das Wasser im Mund zusammen. Eine heiße Suppe wäre jetzt genau das Richtige.

Mama rührte in einem großen Topf und sang laut und schräg. Ich berührte sie vorsichtig an der Schulter. Sie kreischte und riss sich die Kopfhörer von den Ohren. »Mensch, Schnecki. Erschrick mich nicht so!«

Ich donnerte meinen Rucksack auf die Küchenbank. »Was soll ich denn machen? Dich anrufen, wenn ich die Küche betrete?«

Sie kräuselte ihre Nase. »Ja, das ist gar keine so schlechte Idee.«

Ich blickte an ihr vorbei in den Topf. Mein Magen rumorte.

»Willst du schon einen Teller? Ist aber noch nicht ganz durchgezogen. Heute Abend schmeckt's besser.«

»Egal.« Ich schob mich an ihr vorbei und betrachtete den Topf von Nahem. »Ich nehm mir schon mal einen halben Teller. Ich hatte gerade Kuchen. Hab richtig Bock auf was Herzhaftes!«

»Du hast auch immer noch eine leichte Fahne.« Sie musterte mich von oben bis unten und ich fühlte mich ertappt.

»Äh. Ja. War spät gestern.«

»Wie war es denn mit deinen Sylter Freunden?«

Ich hatte meinen Eltern erzählt, ich würde mich mit Kollegen in Flensburg treffen. »Ach. Ganz gut. Aber nun bin ich froh, dass ich wieder hier bin.«

Mama zog eine Augenbraue hoch. Dann drehte sie sich zum Geschirrschrank um, griff einen tiefen Teller und schöpfte mir eine Kelle Eintopf ab.

»Warte, ich kann doch selbst –«

»Vorsicht. Heiß!« Sie stellte den dampfenden Teller auf den Tisch und legte einen Löffel daneben.

»Danke.« Ich setzte mich, pustete über das Essen und rührte gleichzeitig darin herum.

»Da nicht für, Schnecki«, sagte Mama und streichelte über meine Schulter.

Kapitel 19

WEIHNACHTSWUNDER

»Wunderbar, dass Sie alle so zahlreich erschienen sind!« Maike klatschte in die Hände und sah erwartungsfroh in die Runde. Ich stand direkt neben ihr und mein Herzschlag donnerte mir bis in die Ohren. Die Schausteller hatten einen Halbkreis um uns gebildet und ich suchte nach Ben. Mein Blick durchkämmte die Menschentraube. Ich entdeckte den Bratwurstmann, dessen Namen ich mir nicht merken konnte. Seine Miene war finster und er hatte die Arme vor der Brust verschränkt. Das antike Karussell war schon aufgebaut und an den Buden hingen bereits dekorative Tannenzweige. Aus einem Lautsprecher dudelte Melanie Thorntons »Wonderful Dream« über den Platz.

»Wie Sie schon von meiner Mitarbeiterin Laura Schmidt informiert wurden, werden wir in Abstimmung mit der Stadt Eckernförde im nächsten Jahr einige Änderungen am Weihnachtsmarkt vornehmen. Genauere Infos hat sie Ihnen ja bereits zukommen lassen. Es wird großartig werden – und Sie alle sind ein Teil davon!« Erneut klatschte sie in die Hände und ich beobachtete, wie der Bratwurstmann tief Luft holte, vermutlich um loszupoltern.

Vorsorglich zog ich den Kopf ein. Ich blinzelte. Da hinten, war das Ben? Er ging direkt auf seine Kollegen zu, legte die Hand auf die Schulter des Bratwurstmanns und stellte sich vor ihn. Ich wollte im Boden versinken und klammerte mich an der Mappe mit dem Konzept fest.

Vor meinem inneren Auge rannten die Schausteller mit Mistgabeln und Fackeln auf uns los. Fahrig wischte ich mir mit der Hand über das Gesicht, als könnte ich so diesen absurden Gedanken vertreiben.

»Leute, hört mal zu.« Bens kräftige Stimme vibrierte in meinem Kopf. Seine Kollegen drehten sich zu ihm um. Er nickte einigen von ihnen zu. »Ich habe mir viele Gedanken gemacht – also, ich hätte nichts gegen mehr Umsatz, und ihr?« Einige Zuhörer riefen etwas wie »Jo!« und »Dat is nicht verkehrt!«, andere blickten ihn fragend an. Ben holte Luft. »Der Platz hier ist doch 'ne Wucht! Aus dem kann man so richtig was machen. Stellt euch einen Sternenhimmel dort oben vor«, er zeigte auf die Platanen über uns. »Und die Wachtürme und Wehranlagen aus Holz, die erzählen eine Geschichte. Unsere Geschichte. Die von Eckernförde! Ich denke, wir sollten das versuchen ab nächstem Jahr. Was meint ihr?«

Ein Stimmenwirrwarr brach los.

»Na ja, wenn du meinst …«

»Neumodischen Krams, aber kann man ja mal versuchen!«

»Hoffentlich lohnt sich dat auch.«

Ich stand mit offenem Mund neben Maike und vergaß fast, zu atmen.

»Es hat nur einen Haken …« Ben trat vor und sah mich zum ersten Mal an und dann zu seinen Kollegen.

Ich biss mir auf die Unterlippe, hielt mir die Unterlagen vors Gesicht und lugte mit klopfendem Herzen über sie hinweg. Trotz der eisigen Temperaturen und eines erbarmungslos pfeifenden Winds schwitzte ich.

»… und zwar, dass wir als Schausteller einen großen Batzen Geld dafür hinlegen müssen.« Ben blickte in die Runde und erntete Zustimmung. Maike trat einen Schritt nach vorne und runzelte die Stirn, doch bevor sie etwa sagen konnte, setzte Ben seinen Vortrag fort: »Aber wenn es wirklich deutlich mehr Besucher gibt und wir unkompliziert unsere Schankerlaubnis ausweiten können, dann kann das eine Riesenchance für unser Geschäft sein.« Er fixierte den Bratwurstmann, der mittlerweile rot angelaufen war, aber die Lippen aufeinanderpresste und nichts sagte. Ben nickte ihm zu und die Gesichtsfarbe des kräftig gebauten Mannes normalisierte sich.

Hatte ich richtig gehört? War das gerade ein öffentliches Plädoyer für mein Weihnachtsmarkt-Konzept aus dem Mund von Sturkopf Ben Magnussen? Ich suchte seine Aufmerksamkeit in der Menge. Unsere Blicke trafen sich. Ein wohliger Schauer krabbelte meine Wirbelsäule entlang und für einen Moment schien die Welt um uns herum nicht mehr zu existieren. Ich sog kalte Luft ein. Meine Kehle war staubtrocken und ich rang mit einem Hustenreiz.

»Wunderbar!« Maike strahlte von einem Ohr zum anderen. »Die Details klärt Frau Schmidt mit Ihnen dann im kommenden Jahr. Nun feiern wir morgen erst einmal die Eröffnung des diesjährigen Weihnachtsmarkts. Ich wünsche

Ihnen einen guten Start und jede Menge Besucher!« Sie ging auf Ben zu, schüttelte ihm die Hand und machte die Runde zu allen Schaustellern. Vermutlich wäre sie als Politikerin oder im Showbusiness ebenfalls gut aufgehoben. Ich beobachtete meine Chefin beim Smalltalk. Ben sah ich nicht mehr. Wahrscheinlich hatte er sich schon wieder als Erstes aus dem Staub gemacht.

Jemand berührte mich am Arm und ich schrak hoch. »Ben, was –?«

»Es gibt keine Entschuldigung für mein Verhalten in der letzten Woche, aber ich hoffe, ich konnte wenigstens die Scherben wieder etwas zusammenkehren.« Sein Zeigefinger ruhte bei diesen Worten auf meinen Lippen. Seine Bartstoppeln kitzelten mich am Ohr. Der tiefe Klang seiner Stimme elektrisierte meinen Körper und ein Kribbeln breitete sich rasend schnell vom Hals in meinen Brustkorb aus. Dieser verfluchte Glühweinstandidiot schaffte es wieder, mich in seinen Bann zu ziehen.

Ich drehte mich zu ihm und die Kulisse um uns herum verschwamm. »Danke.« Ich krächzte. »Wir sehen uns morgen bei der Eröffnung?«

Er nickte und ich machte auf dem Absatz kehrt und eilte zu Maike.

»Großartig, Laura! Siehst du – gib den Leuten Zeit, nachzudenken. Hab ich doch gesagt! Haste denen doch eine gute Vorstellung geboten in der Stadthalle, da ist was hängengeblieben. Ich bin beeindruckt!« Meine Chefin klopfte mir anerkennend auf die Schulter. »Morgen Nachmittag feiern wir hier Eröffnung und nächstes Jahr starten wir richtig durch!« Sie lächelte zufrieden.

»Danke.« Meine Wangen glühten. »Ich mach dann gleich Feierabend.«

Wo ist Ben?

»Na klar. Das hast du dir verdient! Bis morgen!« Sie drückte meine Hand mit festem Griff und wandte sich um. »Warten Sie, Herr Walinski, wegen der Veranstaltung im kommenden Mai –«

Ich betrachtete ihren Rücken und schlängelte mich durch die Menschentraube.

Wo war er? Ich suchte seinen Stand nach ihm ab und schlängelte mich zwischen den Buden hindurch. Das Prickeln auf meinem Hals war immer noch da. Mein Körper reagierte so absurd intensiv auf ihn, aber mein Verstand wollte Antworten! Doch von Ben war weit und breit keine Spur.

Ich verließ den Kirchplatz und eilte in Richtung Meer. Schnaufend erreichte ich die Strandpromenade und hielt mir die Seite. Ich blickte über die Schulter und entdeckte nur gähnende Leere im fahlen Licht kurz vor Sonnenuntergang. Helligkeit war Mangelware im Winter in Eckernförde. Ich kickte einen Stein in den Sand und bewegte mich langsamer in Richtung Süden. Ich ging am Café Seestern vorbei, mochte aber niemanden sehen. Was sollte ich Anni und Kjell erzählen? Ben war charmant, dann wieder ein Arsch. Er hatte mich ignoriert, danach war er wieder nett und letztendlich hatte er mir geholfen. Und nun war er weg und ich hatte immer noch keine Antworten, warum er diesen Eiertanz aufführte … Das war doch bescheuert.

Ich seufzte. Eiskalter Wind erwischte mich im Gesicht. Ich dachte an den letzten Winter, während dem im Februar das Wetter so frostig gewesen war, dass Eisschollen auf der

Förde lagen und der Wind das eiskalte Wasser vor sich hertrieb, sodass es an der Seebrücke zu mystischen Eisgebilden kristallisierte.

Ich zog den Kragen meiner Jacke weiter hoch und atmete den Duft nach Strandhafer und Cool Water ein. Verflucht, es war doch nicht möglich, dass das Teil immer noch nach ihm roch. Ich sog den Duft tief ein und das »Dingdingding« des Bahnübergangs kündigte einen Zug an. Ich wartete, bis der kleine Regionalzug an mir vorbeigedüst war. Mit eingezogenem Kopf schlängelte ich mich durch die sich öffnenden Schranken auf die andere Seite der Schienen. Auf der Bundesstraße schoben sich die Autos im Berufsverkehr aus Richtung Kiel in die Stadt und ich musste einen Moment warten, bis eines der Fahrzeuge mich am Zebrastreifen hinüberließ.

Ich hielt mir die Ohren zu und unterdrückte den Drang, Papas Heavy-Metal-Weihnachtsmann einen vernichtenden Tritt zu verpassen. Würde es ihm nicht das Herz brechen, hätte ich es schon lange getan.

Die Tür klemmte und ich zog mit klammen Fingern am Türknauf, um im richtigen Moment den Schlüssel herumzudrehen und mein Gewicht in die Gegenrichtung zu verlagern.

Ich streifte die Schuhe ab, hängte die Jacke auf und schlich die Treppe hinauf. Im Zimmer ließ ich mich auf das Sofa fallen und klemmte die kalten Füße unter meinen Hintern, der auch nicht viel wärmer war.

Ich kramte die Unterlagen zum Weihnachtsmarkt aus meinem Rucksack und blätterte sie durch. Mein erstes großes Projekt in Eckernförde wurde umgesetzt! Erst jetzt realisierte ich, was passiert war, sprang auf und hüpfte durchs Zimmer. *Das ist der Hammer!*

Nach einem waghalsigen Drehsprung landete ich auf dem Bett, streckte Arme und Beine aus und fühlte die weiche Matratze in meinem Rücken. *Aber was nun?*, dachte ich. Warum brachte mich Ben so aus der Fassung? Unser erstes Date war … angenehm gewesen. Gar nicht peinlich oder so. Wir konnten uns unterhalten. Ich fühlte mich – ja, ich fühlte mich wohl in seiner Gesellschaft. Warum hatte ich mich nicht bei ihm gemeldet? Ja, Jacques und Sylt und …

Ich knabberte an meinem Fingernagel herum.

Und dann hatte sich das Sofa-Desaster ereignet. Mein Brustkorb fühlte sich leer an. Ich wollte ihn, aber nicht nur für die Nacht. Ich wollte ihn richtig. Mit ihm konnte ich mir vorstellen, ein unschlagbares Team zu werden. Und – er mochte mich. Er hatte es gesagt. Aber warum erklärte er mir sein seltsames Verhalten nicht?

Vielleicht sollte ich doch mal mit Kjell sprechen.

Ich griff zum Handy.

»Moinsen!« Kjell schnaufte, als hätte er einen Sprint hingelegt.

»Moin, störe ich?«

»Nee, alles gut. Ich werde gerade zu harter körperlicher Arbeit gezwungen und du verschaffst mir eine Auszeit. Danke!«

»Da nicht für.« Ich räusperte mich. »Stell dir vor, Ben hat mich heute unterstützt und das Weihnachtsmarktthema hat gerockt. Ist alles super jetzt. Ich kann mein Konzept umsetzen und nächstes Jahr wird der Markt richtig schön.«

Kjell lachte so laut, dass ich das Telefon ein wenig von meinem Ohr weghielt.

»Alter, was ist so witzig?«

»Nichts. Nur …«, ich merkte, wie er ein weiteres Kichern unterdrückte, »Ben schaut mich gerade an und verdreht schon die Augen, weil ich nicht weiterarbeite.«

»Du bist –?« *Ach Mist!* Kjell wollte Ben auf dem Weihnachtsmarkt helfen. Aber warum jetzt? Und überhaupt – hatte er mit ihm gesprochen? Über uns? Aber es gab ja eigentlich kein Uns. Eigentlich. Oder doch? Verdammt, war das kompliziert. Aber wenn Ben gerade neben Kjell stand, würde ich ihn ganz bestimmt nicht um Rat fragen.

»Na, dann will ich dich nicht länger aufhalten.«

»Warte mal, Laura!« Ich hörte etwas rumpeln am anderen Ende der Leitung. »Viele liebe Grüße von Laura!«, rief Kjell laut durch die Gegend – vermutlich in Richtung Ben. Das konnte doch nicht wahr sein! Was für ein Idiot! Ich strengte mich an und presste mir das Handy ans Ohr, konnte aber die Antwort von Ben nicht verstehen.

»Er lässt dich herzlich grüßen und freut sich auf die Eröffnung des Weihnachtsmarkts morgen. Du bist doch dabei, oder?«

»Ja, ja.«

»Laura! Du weißt genau, was ›ja, ja‹ heißt.«

Ich kicherte. »Ja, klar bin ich morgen dabei. Meine Chefin erwartet mich dort. Ist ja für mich eine dienstliche Veranstaltung, wenn man so will.«

»Na, siehste woll. Dann freuen wir uns auf morgen. Also ich. Und Ben ganz besonders.«

»Schnauze!« Ich tippte mir mit dem Finger an die Stirn.

»Lustig, das hat Ben mir auch gerade zugerufen. Ihr scheint gut zusammenzupassen.«

Ich hielt das Handy vor mein Gesicht, schüttelte mit dem Kopf und legte auf, ohne mich zu verabschieden.

Nach und nach verlangsamte sich meine Atmung und der Puls pendelte sich wieder auf Normalniveau ein, aber ich spürte, wie kalt meine Füße und Hände waren. Ich brauchte einen Tee. Auf Socken machte ich mich auf den Weg in die Küche. Es rumpelte und roch nach heißem Öl.

»Moin Große.« Papa stand am Herd und schlug ein Ei auf dem Rand der Pfanne auf, wobei ein Teil des Eiweißes auf der falschen Seite hinunterlief und auf das Kochfeld tropfte.

»Hey Papa.« Ich füllte den Wasserkocher und suchte im Schrank nach einem Becher, der mich nicht beleidigte.

»Willste auch ein Spiegelei?«

»Jetzt?« Ich blickte auf die Uhr an der Wand.

»Warum nicht? Wer sagt denn, dass man am späten Nachmittag oder auch frühen Abend kein Spiegelei essen darf?« Er zuckte mit den Schultern und legte sich eine Scheibe dunkles Brot auf einem Teller zurecht.

»Na gut. Mach mir auch eins mit«, sagte ich und fummelte einen Teebeutel mit winterlichem Früchtetee aus einer dekorativen Box.

»Willst du auch einen?«

Papa nickte und ich hielt ihm die Schachtel hin, damit er sich eine Sorte aussuchen konnte.

»Ich nehme den grünen mit Salzkaramell.« Er zeigte mit dem Ellenbogen auf das entsprechende Fach und ich rümpfte die Nase. »Sicher?«

»Jo, der ist lecker.«

»Na dann.« Ich holte eine zweite Tasse aus dem Schrank, packte den Beutel aus und goss das sprudelnde Wasser ein. Sofort breitete sich ein weihnachtlicher Duft in der Küche aus. Ich stellte den Tee auf den Tisch und rutschte in die Ecke der Küchenbank. Papa brachte pfeifend zwei gefüllte Teller und Besteck und setzte sich zu mir.

»Reinhaun!« Er erstach sein Ei mit der Gabel und schnitt ein großes Stück ab.

»Danke, Papa.«

»Da nicht für, Große.« Er kaute genüsslich und sprach mit fast geschlossenen Lippen. »Was geht bei dir?«

»Alles, was Beine hat, außer Tische und Stühle«, antwortete ich grinsend und stopfte mir einen Bissen Brot und Ei in den Mund.

»Ach.« Papa hielt sich den Bauch und lachte. »Und sonst?«

Ich kaute langsam. Sollte ich Ben anrufen? Oder zu ihm gehen? Oder wartete ich besser bis morgen? Diese Entscheidung konnte mir niemand abnehmen. Mein Bauch schickte seit Tagen liebevolle Gefühle für Ben durch meinen Körper, ohne dass mein Verstand etwas dagegen unternehmen konnte.

Papa fuchtelte mit der Gabel vor meinem Gesicht herum. Ich blinzelte. »Erde an Laura – bist du noch da? Ich hab doch nur gefragt, was bei dir so geht? Muss ja ziemlich interessant sein da drinnen.« Er kreiste mit dem Besteck über meinem Kopf. Glücklicherweise hatte er bereits aufgegessen und es drohte keine Ei-Öl-Dusche. Ich aß auf, lehnte mich an die Ecke der Küchenbank und stellte die Beine auf. Der Tee dampfte und die Tasse wärmte meine immer noch klammen Finger. Wie sollte ich anfangen?

»Weißt du, Papa. Ich hab da jemanden kennengelernt.«

Er zog die Augenbrauen hoch und schenkte mir ein warmes Lächeln. »Na, das ist doch großartig!« Er reckte den Daumen nach oben. »Ist es was Ernstes?«

Ich pustete in meinen Tee. »Wie meinst du das?« Ich pikste ihm mit dem Fuß in die Seite.

»Ich mein ja nur. Nicht, dass du kalte Füße bekommst, wenn es ernst wird. Wie war das noch damals mit – wie hieß er noch?« Papa kratzte sich am Kinn. »Ach ja, Hinnerk oder so.«

»Henrik.« Mein Magen krampfte. Jetzt grub er diese alte Geschichte wieder aus.

»Jo, egal. Also der war wirklich in dich verknallt. Ausgeheult hat er sich bei mir, weil du ihm die kalte Schulter gezeigt hast, als er dir seine Liebe gestanden hat.«

»Papa, ich war siebzehn.« Ich verdrehte die Augen.

»Egal. Auf jeden Fall ging das mit euch ewig hin und her. Und Hinnerk war ein schmucker Typ. Ich glaube, du mochtest ihn eigentlich ganz gerne. Aber dann bist du lieber abgehauen an die Westküste.«

»Henrik.« Ich wischte mir über die Stirn. »Und ich musste dann meine Ausbildung anfangen.«

»Jo. Aber gib's zu, es kam dir nicht ungelegen, dass du dich aus dem Staub machen konntest und die ›Beziehung‹«, er malte mit den Fingern Anführungsstriche in die Luft, »dann schwuppdiwupp im Sand verlaufen ist. Oder im Watt.« Er lachte über seinen eigenen Witz. »Was meinst du, wie oft Hinnerk hier noch geklingelt hat, um zu fragen, wie es dir geht? Du bist ja nicht mehr ans Telefon gegangen. Wie nennt ihr Kids das noch? Du hast ihn gegeistert oder so.«

»Papa, das ist ja nun schon ein paar Jahre her.« Ich schnitt ihm eine Grimasse. »Ich bin sechsundzwanzig.«

»So alt schon?« Er kratzte sich am Kinn. »Das heißt ja, ich bin … warte mal. Mindestens schon … hundertvier.«

»Vermutlich. Aber du hast dich gut gehalten.« Ich stand auf und klopfte ihm auf die Schulter. Mein Geschirr räumte ich in die Spülmaschine.

Bei Papa kam ich also auch nicht weiter. Was sollte er mir auch raten? Er würde sagen: Stell den Kerl zur Rede. Und er hätte recht damit. Ich kehrte über die knarzende Treppe zurück zu meinem Zimmer. Gedankenverloren ließ ich das Handy in meiner Hand kreisen. Sollte ich Ben anrufen? Oder wartete ich bis morgen, um ihm nach dem Weihnachtsmarkt zur Rede zu stellen?

»Ist das nicht immer wieder schön?« Papa breitete begeistert die Arme aus und Mama kuschelte sich an ihn. Auf dem Fernseher fuhr Richard Gere in einer weißen Limousine durch die Straßen von Los Angeles, mit einem Regenschirm und einem Blumenstrauß bewaffnet. Wie jedes Mal erzählte Papa die Geschichte, dass es auch alternative Enden von *Pretty Woman* gab, die nicht so romantisch ausgingen. »Dieses Ende aber ist perfekt! Ich wäre am Boden zerstört, wenn die beiden nicht mehr zusammengefunden hätten. Aber habt ihr mal drüber nachgedacht? Was wäre gewesen, wenn Julia Roberts gerade auf dem Klo gewesen wäre? Oder einkaufen oder spazieren? Dann wäre alles ein großes Missverständnis gewesen und sie hätten sich vielleicht nie wieder gesehen, weil sie viel zu stolz gewesen wäre, ihm seine Fehler zu verzeihen oder ihm hinterherzulaufen.« Er schüttelte den Kopf und strich meiner Mutter über die Haare.

Es war schön, die beiden so zu sehen, aber ich fühlte mich etwas fehl am Platz. »Gute Nacht. Ich muss morgen wieder ins Büro.«

»Schlaf schön, Schnecki.« Meine Mutter hatte sich auf dem Sofa zusammengerollt wie eine Katze und ihre Stimme klang schläfrig.

Im Bett dachte ich darüber nach, was Papa gesagt hatte. *Pretty Woman* ohne Happy End? Am Ende musste der Ritter auf seinem weißen Pferd seine Prinzessin finden. Sie hatte es ihm überlassen, sie zu suchen und sich zu entschuldigen.

Nein, das war nicht mein Ding. Ich griff nach meinem Handy und öffnete den Chat mit Ben.

Bis morgen! :)

Sofort war er online und tippte.

Ich freu mich! Hast du morgen nach dem Weihnachtsmarkt Zeit für mich?

Mein Herz raste und ich antwortete sofort:

Ja, aber dann will ich endlich wissen, warum du vom Sofa gefallen bist und mich am nächsten Tag lächerlich gemacht hast.

Ich hielt das Smartphone so fest, dass mir die Kanten in die Finger drückten. Unter seinem Namen stand *online*, aber nicht, dass er tippte. Ich legte das Telefon beiseite und starrte an die Zimmerdecke. Nach einer Weile griff ich wieder nach dem Handy. Ben hatte nicht geantwortet. Wenn er nicht zustimmte, musste ich ihn vergessen. Ich musste wissen, warum er sich wie ein Idiot verhalten hatte – und ich musste es von ihm hören. Nicht von Kjell.

Ich wurde von einem »Pling!« auf meinem Bauch geweckt. Müde rieb ich mir die Augen. Ich war anscheinend mit dem Handy in der Hand eingeschlafen. Das helle Licht des Displays blendete mich. Ich kniff die Augen zusammen. Ben hatte geantwortet:

Okay.

Kapitel 20

KALTE FÜSSE

Im Büro klickte ich unmotiviert durch meine E-Mails und sortierte Broschüren und Zettel von links nach rechts und wieder zurück. Bald würde es so weit sein. Ich blickte auf die Uhr. Meine Unterlippe hatte ich bereits heute Nacht blutig gebissen und kaute nun auf dem nach Kirsche schmeckenden Fett des Pflegestiftes herum, den ich in dicker Schicht aufgetragen hatte.

»Laura, auf geht's. Wir müssen los! Der erste Glühwein geht auf mich!« Maike war gut gelaunt und füllte das Büro mit ihrer dynamischen Präsenz.

»Bin schon unterwegs.« Meine Stimme klang matt. Ich griff nach dem Rucksack, holte Bens Jacke vom Haken und hielt inne. Ich vergrub meine Nase im Futter und lächelte.

»Laura – alles gut? Bist du gedanklich schon im Wochenende? Wir eröffnen jetzt den Weihnachtsmarkt, na ja, wir schauen dem Bürgermeister dabei zu und dann feiern wir das ein wenig. Das wird großartig!«

Ich friemelte den Reißverschluss der Jacke ein und Maike zog mich erbarmungslos am Ärmel hinter sich her.

»Wir sind spät dran. Auf geht's!«

Ein eiskalter Luftzug enterte das Büro. Sie schlug sich ihren Kragen hoch und wir eilten durch die Kälte.

»Der Wind kommt von Nordost. Polarluft«, sagte sie und scheuchte mich schneller durch die Fußgängerzone. Wir mussten nur ein paar hundert Meter gehen, dann war die Beleuchtung am Vorplatz der Sankt-Nicolai-Kirche zu erkennen. Der Duft von gebrannten Mandeln, Glühwein und Bratwurst wehte uns entgegen. Das Gedudel des Kinderkarussells vermischte sich mit dem Refrain von »All I Want for Christmas Is You«.

Eine kleine Bühne war aufgebaut und viele Menschen drängten sich um diese herum.

»Oh, das ist ja wunderbar! Da hat ja alles geklappt.« Maike stürmte nach vorne und begrüßte den Bürgermeister, der gerade zwischen weihnachtlich verkleideten Kindern einen Mikrofoncheck durchführte. Eine fiese Rückkopplung schallte über den Platz und die wuselnden Engel und Wichtel hielten sich kreischend die Ohren zu.

Das Geräusch schmerzte in meinen Ohren und ich lachte über die Szene. An einem Stehtisch an der Seite sog ich die Stimmung auf und visualisierte, was nächstes Jahr hier entstehen würde. Vor meinem inneren Auge glitzerten die vielen Lichter in den Bäumen, ich sah die warmweiß strahlenden Herrnhuter Sterne vor mir, den Wachturm und fühlte die besondere Atmosphäre, die ich erschaffen wollte. Ich würde zigtausend LEDs benötigen, aber es würde ein zauberhafter Anblick werden, für den es sich lohnen würde, nach Eckernförde zu kommen.

Der Bürgermeister trat vor, räusperte sich und kündigte den Kinderchor an. Die Kleinen sangen mit hellen Stimmen

»Fröhliche Weihnacht« und mir wurde warm ums Herz. Etwas kitzelte an meiner Nase. Waren das Schneeflocken? Ich blickte in den dämmernden Himmel. Die Flocken wurden dicker und der Wind wirbelte die weißen Kristalle wie Federn durch die Luft. Es war wunderschön.

Ein Luftzug umhüllte mich mit einem bekannten Duft. Ich sah mich nicht um, sondern streckte die Hände nach hinten aus. Warme Finger verschränkten sich mit meinen und mein Herz setzte einen Schlag aus, um im nächsten Moment zu rasen. Statt der Kinder hörte ich nur ein dumpfes Rauschen.

»Ben«, sagte ich und hörte als Antwort ein tiefes Brummen direkt neben mir. Ich spürte seinen Atem an meinem Hals kitzeln.

»Schön, dass du da bist.« Beim Sprechen berührten seine Lippen meine Ohrmuschel.

Ich spannte jeden Muskel an und drehte mich langsam zur Seite. Ich wollte ihn sehen. Seine dunkelblauen Iriden wirkten fast schwarz in der Dämmerung. Er musste sich seit Tagen nicht rasiert haben. Unter seinen Augen lagen dunkle Schatten, doch seine Mundwinkel zogen sich zu einem Lächeln nach oben. Ich stieß die Zähne in meine Unterlippe und es zwickte.

»Das sollst du doch nicht tun«, raunte er mir zu und strich mit dem Daumen über meinen Mund. Für einen scheinbar endlosen Moment standen wir im Schneegestöber auf dem Weihnachtsmarkt und es schien nur uns beide zu geben.

»Ich … Laura … es tut mir – ich muss das jetzt machen.« Ben legte seine Hände um meine Mütze, schob mir die Finger in den Nacken und berührte erst sanft, dann fordernd meine Lippen mit seinen. Ich seufzte kehlig, was in der Rede des Bürgermeisters unterging. Mit weichen Knien legte ich alle meine aufgestauten Gefühle in diesen Kuss. Den Frust, die Einsamkeit und die Sehnsucht nach einer Beziehung, die ich immer so gut vor mir und anderen hinter einer Mauer aus Coolness versteckte.

Wir lösten uns kurz voneinander und ich schnappte nach Luft. Im Augenwinkel sah ich Kjell, wie er beide Daumen nach oben streckte und schief grinste. Bedächtig schritt er auf uns zu und stellte sich neben uns an den Stehtisch.

»Na endlich.« Er klopfte uns beiden auf die Schulter. »Leider muss ich dir Ben entführen … Unser Stadtoberhaupt sabbelt zwar immer noch, aber irgendwann wird ihm schon jemand das Mikro abdrehen. Und dann ist die Hölle los am Glühweinstand. Der übrigens von dir betrieben wird.« Er boxte Ben in die Seite. »Falls dir Laura gerade das Hirn aus dem Mund gesogen hat. So sah es zumindest aus.«

Ich verdrehte die Augen und Kjell sprang einen Schritt zurück. Er hatte vermutlich Angst, dass ich ihn treten würde. Aber mein Herz war leicht und ich konnte nicht aufhören zu grinsen. Ja, in diesem Moment war ich wieder neunzehn Jahre alt und frisch verknallt. Dieses Gefühl war besser als jeder Rausch. Selbst der immer eine Nuance grimmig dreinblickende Ben lächelte mich durch die Schneeflocken hindurch an.

»Komm an meinen Stand, du bekommst so viel Glühwein, wie du möchtest, einen Sitzplatz unterm Dach direkt am Heizstrahler und –«, er lehnte sich zu mir und hielt die Hand vor mein Ohr, »komm mit zu mir nach Hause, wenn der Markt aus ist. Ich verspreche dir, dass ich dieses Mal nicht vom Sofa falle.«

Mein Körper reagierte mit einer prickelnden Gänsehaut. Trotzdem riss ich mich zusammen, packte ihn am Kragen seiner Jacke und zog sein Gesicht zu meinem. Mit fester Stimme sagte ich: »Du hast mir Antworten versprochen.«

Seine Augen weiteten sich. Er dachte doch nicht, dass ich das vergessen hatte?! Er griff nach meiner Hand und flüsterte: »Was immer du willst. Aber bitte nicht weglaufen. Bitte.«

»Alter, was geht mit dir?!« Kjell zog ihn am Arm beiseite und fasste ihm an die Stirn. »Fieber hast du nicht … Und du? Bleibst hier!« Kjell tippte mir mit dem Zeigefinger an die Schulter. »Ich befürchte, sonst kann der hier nicht arbeiten, und dann bleibt die Arbeit an mir hängen.« Er schnalzte mit der Zunge und schleifte Ben am Ärmel hinter sich her. »Los, los! Lauras Chefin reißt dem ollen Sabbelkopp gleich das Mikro aus der Hand. Wir müssen Glühwein zapfen.«

Bens Hand glitt aus meiner und er formte mit den Lippen das Wort »Bitte«.

Mit wackligen Beinen stand ich zwischen den vielen Besuchern. Schneeflocken umwirbelten den Platz. Eine von ihnen blieb an meinen Wimpern hängen. Ich blinzelte und legte eine Hand auf mein Brustbein. Ich hatte das Gefühl, meinen Herzschlag durch das dicke Futter zu spüren.

»… erkläre ich nun den Weihnachtsmarkt für eröffnet.« Aus den Lautsprechern knarzte es. Die Menschen klatschten und strömten auf den Glühweinstand von Ben zu. Ich versuchte, ihn zu erkennen, aber er verschwand hinter Mützen und Kapuzen.

»Ist das nicht herrlich!« Maike stellte sich neben mich. »Sogar mit Schnee! Wie im Bilderbuch.« Sie hakte sich bei mir unter. »Jetzt gibt's aber erst mal einen wärmenden Schluck.«

»Au ja. Den kann ich jetzt wirklich gut vertragen!« Ich lotste uns durch die Menschen an den Tresen.

»Zwei Glühwein, bitte!« Maike wedelte mit einem Geldschein und Kjell füllte uns zwei Becher randvoll mit dampfender roter Flüssigkeit. »Lassen Sie mal stecken, Frau Hillersen. Geht aufs Haus.« Kjell zwinkerte mir zu.

»Wie freundlich! Danke schön.« Sie nahm die Getränke entgegen und reichte mir eins rüber. Meine Wangen waren gut durchblutet, nach dem Glühwein würde man mein Gesicht nicht mehr von der Farbe einer Weihnachtsmannmütze unterscheiden können.

»Hilf mir mal, Laura. Wer war das noch? Ich kenne ihn.« Maike zupfte an meinem Ärmel und deutete mit ihrem Becher in Kjells Richtung.

»Das ist Kjell Lornsen, der hat mit der Nichte von Seestern-Rieke das Café an der DLRG übernommen.«

Maike nickte. »Ja, genau. Ich erinnere mich. Der Mann mit dem Matjessushi. Großartig!«

Ich zog die Augenbrauen hoch. »Ja. Möglicherweise auch der Mann mit dem Matjessushi.« Kichernd freute ich mich schon, Kjell in Zukunft nur noch so anzusprechen.

Die Oberfläche des Glühweins kräuselte sich. Ich pustete in meinen Becher. Trotzdem verbrannte ich mir die Zunge beim ersten Schluck. Natürlich. Aber ich schaffte es, die Jacke nicht zu bekleckern. Immerhin.

Ich betrachtete Ben, wie er hinter dem Tresen herumwirbelte. Nach jedem bedienten Kunden warf er mir einen Blick zu, der mir eine Gänsehaut verpasste. Die Schneeflocken tanzten im Schein der Lichterketten zu »It's Beginning to Look a Lot Like Christmas« von Michael Bublé.

Ich seufzte. Der Abend war noch jung und ich war verknallt.

Kapitel 21

ZUSAMMEN

»Feierabend.« Ben schloss das Vorhängeschloss vor seiner Bude ab, stellte sich direkt vor mich und blickte mich mit seinen dunklen Augen und hochgezogenen Mundwinkeln an. Er klimperte mit dem Schlüssel und ich sah, wie sich sein Adamsapfel beim Schlucken bewegte. »Schön, dass du nicht weggelaufen bist.« Er nahm meine Hände in seine und seine Finger waren so warm, als würden sie gleich Feuer fangen.

»Hätte ich denn einen Grund dazu?« Mein Herz war angefüllt mit Vorfreude und Punsch. Meine Wangen glühten und die Füße schmerzten vor Kälte.

Ben hob meine Hände nach oben und drückte mich mit seinem Gewicht fest an die Wand des Glühweinstands.

Sein Gesicht näherte sich meinem. Kurz vor meinen Lippen stoppte er seine Vorwärtsbewegung und flüsterte: »Gehen wir zu mir oder zu dir?«

Nach Luft ringend spürte ich seine Wärme. »Wenn du nicht auf Publikum stehst, dann zu dir, okay?«

Seine Lippen berührten meine. Erst sanft, dann fordernd. Hitze breitete sich in meinem Unterleib aus. Unsere Zungenspitzen tanzten miteinander. Mit starkem Griff hob er mich hoch und drehte sich mit mir. Die dicken Schneeflocken tanzten um uns herum.

Verdammt, Laura, du wolltest ihn zur Rede stellen!

Mit einem hörbaren Seufzen schob ich ihn von mir weg. Er verengte die Augen für eine Millisekunde und legte dann den Arm um mich. Meine Schritte knarzten im frischen Schnee, dabei hatte ich das Gefühl, ich würde schweben.

Ben verabschiedete hier und da andere Schausteller, bis wir in den Gassen der Altstadt verschwanden.

Bis zu seiner Wohnung waren es nur wenige Minuten. Er schob seine Hand in meinen Nacken und mit den Fingerkuppen fuhr er meinen Hals entlang. Jede seiner Berührungen erhitzte meine Mitte.

Vor seiner Haustür schnürte sich mein Brustkorb zu. Vor wenigen Tagen hatte ich genau dort gestanden. Verzweifelt und mit kratzender Strumpfhose – verletzt. Und wütend! Auf Jacques, auf Ben. Und auf mich.

»Alles gut?« Er zog einen klimpernden Schlüsselbund aus seiner Tasche und drehte sich zu mir.

»Ja.« Ich atmete durch. »Ich denke schon.« Mein Blick blieb an seinen Augen hängen, die im flackernden Licht der Eingangsbeleuchtung fast schwarz aussahen. »Denk daran, was du mir letzte Nacht versprochen hast …« Mit dem Zeigefinger tippte ich ihm bei jeder Silbe, die ich aussprach, auf die Brust.

»Hm. Ja.« Er rieb sich mit der Hand über das Kinn und zog mich an sich. Ich vergrub meine Nase an seinem Hals. Die Mischung aus Cool Water und Glühweingewürzen vernebelte mir die Sinne. Ich öffnete den Reißverschluss seiner Jacke ein Stück und wanderte mit meinen Lippen zu seinem Ohrläppchen, an dem ich mit den Zähnen zog. Er stöhnte auf und mein Puls beschleunigte sich.

Ich hörte Schlüssel klimpern und fiel nach vorne, doch mit dem Arm, den er um meine Hüfte gelegt hatte, hielt er mich fest.

Irgendwie schafften wir es die Treppe hinauf.

Ben hob mich hoch und umfasste meinen Hintern. Ich klammerte mich an seinem Nacken fest, schlang die Beine um ihn und bedeckte seinen Hals mit Küssen. Es klapperte metallisch und der Widerstand seiner Wohnungstür hinter mir gab nach. Ich war wie im Rausch. Betrunken von seinen Berührungen.

»Ich würde dich jetzt sofort auf mein Bett schmeißen …«, raunte er mir ins Ohr und sah mich mit hochgezogenen Augenbrauen an, »… aber wir haben nun mal nicht Hochsommer.« Sein Blick wanderte von seiner Jacke runter bis auf die klobigen Winterstiefel an meinen Füßen, aus denen das plüschige Futter herausguckte. In den Liebesfilmen hatten die Paare nie das Problem, dass sie sich erst einmal aus vielen Lagen Winterklamotten pulen mussten.

Als Antwort riss ich ihm die Mütze vom Kopf und griff fest in seine Haare.

Er öffnete den Reißverschluss meiner Jacke und schmiss sie auf den Boden. Meine Stiefel kickte ich in die Ecke.

Das Verlangen brannte in mir und im nächsten Moment trafen sich unsere Lippen. Ich rupfte sein T-Shirt aus dem Hosenbund und krallte mich in seinen Rücken.

Er zog scharf die Luft ein. »Kalt«, keuchte er.

»Heiß«, raunte ich ihm ins Ohr.

Wir taumelten eng umschlungen in sein Schlafzimmer. Er hob mich hoch und legte mich auf sein Bett. Jeder Zentimeter meiner Haut schien zu glühen. Ich rollte mich auf ihn und er schob die Hand unter den Verschluss meines BHs.

»Miau!«

»Momo, jetzt nicht!« Bens Lippen kitzelten an meinem Dekolleté.

Scheiße, was mache ich hier?

Ich warf mich zur Seite und rollte vom Bett. Hart schlug ich auf dem Holzboden auf.

»Scheiße, Laura, alles gut?« Ben richtete sich im Bett auf und sah zu mir herunter. Seine Stimme zitterte.

»Ja. Nein.« Ich rieb mir den Ellenbogen. »Ich will das nicht.« Ich schluckte. »Nicht so.«

»Was meinst du?« Er beugte sich vor und sein Kopf lugte über die Bettkante.

»Na, ich will nicht die Frau für die Nacht sein. Das war ich zu lange. Ich möchte – ach du weißt schon.« Ich knetete meine Hände. »Warum, Ben? Warum hast du mich weggestoßen? Warum hast du mich lächerlich gemacht vor deinen Kollegen?« Meine Stimme wurde lauter. »Warum?«

»Laura, ich …« Er fuhr sich durch die Haare und schüttelte den Kopf. »Ich kann nicht. Ich –«

»Weißt du was?« Ich stand auf und sammelte meine Sachen vom Boden auf. Mein Hals fühlte sich wie zugeschnürt an. »Dann gehe ich.« Mir war kalt und ich rieb mir die Arme.

»Bitte, Laura!« Ben setzte sich auf die Bettkante und streckte die Hände nach mir aus.

»Nein. Ich habe keinen Bock mehr auf Spielchen. Wenn dir was an mir liegt – an uns –, wenn das eine Zukunft haben soll zwischen uns, dann …«, ich kämpfte mit den Tränen, die meine Augen füllten und herauslaufen wollten, »… dann rede mit mir.« Für einen Moment sah ich ihn an. Er wich meinem Blick aus, legte den Kopf in die Hände und schüttelte ihn dabei. Ich hob meine Jeans vom Boden auf. Eine Holzdiele knarzte.

Im Flur lehnte ich mich mit der Stirn an die Wand. Eine Träne tropfte auf den Boden. Ich schüttelte mich und drückte meine Klamotten an mich. Momo schlich um meine nackten Beine.

»Laura?«

Ich löste die Stirn von der Wand. Ben stand im Türrahmen des Schlafzimmers. Er wischte sich über die Augen. Waren das Tränen? »Okay.« Seine Stimme klang kratzig.

»Okay? Was soll das verdammt noch mal heißen?« Ich schlug mit der Faust gegen die Wand. »Ich will wissen, warum!«

Er zuckte zusammen. »Warum? Weißt du … ich … Wie soll ich das sagen …« Er wich meinem Blick aus. »Lass uns ins Wohnzimmer gehen.« Er hielt mir eine Hand hin, aber ich stemmte meine Fäuste in die Seiten, nickte ihm zu und folgte ihm. Mein Brustkorb hob und senkte sich hektisch.

Wir setzten uns aufs Sofa. Ich verkroch mich in eine Ecke, drückte mich fest in die Polster. Ich zitterte am ganzen Körper. Ben reichte mir eine Decke, die ich ihm aus der Hand riss und über mir ausbreitete.

Er räusperte sich, schüttelte wieder und wieder den Kopf und knetete seine Hände.

»Weißt du, das ist … also …« Er räusperte sich erneut. »Ich habe Schwierigkeiten, mich auf andere Menschen einzulassen.«

Ich nickte, ließ ihn in Ruhe seine Gedanken sortieren und wartete ab.

Für einen kurzen Moment sah er mich an, blickte dann auf seine Hände. »Mein Bruder und ich – also unsere Mutter, die ist einfach abgehauen. Sie hatte einen neuen Typen und war von einem Tag auf den anderen weg. Ich war zwölf.« Er schluckte geräuschvoll und versteckte sein Gesicht hinter einem Kissen. »Und weißt du … es fällt mir einfach schwer, Frauen zu vertrauen. Natürlich hatte ich Mädels am Start … Aber ich habe keine wirklich an mich rangelassen. Ich war ein ungerechtes Arschloch. In jeder Frau sah ich meine Mutter, die uns einfach sitzengelassen hat.« Er richtete den Blick auf mich, wandte kurz darauf seinen Kopf wieder ab und schaute aus dem Fenster. Im Licht der Straßenlaterne wirbelten Schneeflocken in alle Richtungen.

Ich spürte einen dicken Kloß in meinem Hals, sah ihn als Jungen vor mir, der in seinen Grundfesten erschüttert wurde und so tief verletzt worden war. Mit der Ecke der Decke tupfte ich meine Augen trocken, musterte Ben und wusste nicht, was ich sagen sollte.

Er holte tief Luft und erzählte weiter: »Mein Papa war alleine mit uns – er musste viel arbeiten. Als ich zwanzig war, ist er plötzlich gestorben. Herzinfarkt.« Seine Stimme bebte.

»Das tut mir sehr leid«. Der Kloß in meinem Hals schmerzte.

»Ist schon okay – das ist ja schon eine Weile her und …« Er sah mich an. »Vielleicht brauchte ich jemanden wie dich. Du hast dich nicht unterkriegen lassen von meinen Gemeinheiten. Du hast dich nicht einschüchtern lassen.« Geräuschvoll zog er die Luft ein. »Verflucht! Ich habe mich so sehr gehasst dafür, wie ich dich behandelt habe!« Er schüttelte den Kopf und flüsterte: »Es tut mir leid.«

Ich betrachtete ihn. Wie er mit sich rang. Da hatte ich die Erklärung. Die Antwort auf mein Warum. Aber trotzdem fühlte ich mich elend. Mein Magen drückte, Tränen rannen meine Wangen hinunter. Ich hatte ihn in die Ecke gedrängt. »Danke.« Ich lehnte mich vor und streckte die Hände in seine Richtung. Mit kräftigem Griff umschloss er sie und zog mich in seine Arme. Ich legte meinen Kopf an seine Brust und lauschte seinem Herzschlag.

»Was war mit dir los? Letzten Sonnabend?« Ben streichelte durch mein Haar. »Ich hab mich hier verschanzt. Es – es tut mir leid.«

»Ach da …« Mein Hals schien sich zu verengen.

»Hm hm.« Er legte mir seine Hand auf die Schulter. »Warum? Kjell wollte mir nichts sagen …«

Er hatte versucht, Kjell auszufragen? Ich hob den Kopf und sah ihm ins Gesicht. »Willst du das wirklich wissen?«

Er nickte. »Ich habe dir alles erzählt. Jetzt bist du dran!«

»Na gut.« Ich kuschelte mich wieder an seine Brust und kaute an meinem Daumennagel. »Also … Ich war … in Glücksburg. Und – ach, das ist alles so blöd.« Ich spürte das Blut in meine Wangen schießen.

»Egal und selbst wenn …« Er lachte leise und mein Kopf wackelte auf seinem Oberkörper. »Selbst wenn du mit dem Papst und seinem Gefolge Strip-Poker gespielt und verloren hättest.«

Ich grinste matt. »Nee. Aber so ähnlich.« Mein Daumen schmerzte mittlerweile. Ich holte tief Luft. »Ich hatte eine Affäre mit meinem Sylter Chef. Er ist verheiratet. Er hat gesagt, er würde sich trennen. Alles Lüge.« Ich presste mein

Gesicht auf seine Brust, wollte mich irgendwo verstecken. Meine Augen füllten sich mit Tränen.

»Oh. Okay – also nicht der Papst.«

»Nein.« Ich blies die Luft aus und Ben griff unter meine Arme und zog mich auf seine Augenhöhe. Ich wich seinem Blick aus. »Bescheuert, oder?«

»Nee.« Er strich mir über den Hals. »Aber der muss ganz schön bescheuert sein, wenn er dich gehen lassen hat.« Er küsste meine Augen und wanderte mit den Lippen hinunter zu meinem Mund. Ich umfasste seine Oberlippe mit meinen Zähnen und biss sanft zu. Er stöhnte auf und ich schob meine Zunge in seinen Mund. Keuchend drehte er sich weg, raunte: »Laura, du –«, hob mich hoch und trug mich in sein Bett. Wir ließen die Deiche aus Anspannung und Tränen zurück und die Leidenschaft traf uns wild und intensiv wie eine ungebremste Sturmflut.

Wie spät war es? Ich öffnete die Augen einen Spaltbreit und gähnte. Die Laken dufteten nach blühendem Strandhafer. Ich streckte mich. Das Lächeln ließ sich nicht aus meinem Gesicht vertreiben. Mit der Hand tastete ich nach Ben. Ich griff kräftig in zottiges Haar.

Ein Schmerz schoss durch meine Hand. »Autsch!«

Momo fauchte und verließ das Bett mit einem Sprung auf meine gefüllte Blase. Sie hatte mich mit ihren Zähnen erwischt, aber der Schreck war schlimmer als die Verletzung. Hoffte ich.

Ben schmatzte im Schlaf und drehte sich zu mir. Der gelbliche Schimmer der Straßenbeleuchtung zeichnete die Konturen seines Gesichts nach und ich beobachtete ihn. Seine

Lippen kräuselten sich. Ich konnte mich nicht zurückhalten und küsste seine Mundwinkel. Mit starken Armen zog er mich an seine Brust und ich vergrub meine Nase in seiner Halsbeuge. Er brummte einen Wohlfühllaut, der seinen gesamten Körper vibrieren ließ.

»Ich dachte, du schläfst noch.« Mein Mund berührte seine Haut beim Sprechen.

»Vermutlich. Denn ich fühle mich, als würde ich träumen.« Er lachte leise. »Kneif mich mal!«

Ich kniff mit Daumen und Zeigefinger in seinen Oberarm.

»Aua!« Er zuckte zusammen.

»Du hast gesagt –« Ich richtete mich auf.

»Seit wann machst du das, was ich sage?«

»Seitdem du mich in dein Bett gelassen hast.« Ich hob entschuldigend die Schultern und kuschelte mich wieder an seine Brust.

»Hätte ich das mal vorher geahnt.« Er rieb sich den Oberarm, dann drehte er sich zur Seite und schaltete das Licht an. Mein Kopf plumpste auf die Matratze und ich kniff die Augen zusammen.

»Mensch. Erst entziehst du mir deinen Luxuskörper und dann knipst du auch noch das Fernlicht an!« Ich hielt mir die Hand über die Augen.

Er wandte sich zu mir und schob mit einer gleitenden Bewegung den Arm unter meinen Kopf. Ich schmiegte das Ohr an seine Brust. »Es ist ja nicht so, dass es fünf Uhr morgens ist. Ohne Licht werde ich nicht wach.«

»Okay.« Ich biss mir auf die Lippe und zeichnete mit dem Zeigefinger Muster auf seinen freien Oberkörper. »Wie spät ist es denn, wenn es nicht mitten in der Nacht ist?«

»Kurz nach acht.«

»Oh.« Ich legte die Hand auf seinen Bauch. Die feinen Haare rund um seinen Nabel kitzelten meine Fingerspitzen, aber der Katzenbiss ziepte. Zischend sog ich die Luft ein und hob den Finger.

»Was ist los?« Er umfasste mein Handgelenk und betrachtete die Wunde. »Was hast du gemacht?«

»Ich? Frag mal deine Katze!« Ich reckte mein Kinn in Richtung Schlafzimmertür.

»Momo? Ich hatte schon Sorge, dass ich dich so zugerichtet habe.« Er küsste meinen Handrücken und meine Mitte erinnerte sich kribbelnd an die vergangene Nacht.

Ich zog den Arm zurück und betrachtete die kleine Bisswunde. »Ach, das ist nicht so schlimm.« Dann schob ich die Hand unter den Bund seiner Boxershorts, doch er entzog sich meinen Berührungen und richtete sich auf. Erneut purzelte mein Kopf auf die Matratze.

»Das ist ein Katzenbiss. Der muss desinfiziert werden.«

»Nicht dein Ernst, oder?« Ich klammerte meine Hände um seinen Rumpf.

»Doch. Das sollte gereinigt werden, damit es sich nicht entzündet.«

»Ja. Stimmt schon. Auch wenn es nur die Verzweiflungstat eines eifersüchtigen Fellklopses war.«

Er guckte mich schief an. »Eines was?«

»Momo lag heute früh zwischen uns. Ich glaube, sie war eifersüchtig. Du hast nicht oft Damenbesuch, oder?«

»Damenbesuch?« Er prustete los und stand für diese Uhrzeit faszinierend schnell vorm Bett und fixierte mich mit seinen dunkelblauen Augen. »Laura, ich hatte seit Jahren keinen Damenbesuch.«

»Siehst du!« Ich streckte demonstrativ die Arme nach oben. »Woher soll Momo denn wissen, wie sie sich in Gegenwart einer Dame benehmen soll? Vollkommen verwahrlost in ihrer Sozialisierung, das arme Ding.« Ich presste die Lippen aufeinander, um nicht loszulachen, doch meine vibrierenden Wangen verrieten mich.

Ben nahm ein Kopfkissen und warf es auf mich. »Ich mache uns einen Kaffee, hole das Desinfektionsspray und ein Pflaster. Und Momo bekommt etwas zu futtern. Vielleicht hatte sie auch nur Hunger und weiß, wie gut du schmeckst.« Er warf mir einen zweideutigen Blick zu und verschwand durch die Tür.

Kapitel 22

SO THIS IS CHRISTMAS

Die Natur beschenkte uns mit norddeutschem Weihnachtswetter: Ordentlich Wind, jede Menge Regen, zu warm für Weihnachten, aber zu kalt, um es draußen gemütlich zu finden.

Der Weihnachtsmann von Papa schepperte »Highway to Hell« und blinkte bunt.

Ben drückte meine Hand. »Ist es wirklich okay, dass ich Weihnachten bei euch bin? Ich meine, ich könnte auch mit Momo zu Hause feiern. Das wäre kein Problem.«

»Nichts da. So leicht kommst du mir nicht davon.« Ich umklammerte seine Finger. »Du schaffst das schon. Und immerhin kommt der Klapp… äh … Chris auch immer wieder. Und der bekommt wirklich jede Menge Breitseite von Papa.«

»Na, das macht mir jetzt Mut.«

»Das wird schon.« Ich fummelte in der Jackentasche nach dem Haustürschlüssel, da flog die Tür auch schon auf.

»Hey, da seid ihr ja! Immer rein in die gute Stube!« Papa stand im Rahmen, breitete die Arme aus und drückte Ben und mich an sich. »Mensch, Kinners, schön, dass ihr da seid. Ich helfe Mama in der Küche. Ihr kommt klar, oder?« Damit verschwand er so schnell, wie er erschienen war, und ich prustete los.

»Dein Blick! Du solltest dich im Spiegel sehen!«

Ben sah mich an wie ein pitschnasser Kater. »Laura, das ist nicht witzig. Vielleicht hättest du mich vorwarnen sollen. Ich bin doch solche Familiensachen nicht gewohnt.«

Ich legte ihm die Hand auf die Brust. Wassertropfen kullerten von der Jacke auf meine eiskalte Haut. »Ich hätte dich nicht vor Papa warnen können. Mir war nicht klar, ob er dich mit offenen Armen oder mit der verbalen Streitaxt begrüßt.«

Ben verzog den Mund und zog den Kopf ein.

Regenwasser tropfte von meiner Jacke. Ich hängte sie auf und Ben folgte meinem Beispiel. »Und man soll sich ja nicht über ungelegte Eier Gedanken machen, oder wie sagt man das?«

»Laura?« Er zog mich an sich und ich reckte den Kopf nach oben, um seinen Blick einzufangen.

Ich schluckte. »Ja?«, krächzte ich mit trockener Kehle. Mein Herz schlug mir bis in den Hals.

»Du musst mich festhalten. Den ganzen Abend.« Mit mahlendem Kiefer beugte er sich zu mir runter. »Und für immer«, flüsterte er.

Ich biss mir auf die Lippe und strich mit der Hand über seine Wange. Er war frisch rasiert und die glatte Haut prickelte unter meinen Fingern. Ich stellte mich auf die Zehenspitzen. »Weglaufen ist keine Option.« Mein Mund berührte beim Sprechen seine Mundwinkel und er atmete schwer.

»Laura! Ich ... Du ... doch nicht hier! Wir wollen jetzt mit deinen Eltern Weihnachten feiern und ich habe Panik.« Er presste die Hände auf meine Schultern und ich zog meinen Kopf ein wenig zurück.

»Wir schaffen das gemeinsam. Ich habe dir doch vom letzten Fest erzählt … Schlimmer kann es nicht werden.« Ich lachte ihn aufmunternd an, denn zum ersten Mal seit vielen Jahren freute ich mich auf Weihnachten. Mein Herz klopfte schneller und ich griff nach seiner Hand, die etwas schwitzte.

»Okay.« Er hauchte mir einen Kuss auf die Wange und ich zog ihn hinter mir her ins Wohnzimmer. Auf dem direkten Weg. Wenn Papa Mama in der Küche half, sollte man das Schlachtfeld lieber weiträumig umgehen. Ich hörte meine Schwester lachen und folgte dem Klang ihrer Stimme in den Wintergarten. Der Tisch war festlich gedeckt. Das gute Porzellan von Oma mit den verschnörkelten rosafarbenen Blumen stand im Kontrast zur dunkelgrünen Tischdecke. Eine wuchtige Schüssel mit jeder Menge Zimtsterne stand auf dem Tisch und verbreitete einen verlockenden Duft.

Auf einem der Stühle saß Chris und fummelte am Batteriefach einer Lichterkette herum. Hanna warf rote Papiersterne auf den Tisch. »Mist. Die hätte ich mal vorher draufschmeißen sollen.« Sie hob einen Teller an und schüttete die winzigen Dekosterne herunter.

Ich lächelte und schmiegte mich an Ben. »Hey Schwesterherz! Stress mit der Deko?« Ich wischte ebenfalls Sterne von einem Teller und nahm Hanna danach fest in den Arm.

»Sonst hast du das immer gemacht.« Sie zog eine Schnute. »Wie läuft's bei dir? Alles gut? Wer ist –« Hanna löste sich aus der Umarmung und blickte mit aufgerissenen Augen an mir vorbei.

Ben überragte mich um mindestens einen Kopf und konnte sich schwer hinter mir verstecken, auch wenn er es vermutlich am liebsten getan hätte.

»Willst du uns nicht vorstellen?« Sie schob mich beiseite und reichte Ben die Hand.

»Okay«, murmelte ich. »Hanna, das ist Ben, Ben, das ist Hanna. Meine Schwester. Und da hinten versucht gerade Kla– äh –«

»Chris«, sagte Hanna mit Nachdruck und kniff die Augen zusammen.

»Ja, also da hinten versucht Chris gerade, die Lichterkette mit neuen Batterien zu versorgen.«

»Moin Chris.« Ben nickte in seine Richtung.

»Moin. Frohe Weihnachten.« Chris ließ den Blick auf dem Batterieprojekt ruhen. Und biss sich konzentriert auf die Zunge.

»Wo warst du so lange? Ich dachte, du dekorierst den Tisch, wo du doch wieder zu Hause wohnst.« Meine Schwester boxte mich liebevoll in die Seite und grinste breit.

Blut schoss mir in die Wangen. Ben und ich hatten den Tag im Bett verbracht. An Heiligabend war der Weihnachtsmarkt geschlossen und das hatten wir hemmungslos ausgenutzt. Ich griff nach seiner Hand. Ich hatte versprochen, ihn festzuhalten. Warm und kraftvoll verschränkten sich seine Finger mit meinen.

Ich sah mich um. Die Stelle, an der unser Weihnachtsbaum jedes Jahr stand, war verwaist. Dafür leuchtete in der Ecke des Wintergartens ein Baum in allen Farben des Regenbogens. Irgendwas war anders. Erst im zweiten Moment fiel es mir auf. »Der Baum ist ja gar nicht echt!«

»Jo. Hat Papa gekauft. Schon im August.« Meine Schwester schüttelte den Kopf. »Schnäppchen, hat er gesagt.«

»Jo! Korrekt!« Papa trug eine Platte mit Fischbrötchen in den Wintergarten. »Und ich muss bei dem Schietwetter im Dezember weder raus, um ihn zu kaufen, noch muss ich mich um die Entsorgung kümmern.«

Flink schob ich die Zimtsterne beiseite. Papa stellte das Essen auf den Tisch und breitete präsentierend die Arme aus.

»Fischbrötchen? An Weihnachten?« Ich rümpfte die Nase und sah Papa an. »Äh – unkonventionell.«

»Jo – und lecker.« Er rieb sich mit kreisender Hand über den Bauch. »Und kann nicht im Ofen verkohlen.« Er hielt sich einen Finger vor die Lippen und deutete damit an, dass wir die verbrannte Ente vom letzten Fest lieber nicht erwähnen sollten. »Mama und ich haben uns entschieden, der größten deutschen Tradition zu folgen und zum Fest Kartoffelsalat und Fischbrötchen zu servieren.«

»Ich glaube, da isst man doch Würstch– … Autsch!«

Hanna hatte ihren Freund ordentlich gegen das Schienbein getreten und er hatte Glück, dass Papa ihn nicht gehört hatte.

Mama kam in den Raum mit einer riesigen Schüssel Kartoffelsalat, hinter der sie kaum zu erkennen war. »Hey Schnecki. Frohe Weihnachten!«

»Schnecki?«, flüsterte Ben mir ins Ohr und ich spürte sein Grinsen, ohne es sehen zu können.

»Moin Mama. Dir auch frohe Weihnachten. Kann ich dir noch etwas helfen?« Ich lockerte den Griff, doch Ben klammerte sich an meiner Hand fest.

»Willst du mir nicht erst mal den jungen Mann an deiner Seite vorstellen?« Sie hob eine Augenbraue und lächelte.

»Mensch, seit wann geht es so förmlich zu hier?« Ich lachte sie an und streichelte ihre Schulter. »Frohe Weihnachten, Mama – und das ist Ben.«

Sie wuchtete die riesige Schüssel auf den Tisch und wandte sich Ben zu. Ihr Blick wanderte von seinem Scheitel bis zu den Füßen und zurück. »Hey Ben. Wirklich schön, dass du hier bist und mit uns Weihnachten feierst.« Sie streckte ihre Hand aus und Ben schüttelte sie, ohne mich mit der anderen Hand loszulassen.

»Frohe Weihnachten, Frau Schmidt.«

»Nenn mich ruhig Heike.« Sie lächelte ihn an und sah dann zu mir. »Ach Schnecki, kümmert ihr euch um die Getränke? Der Chardonnay und der Crémant sind im Kühlschrank. Nimmst du die Kristallgläser von Oma?«

»Geschafft!« Chris hielt triumphierend die Lichterkette in die Höhe.

Ich verstärkte den Griff um Bens Finger und führte ihn in die Küche. Die Tür schloss sich hinter uns und er atmete auf.

»Alles gut?« Ich öffnete den Kühlschrank und griff nach einer Flasche Wein.

»Schnecki?« Ben prustete los, drehte mich um und umfasste meine Taille.

Ich stellte die Flasche auf die Arbeitsfläche und schob die Finger unter das weiße Hemd, das er extra für den heutigen Abend gebügelt hatte.

»Deine Hand ist kalt.« Seine Stimme klang rau.

»Dein Körper ist heiß.« Ich flüsterte und ließ meine Hand tiefer wandern.

»Laura! Wenn ich dich nicht gleich über die Schulter werfen und in meine Wohnung tragen soll, dann nimm die Hand von meinem Hosenbund.«

Seine Lippen fuhren über meine und ich seufzte. Für einen Moment schloss ich die Augen und atmete durch. »Okay.« Ich griff nach der Flasche und hielt sie mir an die Stirn. »Auch etwas Abkühlung gefällig?«

Ben schüttelte den Kopf und lachte dunkel. »Du bist unglaublich.«

Ich drückte ihm den Öffner in die Hand. »Mach die mal auf, ich kümmere mich um den Crémant.«

»Wirst du es deinen Eltern sagen?« Er pulte die Kapsel vom Flaschenhals.

»Vielleicht.« Ich spürte einen Stein in meinem Magen. »Aber dazu muss ich mir erst mal Mut antrinken.«

Mit einem lauten Knall löste sich der Korken aus der Schaumweinflasche und schoss in einem Affenzahn an die Küchendecke. Eine Miniaturfontäne sprudelte aus dem Flaschenhals und ich rettete das gute Zeug in ein herumstehendes Wasserglas.

»Prost!« Ich hob das Glas und trank es in einem Zug aus.

»Frohe Weihnachten! Mögen die Spiele beginnen!« Papa griff sich ein Fischbrötchen.

Mama hob ihr Glas und wir stießen kreuz und quer über den Tisch miteinander an. »Lasst es euch schmecken. Schön, dass ihr alle da seid!«

Wir aßen und lachten. Die Stimmung war ausgelassen. Ich berührte Ben immer wieder am Arm, da ich versprochen hatte, ihn festzuhalten, und ich würde mein Versprechen nicht brechen.

»Sag mal Laura, kommst du in nächster Zeit mal wieder nach Hause, oder kann ich dein Zimmer wieder für mein Hobby belegen?« Papa stopfte sich den Rest seines

Brötchens in den Mund, Mama ließ die Gabel sinken und umklammerte ihr Weinglas.

Ben nahm meine Hand und drückte sie fest. Ich hatte zwar mit ihm darüber gesprochen, aber es meinen Eltern zu erzählen … Letztes Jahr hatte Mama geweint …

Ich schluckte und nippte an meinem Glas, bevor ich antwortete. »Also.« Ich biss mir auf die Lippe. Der Druck von Bens Hand wurde stärker. »Ben und ich, wir haben uns überlegt. Also – nun. Ich werde bei ihm einziehen, beziehungsweise seine Wohnung im Sommerhalbjahr hüten, wenn er an der Westküste arbeitet.« Ich blickte von meinem Vater zu meiner Mutter und zurück. Mir schnürte sich der Magen zu.

Mama hob ihr Glas. »Das ist ja wunderbar, Schnecki!« Sie lachte so ehrlich und herzlich, wie ich sie kannte. »Und ich habe schon gedacht, unsere Kinder werden nie flügge. Nicht falsch verstehen. Ihr seid großartig, aber –« Mit verträumtem Blick sah sie zu Papa hinüber und hob ihr Glas in seine Richtung. »Sturmfrei, Brummbär!«

Papa grinste und ich verstand die Welt nicht mehr.

»Aber, aber«, stammelte ich. »Aber Mama. Ich dachte … Du hast doch … Weißt du, letztes Jahr, als Hanna ihren Auszug verkündet hat, da hast du geweint und ich dachte …« Kräftig klammerte ich mich an Bens Hand.

Mama stellte ihr Glas ab. »Wieso? Ich bin jetzt auch kurz vorm Heulen. Ich bin halt nah am Wasser gebaut und letztes Jahr war ich echt fertig wegen des Lagerfeuers im Backofen.« Sie machte eine kreisende Handbewegung und zeigte dann in Richtung Küche.

»Ja, ja. Aber …« Ich trank einen weiteren Schluck.

»Nichts aber.« Sie hob ihr Glas in meine Richtung. »Laura, Ben – ich wünsche euch eine großartige gemeinsame Zeit. Auf euch!«

Alle erhoben ihr Glas und mir wurde warm ums Herz. Mir fiel eine riesige Last von den Schultern. »Und ich dachte, du wärst traurig, wenn alle Kinder ausziehen.«

Mamas Gesichtszüge wurden weich. »Ach, Schnecki. Weißt du … ich habe die Jahre mit euch zu Hause geliebt. Aber ihr seid alle weit über zwanzig und ich finde, da ist die Zeit gekommen, dass ihr euch ein eigenes Leben aufbaut. Eine eigene Familie vielleicht, oder was auch immer euch glücklich macht.«

Fassungslos schaute ich meine Mutter an.

»Kinnlade zu, Große. Alles ist gut!« Papa stieß mich an und ich spürte den Druck von Bens Hand wieder.

»Und jetzt wird ordentlich Weihnachten gefeiert! Keine Katastrophenfilme an Heiligabend mehr – das habe ich eurer Mutter versprochen.« Er tippte auf seinem Handy herum und aus der Ecke erklang die Stimme von John Lennon mit »So This Is Christmas«.

Ich lehnte mich zur Seite und legte den Kopf auf Bens Schulter. Mein Brustkorb schien zu platzen vor Glück und ich wischte mir eine Freudenträne aus dem Augenwinkel.

Alles war perfekt. Alles war auf genau die richtige Art und Weise vollkommen. Ich war bis über beide Ohren verliebt und feierte Weihnachten mit Ben und der besten Familie der Welt.

Es gab jede Menge zu trinken, fürchterlich schnulzige Weihnachtsmusik und Fischbrötchen und Zimtsterne.

Danksagung

Nach drei Teilen Fördeliebe und dem emotionalen Auf und Ab des Romanschreibens möchte ich mich an erster Stelle bei dir und allen anderen Leser*innen bedanken. Für euch schreibe ich! Danke fürs Lesen, die herzlichen Nachrichten und liebevoll geschriebenen Rezensionen.

Dankbarkeit möchte ich an dieser Stelle auch meinem Mann entgegenbringen: Torben, ohne deine Unterstützung hätte ich auf meinem Weg mehrfach aufgegeben. Ich liebe Dich!

Außerdem danke ich meiner Lektorin Raphaela Schöttler-Potempa, ohne die meine Geschichten chaotischer und mit deutlich weniger Gefühl ausgestattet wären. Danke auch an meine Korrektorin Anne Schünemann, die mit klarem Blick durch den Text geht und mir mit ihrer Feedback-Email die manchmal unsichere Autorenseele streichelt.

Mein besonderer Dank gilt auch der Buchbloggerin Saskia Rehäußer (Instagram: @sasaray_reads), die mir von Anfang an Mut gemacht hat und mit ihren unglaublich akribischen Adleraugen die letzten Wortverwechslungen und Buchstabendreher im Text findet. Danke an Manuela und Anja fürs Testlesen des Romans vor dem Lektorat und euer super hilfreiches Feedback, ebenso an Jenny für ihr waches Leseauge! Außerdem gibt es da draußen so viele wundervolle Buchblogger*innen, die mich engagiert unterstützen. Danke euch allen!

Ein riesiges Dankeschön an das engagierte und herzliche Team der Buchhandlung Liesegang in Eckernförde, Husum und an den anderen Standorten im Norden.

Außerdem danke ich Holger und Sven vom Ykærne-Podcast für die Einladung zu ihrem menschlich-herzlichen Eckernförde-Talk. Wenn du mehr über die Menschen in der Region Eckernförde erfahren möchtet, hör doch mal rein!

Danke auch an Stefan Borgmann von der Eckernförde Touristik & Marketing GmbH für die spontane Zusendung des originalen Weihnachtsmarktkonzepts und das spannende Gespräch im Anschluss. Der Roman Fischbrötchen und Zimtsterne ist Fiktion, beruht aber auf der tatsächlichen Umgestaltung es Eckernförder Weihnachtsmarkts im Jahr 2019. Die Geschichte von Laura war bereits geschrieben, als ich das Konzept für den Ykærne-Markt bekommen habe und tatsächlich finden sich mehr Parallelen zwischen Roman und Realität, als ich gedacht hatte.

Lieben Dank an das Team von MissMotte und besonders an Julia Blankenburg, die meinen Geschichten mit ihrer ausdrucksstarken Stimme so viel Leben schenkt.

Mein Dank gilt auch dem Team vom Kampenwandverlag, insbesondere Nina Empl und Franziska Buhl für die angenehme Zusammenarbeit.

Danke an alle, die mich unterstützen und auf meinem Weg begleitet haben!

Zu guter Letzt danke ich meiner Freundin Baab … für alles! Meine Bücher können und wollen es nicht mit Thomas Mann aufnehmen, aber wie heißt es so schön: Dream big :)

Zimtsterne

ZUTATEN:

- 200 g Puderzucker
- 3 Eiweiß
  (oder ca. 90 g pasteurisiertes Eiweiß aus der Flasche)
- Salz
- 1–3 Teelöffel Zimt
  (je nachdem, wie zimtig du es magst)
- 350 g gemahlene Mandeln

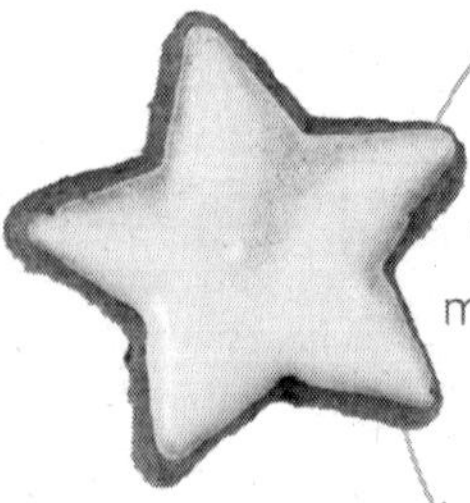

Traditionell sind Zimtsterne ein weiches Gebäck. Wenn du sie lieber knusprig magst, kannst du eine längere Backzeit ausprobieren. Sie halten sich in einer Keksdose ca. 2–3 Wochen.

ZUBEREITUNG:

Gewissenhafte Zimtsternebäcker*innen starten mit dem Sieben des Puderzuckers – das Rezept funktioniert aber auch ohne diesen Schritt.
Dann werden die Eiweiße und 1 Prise Salz mit Schneebesen oder Küchenmaschine cremig geschlagen. Dabei wird der Puderzucker nach und nach eingerieselt.
Wichtig! Zum Bestreichen der Sterne ca. 7 Esslöffel der Eischneemasse beiseitestellen.
Gemahlene Mandeln mit Zimt mischen und unter den nicht beiseitegestellten Eischnee heben.
Nun kommt das Ausrollen.
Das gelingt besser, wenn der Teig vorher ca. 30 Minuten kühl gestellt wird, ist aber immer noch eine klebrige Angelegenheit. Zwischen zwei Backpapieren funktioniert es normalerweise ohne große Sauerei.
Aus dem ungefähr 0,5 cm dick ausgerollten Teig darfst du nun Sterne oder andere Motive ausstechen und legst diese möglichst unfallfrei auf ein mit Backpapier ausgelegtes Blech. Je dicker der Teig ausgerollt ist, desto leichter gelingt das.
Heize den Ofen auf 150 Grad Ober-/Unterhitze oder 125 Grad Umluft.
Die Reste vom Ausstechen kannst du immer wieder ausrollen, bis der letzte Teig verarbeitet ist.
Mit Messer, Silikonpinsel oder Waffe deiner Wahl darfst du nun die ausgestochenen Zimtsterne mit dem beiseitegestellten Eischnee bestreichen.
Die Backzeit beträgt ca. 15–20 Minuten. Backe die Bleche nacheinander und lasse die Sterne nach dem Backen auskühlen.

Liebe Leserin, lieber Leser,

vielen Dank fürs Lesen und Mitfiebern. Laura und Ben haben mich ganz schön auf Trab gehalten. Hattest du Spaß beim Lesen? Wenn ja, bitte ich dich um einen kleinen Gefallen: Bewerte das Buch auf den gängigen Online-Buchplattformen, verteile Sterne und empfehle es deinen Freund*innen.

Ich bedanke mich von Herzen!

Außerdem freue ich mich auch riesig über Feedback via jane@janehell.de

Du möchtest keinen Band der Fördeliebe verpassen? Abonniere meinen Newsletter auf janehell.de
Auf meiner Homepage gibt es immer wieder Hintergrundinformationen zu meinen Romanen. Schau doch mal vorbei!

Bis bald an der Ostsee,
Deine Jane

Das könnte dir auch gefallen

Phoebe & Layla:

Von Menschen, Möpsen und anderen Katastrophen

Uwe Krauser

Die Hotelhunde Phoebe und Layla sind zwei ehemalige Streuner, die unterschiedlicher kaum sein könnten. Während die rotzfreche Phoebe jedes Abenteuer mitnimmt, lässt es die sanftmütige Layla wesentlich ruhiger angehen. Mittlerweile haben sie ihren Platz in der Menschenwelt gefunden und wissen ganz genau, wie sie ihre Herrchen um die Pfote wickeln können.

Softcover

ISBN 978-3947738281

Mehr unter: www.kampenwand-verlag.de

Das könnte dir auch gefallen

Es könnte stürmisch werden

Maja Overbeck

Wenn du vor der Liebe flüchtest und mitten hineinstürmst.
Ein lauer Frühlingsabend, ein unvergesslicher Kuss – was nach dem perfekten Beginn ihres neuen Lebens in Hamburg klingt, ist für Jana eher ein Desaster. Denn Hek, der Typ aus der Hotelbar, ist genau die Sorte Mann, vor der sie gerade aus New York flüchtet: unzuverlässig, untreu und unverschämt unwiderstehlich.